W0311435

TOUT UN ÉTÉ SANS FACEBOOK

Romain Puértolas est né le premier jour de l'hiver 1975 à Montpellier. Conscient de la brièveté de la vie, il décide de devenir dresseur de poupées russes et de vivre plusieurs vies en une seule. Tour à tour professeur de langues, traducteur, DJ-turntabliste, nettoyeur de machines à sous, employé dans le contrôle aérien, steward et lieutenant de police, pour ne citer que cela, il déménage trente et une fois en trente-huit ans et vit dans trois pays différents. Romain Puértolas est d'une curiosité sans bornes. Ainsi, il apprend à piloter un avion en Angleterre, possède un diplôme en météorologie de Météo France, un diplôme de garde du corps en Espagne et plusieurs maîtrises en langues étrangères. Passionné de langues, il parle l'espagnol, l'anglais, et baragouine le catalan, l'italien, le russe et l'allemand, et apprend même le swahili durant son voyage de noces au Kenya. En 2006, il créé et anime un programme d'antimagie sur YouTube (Trickbusters Show) dans lequel il enseigne aux téléspectateurs à développer leur sens critique et logique en leur apprenant les bases de la prestidigitation. Son premier roman, *L'extraordinaire voyage du fakir qui était resté coincé dans une armoire Ikea*, est resté coincé plusieurs semaines à la première place des livres les plus vendus en France et a remporté le Grand Prix Jules Verne 2014 et le prix Audiolib 2014 pour le livre audio lu par l'acteur Dominique Pinon. Il est également publié dans une quarantaine de pays.

Paru au Livre de Poche :

L'EXTRAORDINAIRE VOYAGE DU FAKIR QUI ÉTAIT RESTÉ COINCÉ DANS UNE ARMOIRE IKEA

LA PETITE FILLE QUI AVAIT AVALÉ UN NUAGE GRAND COMME LA TOUR EIFFEL

RE-VIVE L'EMPEREUR !

ROMAIN PUÉRTOLAS

Tout un été sans Facebook

LE DILETTANTE

© le dilettante, 2017.
ISBN : 978-2-253-90657-5 – 1re publication LGF

Pour maman et papa, mon avant.
Pour Léo et Éva, mon après.
Pour Patricia, mon toujours.

My loneliness is killing me,
I must confess I still believe.

Britney SPEARS,
Baby one more time

Ma solitude me tue,
j'avoue que je continue de croire.

Alexandre DUMAS,
Le Comte de Monte-Cristo

Bienvenue à

NEW YORK, COLORADO

150 hab.

198 ronds-points

PLUS DE FACEBOOK

APRÈS CETTE LIGNE !

De l'utilité d'un club de lecture dans un petit commissariat du fin fond de l'Amérique

Au fin fond d'une clairière au fin fond de l'Amérique, au bout d'une route sinueuse qui serpente pendant des kilomètres et des kilomètres le long des Rocheuses, se trouve, taillé dans ce qui fut un jour le tronc d'un sapin millénaire, un petit panneau signalétique rectangulaire de soixante centimètres sur quarante.

Caché derrière, par le jeu des angles et de la perspective, un village de cent cinquante âmes, invisible depuis le ciel et coupé du monde, retient son souffle. Situé dans un cul-de-sac, on ne s'y rend qu'à propos, ou, plus communément, lorsqu'on se perd. Le maire, réticent à tout type de tourisme sur ses terres, a fait construire cent quatre-vingt-dix-huit ronds-points afin de permettre aux malheureux qui s'y seraient engouffrés par erreur de faire demi-tour à tout moment. Mais lorsqu'on pense trop aux étrangers, on en oublie ses propres électeurs. Une étude locale récente a révélé que traverser le village d'un bout à l'autre aurait sur une personne de constitution normale l'effet d'un tournis équivalent à l'ingurgitation de deux bouteilles et demie de champagne français et que la moitié de la population souffrirait de torticolis chronique.

On raconte que c'est en jouant au golf et en cherchant sa balle perdue que Remington Brown aurait découvert ce havre de paix, en 1863, après deux jours de marche dans le terrible désert de Gibson puis trois de pirogue sur la North River. Était-ce par ténacité ou avarice, nul ne le sait, mais tous les spécialistes sportifs s'accordent à dire qu'il avait un sacré swing.

Soucieux de s'épargner la route en sens inverse, il décida de s'installer à l'emplacement exact où il avait trouvé sa petite balle de caoutchouc naturel issu des feuilles de l'hévéa, à savoir dans la gueule d'un crocodile, avec la peau duquel il avait fini par se confectionner de belles bottes, toujours exposées au musée local. Si la légende ne dit pas ce que faisait ce brave Remington Brown en train de jouer au golf en pleine guerre de Sécession, plus de cinq siècles après que ce sport a été inventé aux Pays-Bas, mais vingt-trois ans avant qu'il ne soit introduit aux États-Unis, ni ce qu'avait perdu en plein Colorado ce gigantesque reptile, dont la taille variait en fonction du conteur, il est cependant avéré que l'aventurier donna à ce petit lopin de terre coincé entre un lac, une forêt et une montagne le nom de New York en hommage à sa ville natale. Il aurait été plus avenant, et surtout moins ambigu, de la baptiser New New York (la nouvelle New York, ou la nouvelle nouvelle York), afin de la différencier de celle que les colons anglais avaient déjà nommée de la sorte en hommage à leur York originale (celle du jambon).

Mais pouvait-on attendre ne serait-ce qu'une once de logique venant d'un homme qui avait parcouru à pied des centaines de kilomètres à la recherche d'une petite balle de golf ?

Quoi qu'il en soit, depuis ce jour-là, il y eut deux New York.

L'une célèbre, et l'autre moins. Beaucoup moins. Excepté pour ceux d'ici. Les vieux prétendent à ce titre que la chanson homonyme immortalisée par Liza Minnelli et Frank Sinatra aurait été écrite pour cette New York-là, la leur, New York, Colorado.

Je vais tout reprendre de zéro,
dans le vieux New York,
Si je peux le faire là-bas,
je pourrai le faire n'importe où,
À toi de voir, New York, New Yoooooork !!!!

Ils y croient tellement que c'en est devenu l'hymne du village.

La vérité est que cette chanson a été écrite pour moi : Agatha Crispies, lieutenant de police de peau noire (même en hiver), mutée, pour des raisons que je passerai sous silence dans ce premier chapitre afin de vous épargner un jugement trop hâtif (et exact) sur ma personne, depuis ma New York natale (celle des dealers de coke) vers cette New York de carte postale (celle des dealers de Guronsan) où j'ai dû tout reprendre de zéro, comme le chante Sinatra, et si je peux le faire ici, alors je peux le faire n'importe oùùùùùù ! Parce que la vie, ici, est à vomir, et je ne dis pas cela pour les tonnes de donuts au chocolat que j'ingurgite à longueur de journée, j'ai un transit de rêve (demandez à Rosita, la petite Mexicaine préposée aux toilettes), mais plutôt parce que je viens de l'une des brigades criminelles les plus prestigieuses et débordées des États-Unis.

À New York, Colorado, il n'y a que le lait qui déborde.

Le commissariat dans lequel je travaille, le plus petit du monde, situé dans un village où il ne se passe jamais rien, recense un taux d'élucidation des affaires équivalent à 100 % puisqu'il n'y a rien à élucider. Un tracas en moins pour le superintendant Goodwin qui, afin de remédier au désœuvrement de ses effectifs, a fini par autoriser les activités extra-professionnelles durant les heures de service. Un ennui dont on ne peut même pas faire profiter les autres : il n'y a pas Facebook. Il n'y a pas Internet, tout court. Aucune couverture, comme si les ingénieurs avaient oublié cette partie du globe, ou ne l'avaient pas encore découverte. Comme si Bill Gates, Steve Jobs ou Mark Zuckerberg[1] *n'étaient pas encore nés ou en étaient encore à expérimenter dans leur garage.*

Alors on trompe la morosité comme on peut. Chacun à sa manière.

Le truc du patron, c'est la pêche. La productivité de son travail se compte désormais en truites arc-en-ciel, ombles à tête plate et autres ménominis des

1. Pour devenir informaticien de génie aux États-Unis, il est indispensable de porter un nom ridicule : Bill « Portails », Steve « Petits Boulots » et Mark « Montagne de sucre » en sont la preuve… Inutile donc de chercher le succès si vous vous appelez Smith.

montagnes[1]. *Je doute qu'il passe ces statistiques à ses supérieurs fédéraux.*

Pour les autres, c'est l'atelier de tricotage des réceptionnistes (composé en exclusivité d'agents féminins, et de Kevin), celui de sudoku du personnel administratif, les concours de testostérone des groupes opérationnels (fléchettes, bières et rots) et enfin, l'extraordinaire, merveilleux et indispensable club de lecture dont je suis la présidente, et qui accueille tous ceux qui ne savent ni tricoter, ni remplir les grilles de sudoku, ni lancer des fléchettes, boire de la bière ou roter, et accessoirement, personne… La communauté Facebook compte environ deux milliards de membres. À titre de comparaison, le club de lecture du commissariat de New York, Colorado, en compte environ 1 999 999 999… (de moins).

Pourtant, mon club est d'une importance capitale au sein du service. On peut élucider de grands crimes grâce à la littérature. Mon père en était convaincu. Car la littérature, c'est la vie, et les meurtres font partie de la vie. Dommage qu'à New York, Colorado, le seul crime commis en vingt ans ait été un feu rouge grillé, le *feu rouge, le seul du village (tous les autres carrefours sont des ronds-points). Et encore, ce n'était qu'un époux attentionné qui amenait à l'hôpital sa femme enceinte jusqu'aux oreilles qui venait de perdre les eaux. Une infraction répétée. Pour la venue de Stan, de Peter puis de Lisa. En gros, chaque fois que Sylvie est sur le point d'accoucher, Seth Harrison se transforme en ce furieux criminel récidiviste qui grille* le *feu tricolore.*

1. Pour devenir poisson aux États-Unis, il est indispensable de porter un nom aussi ridicule qu'un informaticien de génie.

Et ainsi la vie aurait suivi son cours, placide et déprimant, à New York, Colorado, si un premier meurtre aussi énigmatique qu'horrible n'avait pas secoué, cet été-là, le petit commissariat du fin fond de l'Amérique dont je me propose aujourd'hui de relater l'incroyable histoire.

PREMIÈRE PARTIE

CRÉATION D'UN GROUPE
(de lecture pour les policiers de New York)

Comment cette histoire commence (plutôt mal)

Woodville

Le premier mot que prononça la lieutenant de police Agatha Crispies en voyant la masse informe et rouge carmin qui flottait dans la baignoire à la manière d'une gargantuesque moussaka n'en fut, à proprement parler, pas un.

— Grumpppffff, bafouilla-t-elle en crachant de gros morceaux de son donut au chocolat qui atterrirent dans le bain de sang et se mêlèrent aux lambeaux de chair décomposée.

— Qui êtes-vous ? demanda l'homme qui était en train d'inspecter le carrelage à quatre pattes et venait de recevoir une pluie de pâte chocolatée sur son crâne dégarni.

Il tenait dans la paume de la main un petit élastique qu'il avait trouvé entre deux dalles et le regardait d'un air suspicieux. Interrompu dans sa prospection, il le rangea dans la poche de son imperméable, remettant son analyse à plus tard, puis il posa les yeux sur la nouvelle venue.

Agatha était une jeune femme de trente-cinq ans qui en imposait quand elle entrait quelque part. Par son « ampleur », d'abord, car elle n'était que formes et ne laissait guère de place autour d'elle. Des seins et un postérieur aussi démesurés que les promesses d'un candidat à la présidence. Par la couleur de sa peau, ensuite, d'un noir de jais, exotique dans ce coin de l'Amérique profonde, voire très profonde. Par son look, enfin. Une énorme boule de cheveux frisés qui reposait sur sa tête comme un nid de cigognes (dans laquelle elle plantait quelquefois un peigne afro, ce qui n'était pas le cas aujourd'hui), des boucles d'oreilles en forme d'ananas, un tee-shirt et un jean extra-moulants afin de mettre en valeur les formes décrites ci-avant et qui semblaient toujours sur le point de craquer. Pour résumer, Agatha Crispies, c'était Whitney Houston après un régime cassoulet et un relooking extrême par Bananarama.

— C'est plutôt à moi de vous demander ça ! s'exclama-t-elle.

— Shérif McDonald, se présenta le policier en se relevant. Comme les hamburgers.

Shérif. À l'évocation de ce mot, l'esprit de la jeune policière fut submergé par l'image d'un homme viril portant chapeau et étoile, mal rasé, chiquant du tabac puis le crachant par terre d'un air de défi, le cou luisant de sueur, la chemise assez ouverte pour que l'on entraperçoive une poitrine ferme recouverte d'une épaisse toison. Mais le spécimen qu'elle avait devant elle était plus du genre à porter un bermuda et des chaussettes blanches (assorties à son teint maladif) remontées jusqu'aux genoux sous son imperméable.

Comme son nom ne l'indiquait pas, il ne devait pas en manger souvent, des hamburgers, car il était maigre comme un clou.

L'homme épousseta son manteau devant le miroir, nettoya les verres de ses lunettes sur sa veste de costume, les chaussa à nouveau et sourit à la vue de ces morceaux de chocolat qui parsemaient son crâne comme une chevelure retrouvée.

Agatha brandit son badge de police devant elle.

— Ça, c'est la carte Ikea Family, dit l'homme.

— Oh, pardon (elle fit glisser le volet du portefeuille). Lieutenant Agatha Crispies, comme…

— Les céréales ? proposa-t-il.

— J'allais dire comme Agatha Christie, mais bon.

Il la considéra un instant de ses petits yeux de rapace.

— Certes, je ne ressemble peut-être pas à un shérif de western, assena-t-il comme s'il avait lu dans ses pensées, mais vous ne ressemblez pas à Columbo non plus, lieutenant…

Elle prit cela pour un compliment.

Il enleva à nouveau ses lunettes et en essuya les verres sur son imperméable. Un maniaque, jugea Agatha.

— Je ne savais pas que la police engageait des…

Le shérif n'alla pas plus loin, laissant son interlocutrice deviner la suite, qui lui semblait évidente.

— Femmes ? hasarda celle-ci. Oui, depuis 1910. Il faut bien que quelqu'un fasse le café au bureau, ironisa-t-elle.

— Non ! Voyons, vous voyez bien où je veux en venir ! Des…

Le racisme notoire des gens de la région amusait Agatha plus qu'il ne la dérangeait. Ici, elle était l'étranger de Camus, le Gurb de Mendoza, le Jean-Baptiste Grenouille de Süskind. On la regardait avec le dégoût qu'inspirait Gregor Samsa transformé en gros cancrelat noir dans *La Métamorphose*. Elle était la différente. Dans le coin, être femme et noire était un double affront, mais elle n'allait tout de même pas passer ses journées à s'excuser. Et puis, que connaissaient-ils du racisme, des minorités, de l'immigration ? À part son patron, la seule personne de couleur qu'elle avait pu croiser dans les parages en cinq ans avait été son propre reflet dans la vitrine des magasins. Enfin, pouvait-on parler de « magasins » ? Il n'y avait même pas un Zara dans ce patelin.

— Des Noirs ? l'aida-t-elle.

L'homme sourit pour toute réponse.

Agatha était une femme, comme on disait, de couleur. Cela tombait bien, car c'était ainsi qu'elle voyait la vie, pleine de couleurs.

— C'est pour mieux m'infiltrer, expliqua Agatha. Selon notre gentil président xénophobe, tous les délinquants ne sont-ils pas noirs ou hispaniques ?

Le policier acquiesça sans relever la note de sarcasme que dissimulait ce commentaire.

— Vous avez raison, dit-il, résigné. Si je ne me trompe pas, votre plaque est celle de la police de New York, ajouta-t-il pour changer de sujet. Qu'est-ce que vous avez perdu dans les parages ?

— Je suis de New York, mais cela fait cinq ans que je travaille au commissariat de New York, Colorado.

L'homme réfléchit quelques secondes.

— Il y a un New York dans le Colorado ? demanda-t-il enfin.

— Il y a un New York sur la côte Est ? répliqua la policière.

Le shérif fronça ses épais sourcils.

— C'est une blague des gens du village, expliqua Agatha. Vous n'êtes pas le seul à ne pas connaître. Ce n'est pas grand, cent cinquante habitants, perdus entre la forêt et la montagne, au nord, à la frontière avec le Wyoming. À deux heures de voiture d'ici. Les portables et Internet ne passent même pas, et le micro-ondes, c'est encore de la science-fiction pour eux.

Elle sourit et, semblant revenir à ce pour quoi elle était là, elle plongea ses doigts dans la mare de sang, de laquelle elle sortit quelques miettes qu'elle examina avec soin.

— On dirait bien que je viens de trouver une première piste, annonça-t-elle, satisfaite, en signalant sa paume ouverte : l'assassin aime les donuts au chocolat. C'est fou tous ces criminels qui mangent des donuts ! Vous ne me croirez pas si je vous dis qu'à New York, New York, déjà, nombreuses étaient les fois où je retrouvais des miettes de donut au chocolat sur une scène de crime.

Et elle en vint à se demander si le meurtrier ne pourrait pas être un collègue. Dans les séries policières américaines, les flics mangeaient tous des donuts au chocolat. Elle se ravisa. Peut-être n'était-ce qu'un cliché de plus après tout, et elle croqua à pleines dents dans le sien.

— Je vous crois sans mal, Crispies. Mais n'avez-vous jamais pensé qu'il pourrait s'agir de vos propres miettes ? remarqua l'homme, agacé.

Et il pensa à la parabole de l'Évangile de Luc quelque peu revisitée par Dunkin' Donuts : voir la miette de donut dans l'œil du voisin et ne pas voir l'énorme donut dans le sien.

— À propos d'énorme donut, est-ce que la voiture avec le gros beignet en plastique de deux mètres de diamètre sur le toit (mal) garée devant l'immeuble est à vous ? reprit-il.

— Ma voiture de fonction. On fait un peu de pub pour les donuts Trou Divin et, en échange, ils fournissent tout le commissariat gratuitement.

— Un peu de pub ? s'exclama le policier. Je ne sais même pas où vous pouvez poser le gyrophare !

— Pas la peine, puisqu'on voit le donut. Il s'éclaire dans la nuit.

L'homme dodelina de la tête.

— Je vois, je vois, eh bien, je ne sais pas comment vous procédez à New York, Colorado, mais ici, à Woodville, on ne mange pas en travaillant, alors je vous prierais d'arrêter de polluer ma scène de crime.

— Vous voulez dire *ma* scène de crime ? rectifia Agatha en souriant.

— C'est ce que j'ai dit. *Ma* scène de crime, reprit l'homme.

Ce petit manège aurait pu durer longtemps si la policière n'avait pas ôté toute ambiguïté en collant une note officielle sous le nez aquilin de son collègue.

— Ce mot du procureur général Lawrence Wargrave de l'État du Colorado, dit-elle en agitant une feuille de papier froissée qu'elle avait tirée de la poche arrière de son jean, stipule que la chef du département d'homicides du commissariat de New York, Colorado, c'est-à-dire moi, est saisie de l'affaire. Vous êtes relevé de l'enquête, shérif McDo, vous pouvez disposer.

Disposer ? pensa l'autre. Moi ? Elle est bien bonne celle-là. Comme un vulgaire agent de la circulation, comme un esclave docile, un serviteur ? Mais des deux, c'est quand même moi le Blanc, bordel de Dieu !

— McDonald, corrigea l'homme en essayant de ne pas laisser paraître la rage qui l'animait. Ne le prenez pas mal, mais pourquoi un magistrat aurait-il intérêt à ce qu'un petit commissariat perdu au fin fond de l'Amérique se charge d'une affaire de cette importance ? Sur ma juridiction de surcroît ?

D'un geste trahissant une grande nervosité, il retira ses lunettes pour les nettoyer à nouveau sur son imperméable.

— Ne le prenez pas mal vous non plus mais peut-être pense-t-il que les flics de New York, Colorado, et moi en particulier, sommes meilleurs que ceux de Woodville et donc plus aptes à résoudre, je vous cite, « une affaire de cette importance »…

McDonald la toisa de haut en bas. Il n'était pas le genre d'homme à se faire piquer une enquête par une femme. Noire. Avec un cul aussi gros qu'une montgolfière. Un nom de céréales. Et des Converse roses aux pieds. Mais il n'avait pas le choix. Si le procureur général de l'État du Colorado le voulait ainsi, il devrait se plier à cette décision, si humiliante fût-elle.

Il essaya de ne pas laisser transparaître la blessure que ce bout de papier venait d'occasionner dans son amour-propre avec la force d'une balle de calibre .38.

— Je ne vais pas me battre avec vous pour un cadavre, annonça-t-il comme s'il lui faisait un cadeau. Ce n'est pas moi qui devrai me coltiner quatre heures de rédaction de procès-verbaux en tous genres une fois rentré au service.

En temps normal, Agatha aurait donné raison au shérif. À New York, New York, elle ne s'était jamais battue pour un cadavre, bien au contraire. Se lancer dans de grandes enquêtes (si tant est que cela existe) signifiait taper le rapport de constatations, de la découverte du cadavre, des premières conclusions du légiste, celui de la levée du corps, de l'état des lieux, des perquisitions, du scellé des éventuelles pièces à conviction, toute cette paperasse inutile pour l'investigation et dont on ne parle jamais dans un Agatha Christie ou un Sherlock Holmes. Sortir du bureau, se rendre sur une scène de crime, procéder aux constatations puis revenir au service prenait une heure, voire deux. En rendre compte par écrit vous plombait toute la journée. Dans sa jeune carrière, Agatha avait déjà noirci autant de pages que la Bible, Ancien et Nouveau Testament compris, sans jamais avoir été considérée comme une prophétesse pour autant. Telle était l'injustice de la bureaucratie. On ne voyait jamais cette partie ingrate du boulot dans *Bones, Mentalist* ou *NCIS*. Dans la réalité, les agents passaient plus de temps à taper sur un clavier Qwerty que sur un proxénète colombien ou qu'à vivre d'intrépides poursuites en voiture à la *Bullitt*. Si un jour cela se savait, les écoles de police seraient vides.

Mais pour l'instant, ce cadavre mutilé, c'était tout ce dont elle avait rêvé durant ces cinq ans passés à New York, Colorado. Un joli meurtre. Travailler. Enfin. Enquêter sur autre chose qu'un écureuil radioactif écrasé.

— Il n'y a que dans les films que les flics discutent le bout de gras pour un macchabée, continua-t-il. Dans la vraie vie, personne n'en veut. Un jour, j'ai même vu deux policiers, chacun sur une rive d'un fleuve, se refiler à coups de branches un corps pour qu'il se retrouve sur la juridiction de l'autre !

La policière dodelina de la tête.

— Eh bien moi, je prends ! Et puis je sais bien que vous dites cela parce que vous vous sentez humilié, meurtri dans votre fierté de mâle…

Le policier haussa les épaules.

— Allez, McDrive, dites-moi tout ce que vous savez, ordonna Agatha en croquant dans le dernier morceau de son donut au chocolat.

— McDONALD ! hurla l'homme, excédé, avant d'ouvrir son calepin Moleskine noir et de lire ses notes, non sans avoir nettoyé une quatrième fois les verres de ses lunettes, bien entendu.

Dans lequel on apprendra quelques astuces de ménagère utiles et fiables pour nettoyer les taches de sang

Alors qu'elle repassait une chemise blanche de son mari, vendeur d'automobiles à Spanish Fork toujours tiré à quatre épingles, la voisine du dessous, madame Grzegorczyk, avait remarqué une petite tache rouge sur la poche de poitrine. Elle avait tout de suite pensé à de l'encre de stylo, car c'est là que son mari aimait à les ranger, à la manière d'un ingénieur de la Nasa (qui était sa première option avant vendeur de voitures), et s'était empressée d'aller la laver dans l'évier de la cuisine.

— À propos, cette femme est une fée du logis ! s'exclama McDonald, interrompant son récit pour la cinquième fois. Elle m'a appris une bonne dizaine de trucs pour nettoyer du sang sur un vêtement. Avec de l'ammoniaque, de l'eau de Javel sans chlore, de l'eau oxygénée, de la farine, du talc, un glaçon, du savon noir, du sérum physiologique, et même en appliquant l'anneau d'une clef en fer sur la tache de sang ! Et surtout qu'il ne fallait jamais frotter mais procéder par tamponnements, de l'extérieur vers l'intérieur, afin de ne pas étendre la tache. Impressionnant, n'est-ce pas ?

— Vous appelez cela une fée du logis ? J'appellerais plutôt cela une potentielle tueuse psychopathe en série ! s'offusqua la policière.

— Pauvre femme, ne dites pas cela, elle était dans un état de choc avancé.

— Cela ne lui serait pas arrivé si elle laissait son mari repasser lui-même ses chemises… Comment vous avez dit qu'elle s'appelait ?

— Grzegorczyk.

— Grrrrzzz…

— Grze-gor-czyk.

On aurait dit le maître de philosophie qui, dans *Le Bourgeois gentilhomme* de Molière, s'évertuait à enseigner à monsieur Jourdain la correcte prononciation des voyelles et des consonnes.

— C'est de quelle origine, ça ? Extraterrestre ?

— Polonaise.

Elle gribouilla quelques lettres sur son calepin, ratura, écrivit à nouveau.

— Elle ne peut pas s'appeler Smith, comme tout le monde ? pesta-t-elle, agacée. Comment vous épelez ce truc ?

— Comme ça se prononce. G-r-z-e-g-o-r-c-z-y-k.

— En Pologne, pour inventer des noms de famille, ils font marcher des chats sur des claviers d'ordinateur ?

Elle se souvint que Georges Simenon, l'auteur de *Maigret*, trouvait ses noms de personnages dans l'annuaire téléphonique. Le romancier belge n'aurait jamais choisi un nom comme Grzegorczyk pour l'un de ses romans. C'était évident.

— Très bien, continuez, shérif McDo, reprit-elle pendant que celui-ci notait mentalement de vérifier l'hypothèse des chats polonais.

— Eh bien, en s'attaquant à la deuxième chemise, elle a trouvé une nouvelle tache de stylo, mais cette fois-ci sur la manche. Et alors qu'elle l'examinait de plus près, une goutte rouge est tombée du ciel à quelques centimètres de la première. Puis une autre. Et une pluie écarlate s'est bientôt abattue sur elle. Quand elle a levé les yeux, elle a vu une immense tache pourpre de la forme des États-Unis qui s'étendait sur le plafond. La suite logique : elle est montée en aviser son voisin du dessus. Personne ne lui a répondu. Elle a appelé la police. Je suis arrivé le premier sur les lieux. J'ai tiré une balle dans la serrure de la porte de l'appartement pour entrer, puis ai défoncé d'un coup d'épaule celle de la salle de bains. Elle était verrouillée de l'inté…

— Oh là, t'emballe pas, Starsky ! Vous essayez de m'impressionner ?

— Euh, non, pas du tout… je…

— Bien, une tache de la forme des États-Unis, vous dites ?

— Manière de parler, je ne pense pas que ce détail soit impor…

— Merci, coupa Agatha.

Agatha dodelina de la tête en regardant les notes qu'elle venait de prendre. Peut-être aurait-il été plus rapide de déchirer la feuille du Moleskine de son collègue et de la mettre dans le sien. Même marque, même format, seule la couleur de la couverture était différente. Du cuir teint en noir pour le shérif, rouge pour le sien. Comme ses Converse roses qui, à force de patauger dans la mare de sang qui débordait de la baignoire, et tel un caméléon, avaient pris cette couleur. Qu'est-ce qu'il avait dit ? De l'ammoniaque, de la farine, un glaçon, du sérum physiologique, de la Javel et même l'anneau d'une clef en fer. Elle les nettoierait dès qu'elle arriverait chez elle.

— Vous avez déjà une piste ? demanda le shérif.

Agatha leva à nouveau les yeux vers lui. Ce qu'il pouvait être ridicule dans son imperméable. Elle se demanda pourquoi tous les policiers mâles en portaient un. Elle n'avait jamais aimé cet accessoire. En plus de dissimuler toutes les courbes de votre corps, les impers pouvaient cacher un fusil à canon scié. Ou pire encore, un bermuda et des chaussettes blanches remontées jusqu'aux genoux... Freud pensait que ceux qui portaient la barbe essayaient en réalité de se cacher derrière, qu'ils essayaient de cacher quelque chose. Qu'aurait-il dit des hommes en imperméable ?

— Ce serait possible de savoir à quoi vous pensez ? lui demanda l'homme, l'arrachant à ses réflexions.

— Je me demandais si vous portiez un bermuda et des chaussettes blanches sous votre imperméable.

Le propos déstabilisa le shérif.

— C'est un peu ridicule de porter un imperméable en été quand il fait quarante degrés à l'ombre juste pour faire comme dans les séries policières, ajouta-t-elle.

— Et c'est une flic qui mange des donuts qui me dit cela ! Question clichés, bravo ! Écoutez, Crispies, je ne pense pas que cette petite guéguerre des polices fera avancer l'enquête. Essayons de bien nous entendre, voulez-vous ?

— Vous pouvez m'appeler Agatha. Comme…

— La marque de bijoux fantaisie ?

— J'allais dire comme Agatha Christie, mais bon.

Elle se retourna vers l'amas de chair qui flottait dans la baignoire. Le corps, impossible à identifier, semblait avoir été criblé de balles ou de coups de couteau avec le souci indéniable de le faire ressembler le plus possible à une moussaka et un tableau de Picasso (l'assassin était-il grec ? espagnol ?). Elle n'avait pas vu un tel carnage depuis qu'elle avait enquêté sur l'affaire de cet homme qui avait ouvert la lettre piégée qu'il avait envoyée à son patron et qui lui avait été retournée par la poste parce qu'il manquait le timbre.

— Un suicide ? demanda la jeune femme avec le plus grand naturel du monde.

L'homme ouvrit en grand ses yeux de rapace.

— Vous voulez rire ? Regardez-moi cette boucherie !

Cherchait-elle à le tester ? Se moquait-elle de lui ?

Elle regardait le bout de ses ongles enduits de vernis imitation bordeaux 346 Chanel acheté en promotion à la mercerie locale (car il y avait toujours des merceries à New York, Colorado). Ça avait de l'allure pour une imitation.

— Est-ce que j'ai l'air de plaisanter ? interrogea-t-elle.

— J'ai bien peur que non…

Disant cela, il retira ses lunettes, les nettoya sur sa chemise et les chaussa à nouveau.

— Ceux qui ont fait ça voulaient être sûrs qu'il ne s'en sortirait pas, remarqua-t-il en indiquant l'iceberg de chair et de sang. Ce Peter Foster devait avoir de sacrés ennemis.

— Pe-ter-fos-ter, répéta Agatha en le notant sur son calepin. Ça au moins, c'est un vrai nom.

— C'est le nom que j'ai trouvé sur ses papiers.

— Quoi qu'il en soit, même si vous pensez que, je cite, « ceux qui ont fait ça voulaient être sûrs qu'il ne s'en sortirait pas », je continue de croire qu'il s'agit selon toute vraisemblance d'un suicide. Contrairement à ce que vous pensez, il n'est pas impossible que ce Peter Foster se soit ôté la vie et je vais vous expliquer pourquoi.

Elle lui relata alors le difficile cas sur lequel elle avait eu à travailler, quelques années auparavant, à New York (l'autre). La scène de crime ressemblait à celle-là, un homme, dans une baignoire, dans une salle de bains verrouillée de l'intérieur, à la seule différence que la victime n'avait qu'une seule plaie, propre et définie, causée par un objet pointu, dans le ventre. Pas d'arme sur les lieux mais autant de sang. Après plusieurs semaines d'enquête et d'intense réflexion, ils avaient enfin résolu le mystère de la pièce fermée de l'intérieur : l'assassin n'était autre que la victime elle-même. Et alors que tout indiquait un meurtre, ils avaient dû se rendre à l'évidence, il s'agissait bel et bien d'un suicide, si incroyable cela semblât-il. Armé d'une fine stalactite de glace, l'homme s'était transpercé l'estomac. Au contact avec l'eau chaude du bain, l'arme avait fondu et disparu. Le suicide parfait, en somme. Même si Agatha n'avait jamais trop compris l'intérêt de déguiser un suicide en meurtre.

— Très malin, en effet, conclut McDonald en dodelinant de la tête, admiratif. Vous avez résolu cela toute seule ?

— Mon coéquipier, en regardant fondre un glaçon dans son quatorzième whisky. Il était dépressif et alcoolique.

— Je comprends, dit-il.

Et il pensa que cette Agatha Crispies ne devait pas être étrangère à cette dépression.

— Jolie histoire mais, dans notre affaire, comment aurait-il pu se cribler d'autant de coups de stalactite de glace ?

— Plus je le regarde et plus j'ai l'impression que Peter Foster était en train de prendre tranquillement son bain lorsque les treize personnages du *Crime de l'Orient-Express* sont venus lui assener chacun un coup de couteau. Mince, j'espère que vous avez lu le roman et que je ne vous ai pas gâché la surprise, ajouta-t-elle avec un sourire qui laissait supposer qu'elle désirait le contraire.

— J'ai dû le lire quand j'étais enfant. Mais en ce qui concerne Peter Foster, il aurait fallu bien plus que treize coups de couteau pour le convertir en lasagnes.

Un assassin italien, nota mentalement Agatha à côté de grec et espagnol.

— Si je penche vers l'hypothèse du suicide, ce n'est pas par esprit de contradiction, même si je n'en manque pas, vous pouvez me croire, mais parce que vous avez dit il y a quelques minutes que, quand vous êtes arrivé, la porte de la salle de bains était, je cite, « verrouillée de l'intérieur ».

— Vous notez tout, comme ça ? C'est flippant de se sentir à ce point observé.

— J'ai trop peur qu'un détail m'échappe, alors je note tout, même des choses sans importance pour l'enquête (elle tourna quelques pages de son Moleskine). Le numéro de téléphone d'un mec sexy qui était dans ma classe en cinquième (et que je n'ai jamais osé appeler), une pensée philosophique de Nietzsche à propos de la pêche au thon, la composition chimique du laiton, un poème d'amour d'Howard Phillips Lovecraft, la liste des courses pour la semaine.

— Ah oui, en effet, reconnut-il en faisant mine de vouloir nettoyer les verres de ses lunettes à nouveau, qui étaient pour le coup d'une propreté éclatante.

— La porte, donc, était verrouillée de l'intérieur, dit-elle pour revenir au sujet de leur conversation.

— Verrouillée de l'intérieur. C'est vrai, dit l'homme, comme s'il venait de mettre la main sur un élément décisif. C'est vrai, elle était fermée à clef de l'intérieur, répéta-t-il en fronçant les sourcils.

Et comme chaque fois qu'il était incapable dc trouver une explication à quelque chose et ne voulait pas passer pour un idiot, il préféra changer de sujet.

— À propos, que disait Nietzsche sur la pêche au thon ?

Où cette passionnante conversation se poursuit dans la salle de bains en compagnie d'un troisième interlocuteur

— La victime a mangé des lentilles avant d'être sauvagement assassinée ! lança le médecin légiste en guise de salut lorsqu'il entra dans la salle de bains.

Les deux policiers se regardèrent un instant, immobiles pendant que l'homme s'inclinait avec une grimace de dégoût au-dessus de la baignoire.

— Vous êtes impressionnant, docteur ! s'exclama Agatha, soufflée. Comment avez-vous pu déduire cela d'un simple coup d'œil ?

— La table n'est pas débarrassée dans la cuisine, expliqua le coroner, et il y a encore des lentilles dans la casserole. J'en ai goûté une cuillerée, elles sont très bonnes. Vous devriez aller y faire un tour avant que les employés de l'entreprise funéraire n'arrivent et ne mangent tout. Ce sont de vrais vautours. Scholl.

Il leur tendit sa belle main aux ongles soignés de médecin.

— Docteur Scholl, comme les sandales pour les durillons.

— Crispies, dit Agatha.

Le shérif ne broncha pas. Son nom à lui, Scholl le connaissait déjà. Ils avaient l'habitude de travailler ensemble. Il n'y avait qu'un shérif et qu'un médecin légiste à Woodville.

Le nouveau venu les dévisagea, amusé.

— Crispies et McDonald, vous vous êtes bien trouvés. On dirait le nom d'un régime grosseur, ajouta-t-il avec une pointe d'ironie dans la voix. Même si quelqu'un qui ne se nourrirait que de cela ne survivrait pas trois mois, plaisanta-t-il.

— Moi, cela fait bien trente ans que je survis à base de donuts au chocolat ! se défendit Agatha.

Le coroner la regarda de pied en cap, s'arrêta quelques secondes sur ses énormes hanches et bien plus énormes fesses qui dépassaient de ces énormes hanches. Il faillit dire « Cela se voit », mais se contenta d'esquisser un sourire. Surcharge pondérale, hypercholestérolémie, pieds plats, sans doute diabète de type 2, cette femme au doux nom de céréales était à elle seule un précis de médecine interne. L'obésité était une cause majeure de maladies et de morts évitables aux États-Unis, mais certains faisaient tout pour foncer droit dans le mur.

— Mes condoléances, plaisanta-t-il.

— Oh, nous ne connaissions pas la victime, se défendit Agatha.

— Je disais ça pour vous, ajouta-t-il d'un air tranchant.

Il y eut un silence.

— J'ai l'impression de vous connaître, reprit le médecin quelques secondes après.

— Je ne crois pas, non, répondit Agatha, vexée, en lui envoyant un de ses regards capables de réduire en cendres l'acier le plus solide. C'est la première fois que je viens dans le coin, et je ne pense pas que vous soyez déjà allé à New York, Colorado.

— Il y a un New York dans le Colorado ?

— Il y a un New York sur la côte Est ? demanda McDonald, s'appropriant la blague des gens du village.

— On me dit souvent que je ressemble à Rihanna, c'est peut-être ça, supposa Agatha.

Elle pouvait lire dans la gent masculine comme dans un livre, comme dans un magazine, comme dans un *Cosmopolitan*, quoi. Même s'il avait été désobligeant avec elle, elle lui plaisait. C'était d'ailleurs pour cela qu'il avait été désobligeant avec elle, il n'y avait pas de doute là-dessus. Elle connaissait la psychologie masculine. Et puis, les hommes aimaient les femmes aux grosses fesses, c'était bien connu. Ils fantasmaient peut-être sur des mannequins russes anorexiques mais au final ils se mariaient avec bobonne et ses kilos de trop. Et elle, question fesses, elle avait celles de Beyoncé et de Jennifer Lopez réunies.

— J'ai trouvé ! s'exclama le médecin. Vous ressemblez à cette fille dans *Ghost* ! Vous êtes son portrait craché, ma parole !

— Demi Moore ? demanda Agatha, à la fois intriguée et flattée.

Le médecin n'était pas si rustre que cela après tout. Ou souhaitait-il simplement se racheter ? C'était bien la première fois qu'on la comparait à la belle actrice américaine. Mais, après réflexion, ces yeux de chatte, ce beau visage harmonieux, ce corps de rêve, ces…

— Non, pas Demi Moore, l'autre, la médium.

— Whoopi Goldberg ? s'exclama-t-elle alors, horrifiée.

Elle se sentit défaillir. Elle sortit un donut au chocolat de son sac à main et croqua dedans, nerveuse.

— Oui, c'est ça, Whoopi Goldberg !

— Bon, c'est pas que je voudrais vous déranger, mais quand vous aurez fini votre petit jeu des ressemblances, on a un mort sur les bras, remarqua McDonald, sérieux.

— Oui, c'est ça, parlons plutôt de ce pauvre type, dit Agatha définitivement vexée.

Le légiste se tourna vers la montagne de chair écarlate qui s'étendait devant lui en esquissant une nouvelle grimace de dégoût.

— « Un meurtre d'une violence indescriptible, commença-t-il à réciter, comme si l'assassin avait su que ce n'était pas le corps qu'il fallait anéantir chez cet homme, mais son esprit, ce qui était en lui »…

— C'est de qui ? demanda Agatha, intriguée de ne pas connaître cette citation.

— Je ne sais plus. J'ai dû lire cela dans un polar[1]. Je ne lis que ça.

— Vous pensez donc que c'est un meurtre ?

— Et que voulez-vous que ce soit d'autre ? demanda le docteur en se tournant vers la grosse policière. Vous ne pensez tout de même pas à une mort naturelle !

Le shérif pouffa.

---

1. Le légiste Scholl ne s'en souvient peut-être plus, mais il veut sûrement parler de *Trois mille chevaux-vapeur* d'Antonin Varenne.

— Pire que ça, dit-il. Elle pense à un suicide…

Le médecin afficha un air perplexe et se gratta le menton.

— Un suicide ? Peu probable. À moins que ce ne soit un attentat suicide à la bombe… C'est la mode en ce moment.

Les yeux d'Agatha s'écarquillèrent. Durant quelques secondes, elle se vit chargée d'une enquête d'ampleur nationale, voire internationale. Elle seule contre les terroristes. Elle assurerait la sûreté de l'État, elle sauverait le monde comme Bruce Willis. Le président des États-Unis lui épinglerait une médaille sur la poitrine. Penser à mettre mon plus joli soutien-gorge, nota-t-elle mentalement, et un beau chemisier.

— Mais qu'est-ce qu'un djihadiste viendrait foutre à Woodville ? se demanda le shérif à voix haute. Et à quoi cela lui servirait-il de commettre un attentat dans sa propre baignoire ?

Le rêve de la policière éclata comme une bulle de savon. Oublier le joli soutien-gorge et le beau chemisier. De toute façon, ils étaient au sale.

— C'est un meurtre, dit le coroner, afin de couper court à toute autre hypothèse farfelue. La dernière fois que j'ai vu un carnage pareil, je travaillais à Washington. Un type avait tué sa femme dans un moment de colère puis l'avait découpée en morceaux avec ce qu'il avait sous la main, un couteau à beurre.

— Un couteau à beurre ? répéta le policier à l'imperméable.

— Ça l'avait pris au petit déjeuner. Paradoxalement, un couteau à viande ou de boucher fait moins de dégâts. C'est plus propre, plus défini. Mais avec un couteau à beurre, il faut s'acharner pour couper la peau. Et les os, je vous raconte pas ! De la charpie. Enfin, ça, quoi ! Du bacon.

Il montra la montagne de chair rouge.

— Le peintre ? demanda Agatha.

— Non, le jambon fumé.

— Oh, je disais ça parce que les personnages que peint Francis Bacon sont des masses difformes et terrifiantes, expliqua la policière.

— Vous avez fait les beaux-arts, lieutenant Crispies ?

— Euh, non.

— Bien, alors maintenant, mettons-nous au travail !

L'homme retroussa les manches de sa chemise.

D'un geste, il demanda aux agents de reculer un peu. Il posa sa mallette sur le sol inondé d'eau et de sang et en sortit un stéthoscope.

— Vous êtes sûr que c'est encore utile ? demanda Agatha.

— Je ne saute jamais une seule étape de la check-list. J'ai trop peur qu'un détail ne m'échappe, alors je fais tout, même les choses évidentes.

— Entre névrosés, vous devriez bien vous entendre tous les deux, dit McDonald en nettoyant pour la quarante-sixième fois en dix minutes les verres de ses lunettes.

Le médecin enfila une paire de gants et colla son stéthoscope sur la masse de chair en plusieurs endroits. Puis il examina quelques lambeaux avec les doigts afin d'identifier où se trouvaient la tête et les différents membres du corps, balaya du revers de la main quelques miettes de donut au chocolat, prit quelques mesures, dont la température avec un drôle de thermomètre, puis se tourna vers les policiers.

— Il est mort, dit-il alors en prenant un air de circonstance.

Comment détecter les racistes avec un simple iPhone

Lorsque l'on pose la question autour de soi, la grande majorité des gens ne sont pas racistes. C'est fou, il n'y a pas de racistes et pourtant on a élu un président xénophobe (le chef du gouvernement étant élu au suffrage universel indirect, une majorité de votants, et donc d'Américains, sont universellement indirectement xénophobes...); en 1997, le ministère de l'Agriculture refusait à des dizaines de milliers d'agriculteurs noirs des prêts accordés aux fermiers blancs ; et 89 % des femmes noires dans les films jouent des personnages vulgaires contre seulement 17 % des actrices blanches. Les racistes sont partout. Dans la politique, l'agriculture, le cinéma, au coin de votre rue. Peut-être en êtes-vous un vous-même, sans le savoir.

Je m'explique. Deux économistes américains se sont penchés sur le sujet et ont demandé autour d'eux : répondriez-vous de la même façon à une petite annonce sur Internet à un vendeur indépendamment de sa couleur de peau ? Réponse unanime : « Mais oui, bien sûr, il ne manquerait plus que ça ! » Cependant, dans les faits, les choses furent bien différentes. Les faits sont toujours bien différents des paroles. Pour en avoir le cœur net, ils passèrent des annonces sur plusieurs sites gratuits pendant un an. L'objet en vente était toujours le même : un iPhone. À un seul détail près. Sur certaines annonces, la main qui le tenait était blanche, et sur d'autres, elle était noire. Les résultats furent sans appel. Le vendeur noir recevait 10 % de réponses et 20 % d'offres de moins que le vendeur blanc. En outre, les acheteurs potentiels ayant pris contact avec le vendeur noir se montraient plus méfiants. 20 % de moins donnaient leur nom et plus de la moitié semblaient préoccupés par le paiement à longue distance. En gros, sans se l'avouer, juste par préjugé, on pensait que le vendeur noir viendrait frapper un jour à votre porte pour vous dévaliser, que le téléphone portable qu'il vendait était volé ou qu'il ne l'enverrait jamais. Qu'il garderait l'argent et irait s'acheter le dernier CD de Will Smith.

Que nous enseigne cette étude ?

1. Que si vous voulez vendre un iPhone et que vous êtes noir, vous feriez mieux de ne pas mettre votre main devant l'objectif ou d'emprunter celle de votre meilleur copain blanc pour passer l'annonce…

2. Que vous ne devriez jamais venir habiter à New York, Colorado. Que vous soyez noir ou que vous soyez un téléphone portable, il n'y a pas de différence, personne ne veut de vous ici.

3. Que vous devriez actualiser votre culture musicale. Le dernier album de Will Smith est sorti en 2005 !

Dans lequel le lecteur,
néophyte en la matière,
apprendra comment on enquête
sur un meurtre

— Bien, par quoi allez-vous commencer ? La perquisition ? L'enquête de voisinage ?

Appuyé contre le lavabo, l'homme à l'imperméable regardait Agatha, un petit sourire en coin.

— Eh bien, tout d'abord, je vais fêter ça ! Déboucher une bonne bouteille de champagne.

— Fêter quoi ?

— Le meurtre, pardi !

— On dirait que cela vous fait plaisir.

— Cela fait cinq ans que j'attends ! Je ne demandais pas le meurtre du siècle, juste un petit cadavre de rien du tout. Cinq ans ! Je n'y croyais plus. J'ai même pensé mettre une petite annonce dans le journal local, accrocher des affiches sur les pylônes électriques, mettre des publicités dans les cartons de pizzas, sur les packs de lait.

Elle dessina un panneau dans l'air et clama :

POLICIÈRE DÉSESPÉRÉE
CHERCHE
(JOLI) MEURTRE
Vous adresser au club de lecture
du commissariat,
dernière porte au fond du couloir,
à côté de la photocopieuse.

— Un meurtre dans la région, c'est comme la comète de Halley, vous n'en voyez qu'un dans votre vie. Et encore, avec un peu de chance.

L'homme la regarda, perplexe, avant de nettoyer les verres de ses lunettes. Agatha haussa les épaules, résignée :

— Et puis, je me demandais comment j'allais survivre à un nouvel été sans Facebook…

L'été venait de commencer et elle n'aurait pas à se demander comment l'occuper. Elle aimait l'été. Elle trouvait cette saison très romanesque. Elle engendrait des chefs-d'œuvre. *Bonjour tristesse* de Françoise Sagan, *Ne tirez pas sur l'oiseau moqueur* de Harper Lee, *Le Songe d'une nuit d'été* de William Shakespeare. Et puis, bien sûr, *La Traversée de l'été* de Truman Capote.

— La traversée de l'été sans Facebook… dit-elle et elle sourit de son intelligent trait d'esprit.

Le shérif ne réagit pas. Savait-il au moins de quoi elle parlait ?

— Qu'est-ce que c'est ? demanda-t-il, ignorant.

— Quoi ? Facebook ou Truman Capote ?

L'homme haussa les épaules à son tour.

Si Agatha concevait qu'il ne connaisse pas l'auteur de *De sang-froid* ou *Petit déjeuner chez Tiffany*, elle ne lui pardonnait pas en revanche de ne pas connaître Facebook. Ce patelin, c'était un peu *La Machine à explorer le temps* de H. G. Wells. À notre époque, tout bon policier se devait de maîtriser les réseaux sociaux. Ils étaient une source merveilleuse d'informations sur les délinquants. Car les délinquants, tout comme le reste du commun des mortels, avaient un compte Facebook. La population descendait dans la rue et manifestait contre les fichiers de police, attentant soi-disant aux libertés individuelles et au secret de la vie privée, puis étalait chaque détail de sa petite vie sans intérêt sur les réseaux sociaux. Certains voyous posaient même avec des armes et le butin de leur dernier méfait. On n'avait plus à réunir de preuves, les gens s'inculpaient eux-mêmes, photos ou vidéos à l'appui. Derrière chaque inconnu qui demandait à être votre ami, il pouvait y avoir un policier sous couverture. Oui, vraiment, Facebook était mieux qu'un simple fichier des renseignements généraux. On savait ce que mangeaient les gens (si mystérieux que cela puisse paraître, beaucoup prenaient leur plat en photo), où ils partaient en vacances et avec qui, et surtout la date de leur retour (ce qui plaisait tout autant aux policiers qui attendaient patiemment pour aller les cueillir à leur domicile à 6 a.m. quand ils savaient qu'ils les y trouveraient, qu'aux cambrioleurs qui s'en donnaient à cœur joie pendant leur absence).

— Bref, nous venons de procéder aux premières constatations sur le cadavre en compagnie du légiste, continua-t-elle. Maintenant il me faut examiner les lieux, saisir des preuves, s'il y en a et, si j'en trouve, entendre d'éventuels témoins, membres de la famille ou fréquentations du défunt, chercher des informations sur la victime, etc.

— Vous avez du donut sur la planche, si vous me permettez l'expression.

— *À l'instant même, sans retard, commençons nos investigations*, dit-elle en citant Albert de Morcerf dans *Le Comte de Monte-Cristo*.

Elle aimait citer les grands classiques, c'était une manière de faire entrer la littérature dans la vraie vie. Ou de faire entrer sa pauvre vie dans le monde bien plus merveilleux de la littérature.

Elle sortit de la salle de bains bien décidée à trouver un indice important et montrer à McDonald qu'elle valait tout autant, si ce n'était plus, qu'un homme. Blanc de surcroît.

L'appartement était bien rangé, trop bien rangé pour être celui d'un célibataire. C'était vieillot mais propre. Or Agatha s'y connaissait en célibataires, elle en avait connu une pelletée, il y avait une femme là-dessous. Une femme avec un manche d'aspirateur dans une main et un spray d'O'Cedar dépoussiérant dans l'autre, pour être précis. Cherchez la femme de ménage et vous trouverez la femme. Et quoi de plus vrai dans cette affaire ? Si elle trouvait la femme, elle mettrait peut-être la main sur l'assassin. Quelquefois, dans les meurtres, il n'y avait pas à aller chercher bien loin.

Dans les romans d'Agatha Christie ou les séries télévisées américaines, on imagine de grands crimes pleins de mystère et d'énigmes difficiles à résoudre, passionnantes, on saupoudre tout cela d'une multitude de personnages hauts en couleur, plus exubérants et suspects les uns que les autres. Dans la réalité, rien de plus faux. Si un homme meurt, c'est sa femme qui a planté le couteau dans 90 % des cas, si une femme meurt, il faut chercher du côté du mari. Si c'est un enfant que l'on retrouve asphyxié sous un oreiller, il s'agit, dans 80 % des affaires, de quelqu'un de la famille. S'il se trouve dans un cercle familial reconstitué, c'est en général le beau-père ou la belle-mère qui a fait le coup. C'est fou le nombre d'enfants tués par le fiancé de la mère. C'est encore plus fou le nombre de mères qui sont dans le coup et se laissent embobiner par le fiancé. Aux États-Unis, la proportion de victimes de meurtres tuées par quelqu'un qu'elles connaissaient par rapport à celles assassinées par un inconnu est de 3 pour 1. On ne tue pas un inconnu. Ou si peu.

Dans la vraie vie donc, sauf cas exceptionnel, il n'y a pas de grandes enquêtes, rien que l'on ne plie en quelques heures. C'est mathématique. C'est statistique. C'est logique. Les meurtriers de la vraie vie ne sont pas les criminels intelligents et élégants qui peuplent les séries. On a rarement sous la main une équipe de dix scénaristes pour mettre au point le meurtre de sa femme. Ce sont souvent de pauvres gens qui agissent sur un coup de tête, une rage sourde et spontanée. Une dispute dans la cuisine et on prend un couteau, une engueulade dans le salon où trône le trophée du concours de pétanque, et paf, on frappe. Après le coup de chaud, lorsque la tension redescend, beaucoup appellent la police et avouent sans même qu'on ait à le leur demander. Ceux-là bénéficieront de la clémence du jury et leur peine s'en verra écourtée. Les autres, les plus stupides, s'empresseront d'inventer une histoire après coup, maquilleront les faits comme ils peuvent et se noieront dans le mensonge qu'ils auront créé. Car bien peu sont capables de mentir. De bien mentir. Sous la pression. Ce n'est pas un don qui est donné à tout le monde.

Oh, le crime parfait existe, c'est sûr. Quelqu'un n'ayant pas de casier judiciaire, qui partirait tuer à l'autre pointe des États-Unis, qui n'aurait aucun lien avec la victime, et tout cela sans se faire remarquer (le visage, le véhicule et la plaque d'immatriculation dissimulés), commettrait le crime parfait. Même si l'on retrouvait des traces d'ADN ou des empreintes sur la scène du crime, on ne retrouverait jamais l'assassin car il n'est pas fiché et, contrairement à ce que l'on voit dans les séries, la police ne peut pas identifier une personne si elle n'a pas en magasin ses empreintes ADN ou digitales. N'ayant aucun lien avec la victime, on n'aurait pas l'idée d'aller chercher l'assassin où il se trouve, un peu comme dans le premier roman policier de Patricia Highsmith, *L'Inconnu du Nord-Express*, dans lequel deux étrangers se rencontrent dans un train et passent un accord arrangeant pour les deux : échanger leur meurtre. Le premier tuera l'épouse du second, et celui-ci, le père de ce premier.

Le crime parfait, oui, mais à quoi bon aller tuer quelqu'un que l'on ne connaît pas et qui habite à l'autre pointe des États-Unis pour commettre un crime parfait ? Autant rester à la maison avec un bon film et une pizza.

Agatha, ses seins et ses fesses entrèrent les uns après les autres dans le salon. La pièce, d'une vingtaine de mètres carrés, était propre, certes, mais bizarrement agencée. Les trois fauteuils étaient plaqués accoudoir contre accoudoir, contre le sofa, de sorte que l'on ne pouvait pas s'asseoir sur ce dernier. Et la table basse était collée au dossier des trois fauteuils, qui étaient tournés vers le sofa, de sorte que l'on ne pouvait pas s'asseoir sur eux non plus. En réalité, on ne pouvait s'asseoir que sur la table basse. Mais sur celle-ci, il y avait un panier avec des pelotes de laine et des aiguilles à tricoter qui ne donnaient pas trop envie de s'installer. Le salon entier était un cactus, il était impossible de s'asseoir.

— Pas très feng shui cette disposition ! releva le shérif alors qu'il griffonnait un plan vu d'en haut sur son calepin.

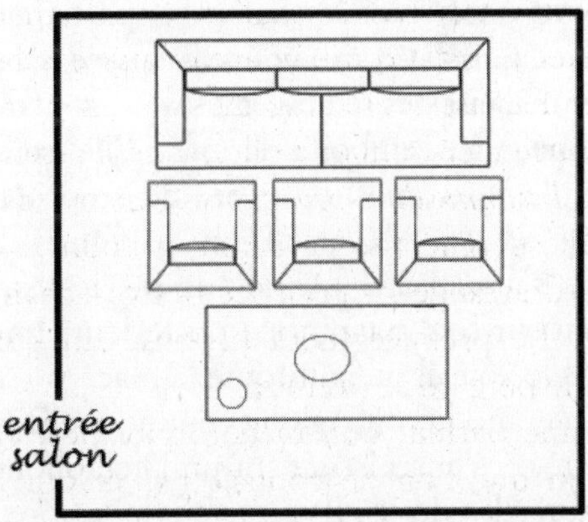

— Le Tetris a fait beaucoup de mal à toute une génération, assena la policière.

— On dirait une pyramide inversée, mais je doute que cela ait un lien avec notre affaire. Après tout, les gens ont bien le droit d'avoir mauvais goût. N'est-ce pas ?

L'homme se tourna vers Agatha, le regard fixé sur ses boucles d'oreilles en forme d'ananas.

Après un tour infructueux dans les toilettes, la policière entra dans la chambre à coucher. Agatha ne tirait pas sa technique de perquisition du Manuel de Techniques Policières Américaines (MTPA), la bible en matière de procédés policiers, mais sur celle, plus originale, d'Auguste Dupin, le distingué détective français créé par Edgar Allan Poe dans ses *Histoires extraordinaires* et qui se révèlerait d'une grande inspiration pour le Sherlock Holmes de Doyle. Dans *La Lettre volée*, Poe tenait le lecteur en haleine pendant dix-sept pages à propos de la recherche d'une lettre compromettante cachée dans l'appartement d'un ministre et qui s'avérait avoir été laissée à la vue de tous. Le meilleur des stratagèmes.

McDonald lui emboîta le pas. Elle sentait son regard plein d'amertume et de reproches, de machisme et de perversité lui parcourir l'échine. Peut-être s'attardait-il même sur ses fesses. Oui, il s'attardait sur son magnifique postérieur. Impossible de ne pas le voir, il prenait toute la place.

— Un grand lit, dit Agatha comme si elle pensait à voix haute ou s'enregistrait sur un Dictaphone.

Elle huma les draps. Ils sentaient le propre.

— Adoucissant à la lavande, murmura-t-elle.

C'était la ménagère qui parlait, pas la lieutenant. Il y avait des indices et des pistes que jamais un mâle ne pourrait détecter, si shérif fût-il. Voilà pourquoi on avait commencé à recruter des femmes dans la police américaine, en 1910. La première avait été Alice Stebbins Wells, dans le LAPD, la police de Los Angeles. Une fois engagée, on lui avait fourni un livre du règlement, un manuel de premiers secours et un badge de policière portant le numéro 1. Elle avait dû confectionner à la main son uniforme, le premier uniforme d'agent féminin des États-Unis. Désormais, du café avait coulé dans les Nespresso des commissariats, et les superintendants aimaient intégrer des policières dans les patrouilles car elles savaient mieux gérer les conflits que les hommes, et imposaient paradoxalement plus de respect (elles renvoyaient à l'image de la mère et les délinquants les plus détraqués redevenaient dociles comme des agneaux face à elles, allant quelquefois jusqu'à les appeler « maman » quand elles leur passaient les menottes). Enfin, voilà pourquoi on avait commencé à recruter des femmes dans la police. Et puis, au passage, pour détecter des traces d'adoucissant à la lavande sur la lingerie de maison d'une victime.

— On a changé les draps ce matin, continua Agatha en relevant la tête vers McDonald.

Après tout, on était dimanche. Beaucoup de personnes faisaient le ménage le dimanche matin. Peut-être que Peter Foster, ou sa mystérieuse copine, étaient de ceux-là.

Agatha eut un léger tressaillement lorsqu'elle tomba sur un portrait du défunt dans un cadre en argent posé sur la table de nuit. Il souriait à l'appareil, heureux de vivre (encore). C'était un bel homme, blond, aux yeux bleus. Selon toute vraisemblance, à en juger par le panneau au-dessus de lui et le dauphin, dont le museau luisant et caoutchouteux sortait de l'eau, le cliché avait été pris à Marineland. À sa droite, une femme d'une cinquantaine d'années, avec de gigantesques lunettes de soleil qui lui cachaient les yeux, et un grand chapeau qui lui cachait le reste du visage, le tenait par la taille comme si elle voulait le retenir contre elle.

— Vous êtes toute blanche, dit McDonald feignant un air préoccupé. Je veux dire, vous êtes toute pâle. On dirait que vous avez vu un fantôme.

— C'est un peu ça, dit la policière en montrant le cadre. Je suppose qu'il s'agit de notre Peter Foster.

— Bien accompagné…

— Bien accompagné, faut le dire vite, vous avez vu l'affreux petit gilet gris ? s'exclama Agatha. C'est dommage, parce que si elle prenait un peu soin d'elle, ce serait une jolie fille… Vous l'avez déjà vue dans les parages ?

— Non, dit le shérif en agitant la tête. Mais avec ces lunettes et ce chapeau, je ne reconnaîtrais pas ma propre mère…

— Au vu et au su de tout le monde ! s'exclama la policière en reprenant ses couleurs. Merci Edgar Allan Poe !

— Je ne vous suis pas.

— Voilà une bonne première suspecte idéale, résuma la policière en reprenant le cadre et en le glissant dans un sachet en plastique transparent qu'elle trouva dans son sac à main. Et facilement identifiable.

Elle griffonna dessus *Preuve matérielle numéro 1* au rouge à lèvres.

Elle n'était pas très physionomiste, surtout quand il s'agissait de Blancs. Ils étaient tous pareils pour elle. Mais elle avait développé une habileté tout aussi efficace, une déformation qu'elle avait contractée à force de feuilleter les pages de mode des *Cosmopolitan* et autres *Marie Claire*.

— Je peux oublier un visage, dit-elle en quittant la chambre, mais jamais des fringues pourries.

Où l'on se familiarise avec la méthode Crispies réputée infaillible (lorsqu'elle est bien exécutée)

— Vous n'allez pas interroger les habitants de l'immeuble ? demanda le shérif McDonald, surpris, lorsqu'Agatha lui annonça qu'elle n'allait pas tarder à rentrer chez elle.

— Vous avez déjà interrogé la voisine du dessous, et puis, c'est dimanche, McDo, vous ne vous reposez jamais ? J'aurai tout le temps de revenir cette semaine. Ils ne vont pas s'envoler.

Disant cela, la policière alla faire un petit tour dans la cuisine. Elle voulait s'assurer que le légiste avait dit vrai et que Peter Foster s'apprêtait bien à manger des lentilles lorsqu'il avait été sauvagement assassiné (par un défenseur fanatique des lentilles ?). Sur la table, il n'y avait qu'une seule assiette, attestant (ou désirant prétendre) que la victime était donc bien seule ce soir-là.

Agatha ouvrit plusieurs tiroirs et s'empara d'une cuillère propre qu'elle trempa dans la casserole, encore posée sur la gazinière. Elle goûta les lentilles froides et décréta qu'elles étaient excellentes. Elle nota la marque sur son calepin, entre le numéro de l'élève sexy et la citation de Nietzsche sur la pêche au thon, et se promit d'en acheter la prochaine fois qu'elle irait au supermarché du coin.

Elle se rendit ensuite dans le hall d'entrée et embrassa l'appartement du regard.

— Bien, voilà une bonne chose de faite.

Elle tenait dans la main le cadre en argent avec la photographie du couple et du dauphin à Marineland. Au moins, elle ne repartait pas les mains vides.

Lorsqu'elle entra dans l'ascenseur, suivie de près par ses fesses proéminentes et le shérif, elle sembla tomber dans un soudain état de transe.

— Salle de bains : *Sale* de bain ? Bain sale ? Sels de bain ? Bains-douches ? Discothèque ? Gay ?

— Ça ne va pas ? demanda McDonald, inquiet.

— Je cherche des pistes.

Et elle lui expliqua ce en quoi consistait la méthode Crispies, une méthode qu'avait rendue célèbre son père, John Crispies, capitaine de la Metropolitan Police de New York, surnommé Mister Chocolate, décédé d'une indigestion de donuts au chocolat, ce que l'on assimilait dans le métier à un accident du travail. Il aimait tellement ces pâtisseries que l'on disait que sa fille était née avec la même couleur, celle du chocolat. Mais bon, étant noirs lui et sa femme, le contraire eût été étonnant, voire douteux.

— Il suffit de prendre chaque élément dont on dispose et de noter, à chaud, tout ce qui vous passe par la tête, absolument tout. Mon père a résolu de nombreux cas réputés insolubles de la sorte. Moi, jamais, mais j'ai bon espoir.

— C'est très intére…

— Criblé comme un steak haché, reprit-elle tout à coup, steak haché, steak de cheval, cheval. Tout semble indiquer que la prochaine piste se trouve à l'hippodrome…

Et elle nota cela sur son carnet rouge.

— À l'hippodrome ?

— Non, attendez, dit Agatha en reprenant ses notes. Steak haché, haché, hache, bûcheron. Oui, c'est ça, bûcheron.

— C'est mieux, dit l'autre, amusé par son petit manège. Il vous sera plus facile de trouver des bûcherons que des hippodromes dans le coin. Dites, vous êtes sûre qu'elle marche votre technique ?

— Faites-moi confiance.

— À vrai dire, je ne fais plus confiance à personne depuis que j'ai découvert que les lotions pour la croissance des cheveux ne marchent pas.

— Certaines fonctionnent. C'est juste que vous n'avez pas essayé la bonne, shérif McDonald. McDonald ? McDonald's ? McDo ? McDrive ? Hamburger ? Big Mac ? Il me faut un hamburger.

L'ascenseur arriva au rez-de-chaussée et ils sortirent.

— C'est la fin de service, je passerai au McDo sur le chemin, pensa-t-elle tout haut. Et prendre de la lessive à la mercerie.

— C'est encore votre technique ?

— Non. Juste ma liste de courses. Au revoir, shérif McDrive !

— McDonald, corrigea l'homme, désespéré, mais la policière était déjà loin.

Puis il demeura immobile sur le seuil de l'immeuble quelques secondes, rêveur, tout sourire, habité d'une joie immense. Ainsi, certaines lotions pour la croissance des cheveux fonctionnaient…

Où il est question de la bibliothèque des livres que personne n'a écrits

On ne s'habitue jamais à la mort.

Même lorsqu'on travaille à la criminelle.

On peut sauver les apparences, on peut manger sur une scène de crime (sauf des pâtes à la sauce tomate ou de la moussaka), plaisanter (c'est recommandé même, pour décompresser), tomber amoureuse (pourquoi pas ? du moment que ce n'est pas du cadavre…), on peut tout faire, même un selfie avec le mort, mais tout cela, ce n'est que du cinéma. Au fond de nous, on a peur. Car on sait que, tôt ou tard, notre tour viendra. Et qu'un autre agent de police obèse crachera des postillons de donut au chocolat sur notre cadavre tout en pensant aux résultats du Super Bowl.

Les scènes de suicide m'émeuvent tout particulièrement, peut-être parce que tant de génies de la littérature se sont donné la mort (Wikipédia en recense 189 dans la catégorie « Écrivain suicidé », ce qui reste somme toute raisonnable si l'on prend en compte que chaque année plus de 140 policiers se suicident aux États-Unis).

Je ne peux m'empêcher d'imaginer la scène. John Kennedy Toole, dans sa voiture, asphyxié par l'émanation de

CO_2 du pot d'échappement qu'il a relié à un tuyau jusque dans l'habitacle, se mourant en repensant à son seul manuscrit, La Conjuration des imbéciles, *dont aucun éditeur n'a voulu, et sans savoir que, quelques mois plus tard, sa mère remuera ciel et terre pour qu'il soit enfin publié. Sans savoir qu'on lui décernera le prix Pulitzer à titre posthume en 1981, que son roman deviendra un classique. Petit bras d'honneur de Toole depuis le paradis : la citation de Jonathan Swift qui ouvre son livre* (« Quand un vrai génie apparaît en ce bas monde, on peut le reconnaître à ce signe que les imbéciles sont tous ligués contre lui »)*, adressée non pas à son personnage mais à tous ces éditeurs qui n'ont pas cru en son génie.*

J'imagine Roman Kacew, l'homme aux quatre pseudonymes (dont Romain Gary et Émile Ajar) qui, pour ne pas vieillir, se suicide le 2 décembre 1980 d'une balle de Smith & Wesson calibre .38 dans la bouche, dans son petit appartement parisien. Sylvia Plath, qui laisse, sur la table de la cuisine, des biscuits et du lait pour ses enfants qui dorment à l'étage, avant de calfeutrer la porte et d'ouvrir le gaz. Virginia Woolf, qui remplit ses poches de grosses pierres et se jette dans la rivière qui coule près de chez elle. Ernest Hemingway, qui préfère partir dans une révérence avant que le diabète ne le ronge entièrement, et qui se lève de bonne heure comme s'il allait à la pêche et se tire une balle dans la tête avec son fusil. Pour rejoindre son père, parti de la même manière cinquante ans plus tôt.

Je ne peux m'empêcher de penser avec tristesse à tous ces beaux livres qu'ils auraient pu écrire s'ils n'avaient pas écourté leur vie, à cette gigantesque bibliothèque des livres non écrits, que personne ne lira jamais…

Où l'on découvre un deuxième suspect idéal

Sur le chemin du retour, Agatha s'arrêta au McDrive qu'elle avait repéré à l'aller. À défaut de champagne, elle commanda un Coca-Cola accompagné d'une barquette de neuf McNuggets au poulet, avec leur sauce barbecue, mayonnaise et ketchup, un cornet de frites, un donut au chocolat serti d'une pluie de paillettes de sucre roses et une pomme pour se donner bonne conscience.

Elle dévora le tout en conduisant, excepté la pomme, qu'elle rangea dans la boîte à gants avec les autres.

Ainsi approvisionné en cholestérol et en sucre, son cerveau se remit à fonctionner à la vitesse d'une machine bien graissée. Elle avait l'habitude de dire qu'Hercule Poirot utilisait ses petites cellules grises et elle, ses petites cellules « grasses ».

Enfin une affaire à se mettre sous la dent, pensa-t-elle. Un meurtre, c'était tout de même autre chose que de passer ses journées à chercher qui avait volé la couverture Internet dans le village. Bien, elle devait procéder avec minutie. D'abord, l'énigme de la porte verrouillée de l'intérieur.

Elle se souvint qu'elle avait déjà entendu parler de cela quelque part, dans un livre, plus exactement. Mais lequel ? Elle en avait lu des milliers. Elle les passa en revue jusqu'à tomber sur *Le Mystère de la chambre jaune*, un roman français des années 1900 reprenant le thème du meurtre dans une pièce close. Elle l'avait lu mais en avait oublié le dénouement, comme beaucoup de romans policiers. Elle ne conservait, de la plupart des ouvrages, qu'un sentiment, une émotion. Elle essaya de se remémorer l'histoire. Une jeune fille retrouvée morte dans une chambre jaune. Mais il lui était impossible de se souvenir de la résolution de l'enquête. De quoi s'agissait-il ? D'un poison dont était imprégnée la tapisserie jaune ? Non. L'assassin se trouvait-il encore dans la pièce quand la police était arrivée, le libérant de sa cachette sans le savoir ? À moins que l'assassin ne soit le policier ayant découvert le corps. Inutile, le dénouement lui était complètement sorti de la tête. Elle nota de jeter un coup d'œil au roman dès qu'elle le pourrait. Elle pensa à McDonald qui, dans son meurtre à elle, était arrivé sur les lieux en premier. Si la voisine était une première suspecte idéale, le shérif en était un deuxième. Il ne fallait jamais écarter personne dans une enquête. Surtout un drôle de type qui passait son temps à nettoyer les verres de ses lunettes.

Au volant de sa Ford, bercée par un air de country (dans le coin, c'est tout ce que l'on pouvait capter), elle roula pendant les deux heures qui la séparaient de son village. Le paysage lunaire, composé de roches grises, d'éboulements de pierres et de reliefs escarpés, qui l'accompagnait depuis quelques minutes laissa bientôt place, au détour d'un virage, à une dense forêt de sapins verts au milieu desquels de grandes étendues d'eau reflétaient la lumière de la pleine lune comme autant de lacs en papier d'aluminium. Le décor se répétait, inlassablement, alternant montagnes et forêts, comme si Agatha s'était retrouvée propulsée dans une maquette de circuit de train électrique. Elle était au volant de la locomotive et bientôt elle entamerait un nouveau tour, avec l'impression que c'était le paysage qui bougeait et non la voiture. Spanish Fork, Tortilla Peak, Chips Mountain, Mont Toblerone, ceux qui avaient donné le nom à tous ces lieux-dits devaient avoir une sacrée fringale.

La radio de police grésilla.

À toutes les unités, ceci est un code 10-31, je répète 10-31.

Elle déchiffra aussitôt : Kevin, de permanence à la centrale téléphonique du commissariat, demandait une pizza et un Coca-Cola.

À New York, Colorado, où il ne se passait jamais rien, et afin de mieux coller aux événements locaux, les effectifs avaient détourné la nomenclature des codes 10, les formules destinées à identifier des situations courantes dans les transmissions policières. Ainsi, un 10-31 qui, dans le reste des États-Unis, signifiait « braquage en cours », voulait simplement dire, ici, que l'un des agents restés au poste désirait une pizza accompagnée d'un soda. Un code 10-32 (homme armé) désignait un hamburger-frites. Un code 10-50 (conducteur sous l'emprise de stupéfiants), « rapportez-moi une glace ». Les conversations de la police locale ressemblaient plus à des commandes de fast-foods qu'à des situations d'urgence. Les opérationnels avaient développé leur propre code. 16-64, « rapporte-moi un pack de bières », 10-100-D, « mate un peu la grosse poitrine de la belle brune à 10 a.m. », 10-69, sans commentaires…

Agatha fit donc un crochet par la supérette du coin, acheta une pizza quatre fromages et un Coca light, sans oublier le bidon de lessive, apporta la commande au commissariat puis prit la direction de sa maison, à l'extrémité nord du village. En arrivant chez elle, quelque peu nauséeuse après les cent quatre-vingt-dix-huit ronds-points qu'elle avait eu à prendre, elle jeta la photo des « amants maudits à Marineland » sur le banc de son vestibule, puis elle se précipita sur sa bibliothèque à la recherche du *Mystère de la chambre jaune*.

Il ne s'y trouvait pas. Elle devait en avoir un exemplaire au bureau. C'est là qu'elle avait déménagé une bonne partie de sa collection personnelle depuis qu'elle avait créé le club de lecture. Elle verrait cela demain. En attendant, elle alluma un feu dans la cheminée et se prépara un bon bain chaud. Car même en été, les nuits étaient fraîches.

Elle se déshabilla, jeta ses vêtements et ses Converse dans la machine à laver avec la lessive, de l'ammoniaque, de la farine, un glaçon, du sérum physiologique, de la Javel et même la clef du garage, et se versa un verre de vin. Du blanc. Elle avait trop vu de rouge pour aujourd'hui.

En se glissant dans la baignoire mousseuse, elle repensa au cadavre. Elle vit Peter Foster lorsqu'il avait encore la forme d'un homme et pas d'un steak haché. La cinquantaine, assez séduisant. Les yeux bleus, de belles boucles blondes. De belles fesses. Un homme avec une vie, peut-être une femme, des passions, un hobby, un travail, des amis. Et au moins un ennemi…

Où l'on apprend de quoi parle *Autant en emporte le vent*, si on ne l'a pas encore lu (et même si on l'a lu)

Un petit bout de fesse sur le coin de son bureau, Agatha donnait sa classe de littérature quotidienne devant les deux seules personnes qu'elle avait réussi à racoler dans le couloir, Rosita, la femme de ménage du service, balayette à récurer les toilettes encore en main, et Franck, une montagne de muscles du groupe opérationnel au bâillement facile qui avait eu le malheur de se trouver au mauvais endroit au mauvais moment, ou au bon endroit au bon moment, tout dépendait si l'on se plaçait de son point de vue ou de celui d'Agatha.

— J'ai découvert *Autant en emporte le vent* à l'âge de quinze ans, dit la policière. Je l'avais emprunté à la bibliothèque municipale de New York, New York. Je me rappelle que j'avais une peur bleue de tomber sur une connaissance. Alors, une fois le roman en main, je me suis empressée de le fourrer dans mon sac et de rentrer chez moi. Je ne l'ai sorti de la maison qu'après l'avoir flanqué d'un protège-couverture réalisé avec la page sportive d'un journal de papa. J'avais trop peur que les gens sachent ce que je lisais dans le métro, que l'on me prenne pour une sentimentale idiote. C'était un peu le *Cinquante nuances de Grey* de l'époque. Meilleure vente et pourtant, mystérieusement, on ne voyait personne le lire…

Agatha se tut et dévisagea son auditoire.

— Vous lisssez ça, *señora* ? demanda Rosita, à la fois étonnée et enthousiaste. Yé veux dirre, *Grey* ?

Elle semblait vouloir tâter le terrain avant d'avouer qu'elle aussi l'avait lu. Typique…

— Bien sûr, répondit Agatha. Je lis tout. Il n'y a pas de sous-littérature, de sous-culture. On commence par dire qu'il y a des sous-livres et après, on dit qu'il y a des sous-hommes. Le snobisme littéraire et culturel est une plaie aussi néfaste que l'illettrisme. Ne pas vouloir s'ouvrir aux autres, ne pas chercher à découvrir d'autres choses, rester dans son petit confort, enfermé dans sa petite case, ne jamais se remettre en question, ce n'est pas faire preuve d'intelligence. J'aime les livres, tous, sans discrimination. On discrimine assez les gens pour discriminer aussi leurs écrits. Pline l'Ancien disait qu'il y a du bon dans tous les livres, même dans les plus mauvais. On a érigé des romans, sans aucun intérêt pour certains, en grands classiques, et inversement. Qui sont ceux qui décident qu'un livre vaut la peine et qu'un autre soit relégué à la littérature de gare ? Et quel mal y a-t-il à lire dans un train ? Au contraire. Quelquefois, même, ce que l'on nomme la culture et la sous-culture se rejoignent. Britney Spears chante « ma solitude est en train de me tuer, je dois avouer que je continue de croire » dans le refrain de *Baby one more time*, c'est presque ce que dit, mot pour mot, Edmond Dantès durant ses quatorze longues années d'enfermement au château d'If. Et pourtant, de prime abord, ce n'était pas gagné de trouver un point commun entre Dumas et Britney Spears ! Il y a des personnes qui passent des moments formidables, magiques, avec les romans de Barbara Cartland et éprouvent, comme le noble Pococuranté de *Candide*, « le plus mortel ennui » dès les premières lignes de l'*Iliade*. Pouvons-nous les blâmer ? Chacun est comme il est. Et puis, inversement, il y en a d'autres qui profitent d'un bon roman bien populaire, pour décompresser, puis se lancent avec extase dans *De grandes espérances*, *Les Misérables* ou *Les Frères Karamazov*, selon le moment, l'envie, selon ce qui se passe dans leur vie. Le livre est un bon compagnon, un ami, un amant. Il se glisse dans notre lit, dans notre bain, sur notre sofa. La lecture est un moment de solitude que l'on partage avec des personnages, une histoire que l'on fait nôtre. Un livre, c'est quelque chose de très personnel. On ne l'interprète pas tous de la même façon, il ne réveille pas les mêmes émotions en chacun de nous. Que les gens lisent ce qu'ils veulent ! Ce qui les fait le plus vibrer, croire, rêver, mais qu'ils lisent ! Cessons d'avoir l'arrogance de nous comporter en dictateurs littéraires. Qui sommes-nous pour imposer des dogmes ? Hitler brûlait les livres qu'il n'aimait pas pour le bien général, tu parles ! Ça, c'est de la littérature, ça, ce n'en est pas. Personne n'est jamais totalement dans le vrai. Personne n'est jamais totalement dans le faux. En Orient, il y a un club de suicidaires agissant sous le nom d'« État islamique » qui ne considère qu'un seul livre comme méritant de porter le nom de littérature : le Coran. Une bibliothèque avec un seul livre dedans ! Comme chez Paris Hilton ! Mon Dieu, quelle horreur ! La liberté, c'est la diversité. Quand on aime les livres, on les aime tous, c'est pire qu'une addiction au café ou à la nicotine. Il nous les faut tous. Même si l'on n'aura jamais assez d'une vie pour tous les lire. Unissons-nous au lieu de nous diviser et luttons ensemble pour la lecture, quelle qu'elle soit. Si demain l'apocalypse advenait et que tous les livres disparaissaient de la face de la Terre, sauf un, tiens, mettons celui-ci (elle prit en main le gros pavé du Code pénal américain et le reposa sur son bureau), ne serait-il pas considéré comme un chef-d'œuvre ? On l'exposerait dans un musée. Imaginez, le dernier livre, le seul, l'unique. Le seul patrimoine de la littérature humaine passée. Le survivant. On dirait : « Voilà ce que faisaient les hommes avant l'apocalypse. Écrire, lire, raconter des histoires. » Et on se prosternerait devant lui.

Franck et Rosita regardèrent Agatha avec de grands yeux. Elle était agenouillée au sol et se prosternait devant son Code pénal.

C'est bien sûr le moment que choisit le superintendant Goodwin pour entrer dans le bureau. Il la dévisagea du haut de son mètre quatre-vingt-dix. Depuis en bas, Agatha ne voyait que l'énorme bedaine du nouveau venu et ses grosses mains noires mais elle les reconnut de suite. Ils n'étaient que deux à avoir les mêmes dans tout le commissariat, dans toute la ville, même. Elle et le grand chef.

— Vous vénérez le code pénal maintenant, lieutenant Crispies ? dit une voix grave derrière le gros ventre.

Le supérieur haussa les épaules, habitué aux extravagances de sa fonctionnaire, alors qu'Agatha se relevait et époussetait son jean, visiblement embarrassée. Au point qu'elle ne sut que répondre.

— Je ne voudrais pas interrompre ce grand moment de ferveur mais vous passerez me voir quand vous aurez une minute, dit la montagne en tournant les talons et en sortant du bureau.

La policière baissa le regard et regarda ses chaussures. Elle jura entre ses dents à la vue des Converse roses parsemées de taches blanches. Maudite bonne femme, pesta-t-elle en se rappelant la voisine de la victime. De la Javel, des glaçons et les clefs du garage, tu parles ! Et elle se promit d'aller lui dire en face ce qu'elle pensait de ses astuces de ménagère qui vous pourrissaient vos chaussures fétiches. Et puis, elle lui poserait quelques questions au passage, pour prendre connaissance de ce qu'elle savait sur cette affaire. Après tout, elle était un excellent suspect idéal.

— Yé poux vous poser una question ? demanda Rosita, l'arrachant à ses pensées.

— Bien sûr, dit Agatha, heureuse que son discours ait éveillé de l'intérêt chez son auditrice.

— Vous avez déjà outilisé vos ménottes pour autrrre chose qué… enfin, vous voyez…

— Mon Dieu, Rosita, c'est tout ce que tu as retenu de ce que je viens de dire ? constata-t-elle, déçue. Oui, bien sûr, je n'ai pas attaché que des criminels avec.

La policière s'assit sur le coin de son bureau, s'éclaircit la voix et reprit son cours magistral.

— Bref, revenons à *Autant en emporte le vent*. En France, ils se sont toujours crus plus intelligents que les autres. Ce roman n'y a été traduit que très tard. Ils disaient « méfions-nous d'un roman qui a enchanté trois millions d'Américains ». Mais que dire d'un pays qui considérait, à son époque, Jules Verne comme un écrivain pour enfants ! On le snobait dans les salons, on disait que ce qu'il écrivait n'était pas de la grande littérature. Oui, toujours le même refrain, « ce n'est pas de la grande littérature, mais on passe un bon moment »… Eh bien, nous, si vous ne voulez pas de Jules Verne, on le prend ! Non, arrêtons tout cela, aimons les livres, un point c'est tout !

Franck applaudit avec nonchalance.

— J'aime ça, les gonzesses qui ont des… intestins !

Parce qu'en anglais, avoir des couilles se disait avoir des intestins, allez savoir pourquoi. Et puis pas qu'un seul, *des* intestins, au pluriel. Encore une bizarrerie à mettre avec la conduite à gauche, les livres sterling et le dîner à 6:00 p.m. (ce qui n'est pas plus tard). Heureusement, les Américains n'avaient hérité que de la première. Ces fameux intestins.

— Tu as eu le temps de le lire, Rosita ? demanda Agatha en signalant l'exemplaire d'*Autant en emporte le vent* que la femme de ménage tenait sur ses genoux et que la première lui avait prêté la veille.

Son visage devint rouge et elle baissa les yeux.

— Non, *señora*.

— Agatha, corrigea la policière.

— Non, *señora* Agatha, entré la couissine, les enfants, lé repassage, les lessives, et mes trois boulots en dehors de celui-ci, yé n'ai pou lire qué cinq pages et démie.

— Cinq pages et demie ? s'exclama Franck, qui se balançait sur sa chaise d'un air nonchalant, c'est déjà beaucoup plus que ce que j'ai pu lire dans ma vie ! Il fait combien de pages, ce bouquin ?

— Seulement neuf cent soixante, dit Agatha.

— Quoi ! s'écria le gros baraqué, outré. Mille pages pour parler du vent ?

— J'avais oublié de vous dire qu'aujourd'hui Franck sera des nôtres, annonça Agatha en s'adressant aux deux personnes qui constituaient son club de lecture, à savoir le susmentionné Franck et Rosita. Ses collègues sont tous malades en raison d'une trop forte absorption d'alcool. N'aimant pas jouer seul aux fléchettes, il a eu la gentillesse de nous faire l'honneur de participer au club de lecture.

La policière se tourna vers Rosita et l'invita d'un geste de la main à poursuivre.

— Voilà, c'était pourrr dire que y'étais désolée de ne pas avoir pou le terrrrminer. En plus, c'est dour pour moi, l'anglais n'est pas mon langue original, vous savez, yé souis Mexicana.

— Ce n'est pas grave, Rosita. Je suis sûre que tu as déjà de passionnantes choses à nous raconter sur *Autant en emporte le vent* au fil de ces… cinq pages et demie.

— Oui, je serais curieux de savoir ce que le vent a emporté, dit Franck. Des feuilles ? La perruque de Clark Gable ?

Agatha se mordit la lèvre supérieure. Son club de lecture était un vrai désastre. Elle se rappela le jour où elle avait recruté la pauvre Rosita González dans les toilettes du service. Celle-ci était en train de récurer à genoux la lunette des WC des dames avec une brosse à dents lorsque la policière avait eu la brillante idée de lui proposer de faire partie de son club de lecture. La Mexicaine avait accepté sans hésiter. Sans doute un malentendu. À l'époque, elle ne parlait pas encore un seul mot d'anglais.

— Non, dit la femme de ménage. Yé né vois pas.

— Il y a bien quelque chose qui t'a plu, qui t'a touchée, essaie de nous donner envie de lire ce livre. Essaye de donner envie à Franck de lire ce beau roman qui, je le rappelle, est l'un des chefs-d'œuvre de la littérature américaine, et donc mondiale.

Le gros baraqué regarda la femme de ménage d'un air à la fois sceptique et défiant.

— Yé né sais pas trop dire ces choses-là.

— Je sais que c'est difficile de résumer un livre, mais peut-être est-ce plus facile de résumer cinq pages et demie… Dis-le avec tes mots à toi, Rosita. Personne ici ne va te juger, n'est-ce pas Franck ?

L'homme secoua la tête.

Rassurée, la femme inspira et expira profondément puis se lança.

— Alors voilà, tout commencé sous une véranda, dans une plantation de coton, en Géorgie, en pleine guerra de Sécessionne. Una jeune fille parlé avec des hommes qu'elle veut sédouire.

— Excellent, continue ! l'encouragea Agatha.

— Elle s'appelle Scarlett.

Les oreilles de Franck se dressèrent soudain à l'affût, comme celles d'un berger allemand.

— Scarlett Johansson ?

— O'Hara, rectifia Agatha.

— Et bientôt, reprit Rosita, elle va tomber amourousse dé un homme plous vieux qu'elle, Clark Gable, dourant une réception aux Douze Chênes. Qu'est-ce qu'il est beau…

L'enthousiasme de la policière éclata comme une bulle de savon.

— Clark Gable ? En réalité, tu n'as pas lu le livre parce que tu as regardé le film, pas vrai, Rosita ? Ce n'est pas une question de boulots, d'enfants ou de manque de temps.

— Yé souis désolée, *señora*, avoua la jeune femme, prise en flagrant délit de mensonge. Mais y'ai quand même lou les cinq pages et demie !

— Pauvre *muchacha* ! s'exclama Franck.

Il était de ceux qui pensaient : *Pourquoi lire un livre quand le film existe ?*

— Le rôle d'un club de lecture, c'est de faire aimer la lecture, de partager des émotions, de donner envie de lire aux autres. Pas d'aller au cinéma, Rosita, ou de faire l'éloge de la vidéo à la demande. Tu te crois sur AlloCiné ou quoi !

— J'aime pas lire, assena l'ex du SWAT. Sauf la peur dans les yeux d'un gars quand je défonce sa porte à 6 heures du mat'.

— Je crois qu'on avait compris. Laissez-moi vous raconter une histoire extraordinaire, celle de Margaret Mitchell.

— Qui c'est ?

— Celle qui a écrit *Autant en emporte le vent*. Une femme dont le monde entier connaît le roman, mais que personne ne connaît…

Le club des femmes qui n'avaient écrit qu'une seule fois

C'est une incroyable histoire que celle de cette Margaret Mitchell. J'y pense souvent. Comme toutes ces histoires derrière les histoires. Les histoires de ces hommes et de ces femmes qui un jour ont pris la plume pour écrire, dans une petite chambre, dans un train, sur leur machine à écrire ou sur un téléphone portable dans un métro, des romans qui entreraient à jamais dans le sélectif catalogue des livres publiés. Car il y a toujours quelque chose de merveilleux et d'attractif derrière un livre culte : comment il a été écrit.

Margaret Mitchell n'a écrit qu'une seule fois dans sa vie. Un seul livre. Comment ne pas répéter l'expérience lorsqu'on a connu un tel succès, lorsqu'on a connu le frisson de créer de toutes pièces des personnages, une histoire qui ont transcendé le papier pour imprimer la pellicule d'un film qui est devenu une partie du patrimoine cinématographique mondial ? Un film qui a fait verser des tonnes de larmes un peu partout dans le monde et contribué à l'essor des entreprises de fabrication de mouchoirs en papier. Comment en rester là et ne pas revivre cet étourdissement ?

Margaret Mitchell n'a écrit qu'un seul livre, oui, c'est vrai, mais elle est connue dans le monde entier. William Somerset Maugham, lui, a publié vingt-deux romans, trente et une pièces de théâtre, plus d'une centaine de nouvelles, a fait l'objet de treize adaptations cinématographiques, et pourtant qui le connaît ? Personne. Cruelle dictature d'une célébrité capricieuse.

Une autre femme, Harper Lee, devenue un classique de la littérature moderne américaine grâce à un seul livre, Ne tirez pas sur l'oiseau moqueur, *a attendu cinquante-cinq ans pour en publier un second, qu'elle avait écrit à la même époque que l'autre. Elle est morte sept mois après.*

Et que dire d'Anne Frank, cette petite écrivain de quinze ans qui, entraînée dans la spirale de la guerre, a reporté jour après jour sa souffrance dans un journal intime ? Oui, écrivain, car Le Journal d'Anne Frank, *qu'elle avait intitulé* L'Annexe, *se voulait être un vrai roman. Quand elle le commence, en juin 1942, elle l'écrit pour elle, mais lorsqu'elle entend à la radio en 1944 que le gouvernement des Pays-Bas souhaite, une fois la guerre terminée, recueillir les témoignages des victimes de cette barbarie, Anne convertit son journal de bord en un véritable roman. Elle le corrige, le retravaille, change le nom de ses proches. Puis elle meurt du typhus dans le camp de concentration de Bergen-Belsen sans jamais pouvoir écrire le mot FIN.*

Mais revenons à Margaret. À cette époque, c'est une jeune femme de vingt-six ans contrainte d'arrêter son occupation principale, le journalisme, parce qu'elle vient de se casser la cheville. Elle tourne en rond (c'est une façon de parler, avec une cheville cassée...) chez elle, à Atlanta, morte d'ennui. Maintenant que je connais New York, Colorado, je me demande comment on peut s'ennuyer à Atlanta. Son mari lui conseille alors d'écrire un livre pour s'occuper. Logique, non ? « Tu ne sais pas quoi faire, chérie ? Pourquoi n'écrirais-tu pas une grande saga sudiste de deux mille pages ! »

Elle mettra dix ans pour l'achever. Inutile de dire que sa cheville s'était rétablie depuis belle lurette.

Margaret est journaliste mais elle n'a jamais écrit de roman. Or on ne compose pas une fiction de plusieurs centaines de pages comme l'on rédige un article de quelques lignes. Et elle ne sait pas trop comment procéder. Elle commence même par la fin, c'est dire ! Chaque fois qu'elle termine un chapitre, elle le glisse dans une enveloppe puis s'attaque au suivant, sans plan, sans idée globale, au gré de son inspiration, de ses envies, de son imagination. Elle procédera ainsi pour les soixante-dix chapitres qui forment le roman.

Ses personnages, elle ne va pas les chercher bien loin. Scarlett O'Hara est aussi impétueuse qu'elle. Rhett Butler maltraite l'héroïne du livre comme le premier mari de Margaret la maltraitait. Scarlett se mariera trois fois (avec Charles Hamilton, Frank Kennedy et Rhett Butler), l'écrivaine deux. Lorsqu'on ne sait pas quoi écrire, autant écrire sa vie.

Lorsqu'elle termine enfin son œuvre, sans toutefois écrire de premier chapitre, Margaret range les enveloppes dans un tiroir et les oublie. Neuf ans plus tard, Harold Latham, alors vice-président de l'une des plus grosses maisons d'édition américaines, Macmillan, part à la recherche de nouveaux auteurs un peu partout dans le pays. Sa tournée compte un passage à Atlanta. C'est là qu'il fait la connaissance de Margaret Mitchell qui omet de lui parler de son manuscrit, par modestie ou par pudeur. Heureusement que se trouve à cette soirée une amie de Margaret qui saute aussitôt sur l'occasion et confie au grand éditeur que cette dernière a écrit une grande histoire d'amour sur fond de guerre civile. Sous la pression, Margaret remet à l'homme ses soixante-dix enveloppes. On connaît la suite. À la lecture du manuscrit, l'éditeur, enthousiaste, lui demande d'écrire le premier chapitre qui manque et de trouver un titre. Finalement, c'est un vers du poète anglais Ernest Dowson qu'elle choisit. J'ai beaucoup oublié, Cynara ! Autant en emporte le vent. *On lui paye cinq cents dollars d'avance et le succès ne tarde pas à pointer le bout de son nez. Tiré à dix mille exemplaires, il s'en vendra plus de trente millions de par le monde…*

Un succès monstre.

Sauf qu'elle n'écrira plus jamais.

Malheureusement, ce que lui a offert la vie d'un côté, elle le lui reprend de l'autre. Margaret se fait écraser par un taxi alors qu'elle n'a que quarante-neuf ans et vient de devenir millionnaire.

Dans lequel le club de lecture perd un membre précieux

— Ça fait rêver, hein, Rosita ? conclut Agatha.

— De sé faire écrrraser par un taxi ? demanda la Mexicaine, horrifiée, en se signant.

— Non, d'écrire un roman qui devient culte. Pourquoi ne pas croire aux contes de fées ? Tu écris et moi, je te fournis le papier et les enveloppes. Et puis on partage les droits d'auteur.

— Écrirrr sour quoi, *señora* ?

— Je ne sais pas, les mémoires d'une femme de ménage de New York ?

— Colorado, précisa Franck.

— Vous savez, *Autant en emporte le vent*, ce n'est pas cette histoire d'amour niaise que tout le monde croit. Ce n'est pas juste l'histoire de cette femme qui aime un homme qui aime une autre femme, et se marie avec plusieurs hommes pour en rendre jaloux un seul, c'est aussi une incroyable fresque historique qui retrace la guerre de Sécession au travers de plusieurs familles de ce temps-là. Cette guerre civile, survenue entre 1861 et 1865, opposait les États du Nord, abolitionnistes, et les États du Sud, esclavagistes. Pour les uns, les Noirs étaient des êtres humains comme les autres, béni soit monsieur Lincoln ! Pour les autres, de la marchandise bon marché, des hommes et des femmes bons à ramasser du coton pour les démaquillants des épouses d'exploiteurs.

Elle laissa un silence afin que son assistance puisse réagir, mais il n'y eut aucun type de réaction.

— Enfin, arrêtons là si vous le voulez bien, je sens que je me laisse submerger par l'émotion. Bien, pour le livre de demain, choisissons-en un de moins belliqueux, voulez-vous ? Pourquoi pas *Guerre et Paix*, de Tolstoï ?

— Moins belliqueux ? répéta Franck, amusé. Je ne l'ai pas lu, comme tu te doutes bien, mais rien que le titre…

— C'est vrai, c'est encore sur une guerre, mais ce n'est pas pareil, ce sont des Russes, ils n'ont jamais exploité les Noirs.

— Peut-être parce qu'il n'y a jamais eu de Noirs en Russie !

Agatha lui lança un regard meurtrier.

— Bon, Rosita, un petit bouquin facile et sympa ? *Guerre et Paix* ? C'est juste mille quatre cent quarante pages. À lire pour demain. Un peu de lecture pour tuer le temps à New York, Colorado. Faut bien trouver une alternative à Facebook, non ?

Telle une Miss Caroline Fisher, peu consciente de l'imperméabilité littéraire de ses élèves, Agatha croyait que son amour pour les livres était contagieux. Mais tout le monde semblait immunisé.

— Démain ? demanda Rosita, l'air horrifié.

— Tu décongèles un truc et tu couches les enfants plus tôt ce soir, dit Agatha avec le plus grand naturel du monde.

— Yé crois qué yé vais quitter la classe de littératoure, *señora.*

— Pas de problème, Rosita, de toute façon, nous en avons terminé. À demain.

— Non, yé veux dire définitivément.

— Oh, soupira Agatha, soudain attristée, pourquoi ça ?

— Cé n'est pas ma place, *señora.*

— Agatha.

— *Señora* Agatha. Yé né souis pas aussi cultivée qué vous lé pensez. Et y'ai trrrop de choses à faire. Ces maudits donuts dérèglent lé transit de tout lé monde, et yé souis seule pour nettoyer les toilettes. Et puis, y'aimerais occuper mon temps libre au service d'une autre manière.

— Ne me dis pas que tu veux t'inscrire au tricotage !

Rosita secoua la tête de droite à gauche. Ce qui soulagea la policière.

Tout mais pas l'atelier de Betty, pensa-t-elle. Ce serait trop d'humiliation.

— Le sudoku alors ?

Cette fois-ci, Rosita secoua la tête de gauche à droite.

— Les fléchettes ?

La Mexicaine acquiesça sans oser la regarder. Franck esquissa un grand sourire.

— Mon Dieu, quelle horreur ! Fléchettes, bière et… rots ? Je ne comprends pas, Rosita, toi, si… raffinée.

— Yé souis si raffinée, comme vous dites, qué yé passe mes yourrrnées les mains dans la *mierda* de vos chiottes ! hurla la Mexicaine dans un soudain accès de colère.

Agatha était désespérée. Qu'était-il en train d'arriver à son extraordinaire, merveilleux et indispensable club de lecture ?

— Mais voyons, Rosita, ne dis pas des choses pareilles, tu es mon meilleur membre !

— Yé souis votre *unique* membre, *señora* !

Disant cela, elle marmonna quelque chose du genre « Yé souis désolée », prit sa balayette à WC, son seau et sortit de la pièce.

— Yé souis désolé aussi, dit Franck en souriant.

Il se leva de sa chaise et s'approcha de sa collègue.

— À propos, je compte sur ta discrétion, Agatha. Je n'aimerais pas que les gars apprennent que j'ai passé la matinée à parler d'*Autant en emporte le vent* avec deux gonzesses. J'ai une réputation de macho à entretenir.

— Bien sûr, promit la policière, dépitée de voir son club se désagréger aussi vite qu'un biscuit diététique dans un café brûlant.

Et comme si les choses ne pouvaient aller plus mal, elle se souvint que le superintendant l'avait convoquée dans son bureau. Et sûrement pas pour lui filer une augmentation.

Dans lequel Agatha apprend deux mauvaises nouvelles ainsi qu'une bonne qui lui fait oublier les deux premières

— Quand j'ai demandé à ce que soit créé un groupe de filature, je ne pensais pas que l'on prendrait mes instructions au pied de la lettre, dit le superintendant Goodwin en reposant sur son bureau l'énorme paire de chaussettes en laine que venait, selon toute vraisemblance, de lui offrir l'un des membres de l'atelier de tricotage.

Ici, ils employaient peut-être le même vocabulaire qu'à New York, New York, mais ils oubliaient parfois qu'il ne se référait pas à la même réalité. Filer n'était pas suivre un suspect mais tricoter. Sur la côte Est, quand on arrêtait un délinquant en train de crocheter, on comprenait tout de suite qu'il s'agissait d'une serrure de voiture ou de la porte de l'appartement qu'il s'apprêtait à cambrioler, mais ici, on attrapait des vieilles dames en flagrant délit de crocheter des nappes en dentelle.

— Chaque jour, ce commissariat ressemble un peu plus à un club du troisième âge, reprit le chef en invitant sa fonctionnaire à s'asseoir d'un geste dépité.

Le seul service des États-Unis qui ne se divise pas en départements « Homicides », « Délits de circulation », « Délits de sécurité publique », « Administration », « Opérationnel » mais en club de lecture, de sudoku, atelier de tricotage ou encore de fléchettes… Au moins, ici, les citoyens ont une réponse à leur sempiternelle question : Mais que fait la police ? Eh bien, elle tricote, madame !

— Ou elle pêche… dit Agatha en embrassant du regard le bureau de son supérieur.

Le policier avait transformé les lieux en paradis du pêcheur. Sur la porte vitrée, on se serait plus attendu à voir une pancarte *À l'heureux pêcheur*, *Ouvert*, que le sobre *Superintendant Goodwin* écrit en grandes lettres blanches. Quand on entrait, on était tout de suite assailli par l'odeur du poisson frais. Des photos encadrées accrochées aux murs ou déposées sur les différents meubles témoignaient des plus belles prises. À côté de la médaille du courage de la police se trouvait un rouget en plastique qui entonnait l'air d'*À la pêche aux moules* sur une mélodie d'orgue Bontempi chaque fois que quelqu'un avait la mauvaise idée d'appuyer sur le bouton. Au milieu de tout ce bazar trônait le chef suprême de ces lieux, ce grand Noir d'un volume d'un mètre cube quatre-vingts au physique de brute et aux yeux tendres qui lui donnaient l'allure d'un ours dans sa grotte, qui n'en sortait que pour aller pêcher du saumon. Par-dessus son uniforme de policier, il portait un bob orné d'hameçons de différentes tailles et couleurs et un gilet bourré de poches, signe qu'il était sur le point d'aller à la pêche, ou qu'il en revenait. Ce passe-temps, c'était sa manière à lui de lutter contre le désespoir de devoir travailler dans un commissariat où il n'y avait rien à faire. Un service de personnes désespérées à motiver en permanence, voilà ce dont il avait hérité après la « toute petite affaire de corruption » (c'étaient ses mots) dans laquelle il avait été mouillé à Miami.

— Vous voulez un donut ? demanda-t-il.

Il lui tendit un panier garni duquel la policière tira un beignet. L'homme la regarda d'un air nostalgique, fit le tour de son bureau et s'assit à son tour dans son énorme siège aux dimensions de son énorme postérieur.

— Moi, j'ai arrêté, dit-il en frappant sa grosse bedaine. Selon une enquête récente, 80 % des policiers américains sont en surpoids. Ils ont plus de chances de mourir d'une attaque du cœur que d'une attaque de criminels ! Je ne mange que des salades maintenant.

— Moi, c'est plutôt la salade que j'ai arrêtée, rétorqua Agatha. Depuis un safari au Kenya où j'ai appris que les hippopotames se nourrissaient exclusivement de carottes et de salade…

— Étonnant, répondit l'homme qui ressemblait déjà un peu à l'un de ces animaux.

Il demeura songeur puis finit par piocher un donut dans le panier, résigné.

— Oh, et puis zut, dit-il en mâchant le beignet avec une joie et une délectation retrouvées. Bien, venons-en aux choses… embêtantes… (Il déglutit.) Votre club de lecture ne compte pas assez de personnes, Crispies, je ne vous apprends rien, et maintenant que madame Rosita González vous a quittée, il n'en réunit pour ainsi dire plus du tout…

— Les nouvelles vont vite, à ce que je vois.

— Les gens n'ont rien d'autre à faire, lieutenant. Rosita m'a tout raconté. Vous savez, c'est une femme de ménage, elle est mexicaine, sans doute illégale, elle s'est cachée dans ce petit village du fin fond de l'Amérique, et plus particulièrement dans ce commissariat, pour ne pas se faire prendre par la police, ne la forcez pas à lire des bouquins de deux mille pages…

— Mille quatre cent quarante pages, corrigea Agatha.

— *Autant en emporte le vent*… Comment pouvez-vous lui infliger cela ?

Elle se retint de lui dire qu'elle venait de lui conseiller *Guerre et Paix*.

— *Infliger*, monsieur ? *Autant en emporte le vent*, ce n'est quand même pas du James Joyce ! Monsieur, on inflige une punition, une torture, des sévices, du Joyce, mais on n'inflige pas de la culture.

Elle détestait Joyce, c'était évident. Depuis qu'elle l'avait rencontré en lecture obligatoire au lycée, il était devenu, dès les premières pages, sa Némésis, son professeur Moriarty, son Javert, son Lord Voldemort.

— La littérature est une force, monsieur. Elle enrichit les gens. Rosita est une petite Mexicaine exploitée. Elle trouvera dans la lecture les outils pour trancher les entraves qui l'enchaînent. Les Mexicains sont les Noirs d'aujourd'hui !

— N'exagérez pas, elle n'est pas mal ici.

— Avec tout le respect que je vous dois, superintendant Goodwin, on voit bien que ce n'est pas vous qui nettoyez les toilettes de quinze personnes qui mangent des donuts toute la journée !

L'embarras envahit le visage de l'homme. Il sembla même qu'il rougit.

— Je fais mes besoins à la maison, mentit-il. Pour revenir à notre sujet, la littérature enrichit peut-être les gens, comme vous dites, mais nous, ça nous appauvrit. Inutile de vous rappeler que le budget est serré et que nous ne pouvons plus subvenir à l'achat de vos livres. Vous avez pris ce commissariat pour une médiathèque ?

— Patron, on peut élucider de grands crimes grâce à la littérature. Car la littérature…

— … C'est la vie, compléta l'homme, et les meurtres font partie de la vie.

— C'est exactement ce que je pense ! s'enthousiasma Agatha, une lueur d'espoir dans les yeux.

— Je sais, ce sont les mots avec lesquels vous ne cessez de me rebattre les oreilles tous les jours.

La lueur d'espoir disparut.

— Crispies, ce n'est pas fonctionnaire de police que vous auriez dû être, mais bibliothécaire. Je sais tout ce que votre club suppose pour vous et tout l'engagement et la volonté que vous avez mis pour le monter, je connaissais la passion de votre père pour les livres, mais vous allez devoir laisser tomber et vous inscrire à un autre atelier.

Agatha baissa la tête à l'évocation de son regretté père.

— Vous n'avez pas envie de tricoter un pull pour l'hiver ?

— Mon Dieu, s'offusqua-t-elle en relevant la tête horrifiée, j'ai l'air si vieille que ça ?

— L'atelier de fléchettes, alors ?

— Je ne sais pas roter.

— Je ne vois pas le rapport.

Elle préféra couvrir ses collègues en passant sous silence un tout petit détail : le concours de fléchettes avait l'habitude de se pratiquer en état d'ébriété avancée. La consommation d'alcool étant interdite pendant les heures de service, Franck, Allen et Roger auraient de sérieux problèmes si cela se savait. À bien y réfléchir, elle se demandait dans quel endroit pire que celui-ci ils pourraient être mutés. Existait-il un New York, Sibérie ? Si c'était le cas, la vodka devait y couler à flots.

— Et le sudoku, ce n'est pas pour moi, anticipa-t-elle. Je préfère rester dans mon bureau à manger des donuts.

— Hum… Justement, maintenant que vous évoquez ce… sujet, continua le chef, gêné, la fabrique de donuts Trou Divin nous retire le partenariat. Plus de donuts gratuits pour le service. Plus assez rentable. Et ils nous retirent la voiture bien sûr. Un véhicule de moins dans un parc automobile en comptant un seul, ça ne fait plus grand-chose.

Le monde s'écroula autour d'Agatha et un frisson lui dégringola le long de l'échine. Pas pour la voiture, mais pour les livres et les délicieux donuts au chocolat. Comment ferait-elle ? Au rythme qu'elle avait pris, tout son salaire y passerait au bout de trois jours.

— Décrispez-vous, Crispies.

Il adorait lui dire cela lorsqu'il la surprenait aussi concentrée.

— Je sais que ce sont de bien mauvaises nouvelles, reprit-il, mais la vie n'est pas toujours rose, même à New York, Colorado. *Je repartirai de zéro*, *Dans la vieille New York*, *Si je peux réussir là-bas, je réussirai partout*, *Cela dépend de toi, New York, New York*. Enfin, vous connaissez la chanson...

Il avait l'air aussi navré qu'elle.

Les derniers mots tournèrent un instant dans l'esprit d'Agatha. *Cela dépend de toi*, répéta-t-elle pour elle-même. Elle avala d'un trait ce qu'il restait de son donut au chocolat, prit sa respiration et se lança.

— Il faut que je vous avoue quelque chose patron. J'ai peut-être trouvé un moyen de nous en sortir.

L'homme fronça les sourcils, intrigué, et son front brillant noir s'ébrécha en une multitude de sillons.

— Voilà, je suis sur une enquête de très haute importance.

— Vous voulez dire que madame Jennings a encore perdu son chat ?

Madame Jennings apparaissait au commissariat chaque fin de mois pour rapporter la disparition de son persan, à qui elle avait donné le nom de son pape préféré. Jean-Paul II était mort depuis quarante ans, écrasé par Seth Harrison, le furieux criminel récidiviste qui grillait *le* feu tricolore de New York, Colorado, chaque fois que sa femme était sur le point d'accoucher. Personne n'ayant eu le courage d'annoncer la nouvelle à madame Jennings, et d'être responsable d'une mort que la tristesse pouvait précipiter, on lui avait trouvé un chat répondant aux mêmes caractéristiques. Depuis, on s'était un peu relâché et Jean-Paul II avait tour à tour été noir, blanc, roux, il avait même été remplacé par un chow-chow et un écureuil les mois où l'on n'avait eu aucun chat persan sous la main. Souffrant d'une mauvaise vue, la vieille dame n'y voyait que du feu, ce qui rendait la résolution du cas assez simple et rapide. « Notre police est efficace », avait-elle dit la dernière fois avant de repartir, radieuse, tout en caressant la tête soyeuse d'un lapin bélier auquel Kevin avait dû faire une permanente à coups de sèche-cheveux.

— Il s'agit d'un homicide, patron.

— Quelqu'un a assassiné le chat de madame Jennings ? s'exclama l'homme, horrifié.

Agatha secoua la tête de droite à gauche.

— Quelqu'un a assassiné madame Jennings ? hurla-t-il, paniqué.

— Oubliez cette brave femme. Un homme, retrouvé mort dans sa baignoire. Ce n'était pas beau à voir. Un peu comme si on l'avait passé dans une moulinette géante pour en faire du steak haché. Dans quel but ? Je ne sais pas encore, mais j'ai quelques pistes.

— Une moulinette géante ? Du steak haché ? Pourquoi voudrait-on passer quelqu'un dans une moulinette pour en faire du steak haché ? C'est absurde mais… c'est foutrement merveilleux ! La meilleure nouvelle qu'on m'ait donnée depuis que je suis dans ce trou à rats.

Soudain, une larme s'échappa du coin de l'œil de Goodwin.

— Je n'y crois pas, dit-il en étouffant un sanglot.

Cela faisait si longtemps qu'il attendait ce moment-là. Un vrai meurtre. Comme à Miami. Comme avant. D'un autre côté, il était soulagé qu'il ne soit rien arrivé à la bonne vieille madame Jennings qui offrait de bons gâteaux aux fonctionnaires afin de les récompenser de toujours retrouver si vite son Jean-Paul II chéri.

— J'attends les résultats de l'autopsie, patron.

— Il est curieux que je n'en aie pas entendu parler.

— Parce que cela est arrivé à Woodville.

— Woodville ? Comme la ville qui est à deux heures d'ici et qui se trouve en dehors de notre juridiction ?

Agatha acquiesça et l'enthousiasme du chef retomba comme un soufflé. Il se vit à nouveau terminer sa carrière dans cet Enfer.

— Disons que je me suis arrangée (elle dessina des guillemets dans les airs avec ses deux index et ses deux majeurs). Les jolis meurtres, il faut savoir aller les chercher où ils se trouvent, monsieur. À part un homicide d'écureuil ou de lapin, et accidentel qui plus est, il ne se passera jamais rien ici.

Le superintendant dodelina de la tête, pensif.

— Vous vous êtes « arrangée » ? répéta-t-il en tressaillant de manière presque imperceptible.

Lui aussi avait l'habitude de « s'arranger » à Miami, avec les proxénètes, les prostituées et les trafiquants de drogue. D'ailleurs, cela lui avait valu sa mutation ici. Il n'osa pas lui poser trop de questions, car moins il en saurait et mieux il se porterait, mais quelque chose le rassurait. Dans le coin, il n'y avait ni proxénètes ni prostituées, et le Guronsan et l'Aspégic étaient les trucs les plus *hard* que l'on pouvait se procurer. Il se gratta le menton et décida de profiter de la situation. Une aubaine comme celle-ci ne se représenterait pas de sitôt.

— Si vous résolvez ce meurtre, Crispies, ce sera peut-être votre billet de sortie, et le grade de capitaine à la clef. Je serais heureux pour vous. Et pour moi aussi, par la même occasion. Car si cette affaire est si importante que vous le dites, ce sera peut-être mon passeport pour New York à moi aussi. On ne me redonnera jamais un service comme celui que j'avais à Miami, mais n'en demandons pas trop. Je serais déjà heureux de revenir à la civilisation, sur la côte Est, même si l'on ne peut pas pêcher à Central Park.

Et il se prit à rêver.

— J'ai besoin de votre soutien, monsieur. J'ai raflé l'enquête des mains d'un certain shérif McDo pas très commode. Si cela se passe mal, il faut que je puisse compter sur vous.

— McDo ? Drôle de nom. Mais je vous couvrirai, dit le supérieur, exalté, se voyant chaque seconde un peu plus revenir à New York, New York, à la tête d'un service de deux cents bonshommes.

Fini le tricotage et les fléchettes. Du crime, des stups, des putes, pensa-t-il, toutes ces joies de la vie qui manquaient cruellement à New York, Colorado.

— Moi aussi, Agatha, ajouta-t-il en prenant un ton plus amical, je veux rentrer à la maison. Le New York où on ne dévisage pas les Noirs à chaque coin de rue, comme ici.

— Oh, ça vous arrive aussi ?

— Je peux lire la peur sur le visage des gens que je croise. Certains changent de trottoir. J'ai l'impression qu'ils me prennent pour un cannibale en quête de son dîner. C'est très désagréable. Surtout que je me nourris essentiellement de donuts.

Il éclata de rire.

— Enfin de salades, rectifia-t-il. Si ma femme savait que j'ai replongé… Nous devons nous aider l'un l'autre, lieutenant Crispies, dit-il, reprenant son sérieux. Nous sommes les deux seuls Noirs de New York, Colorado. Je le sais, j'ai compté. Nous ne sommes pas dans une foutue plantation de coton d'*Autant en emporte le vent*. Je veux redevenir anonyme, me fondre dans la foule multicolore de ma ville, ne plus me sentir observé, redevenir une personne de plus, invisible. Et puis, la musique country, j'en peux plus !

— Cela signifie que j'ai votre bénédiction, superintendant Goodwin, en ce qui concerne mon affaire de meurtre ?

— Mieux que ça, lieutenant, vous avez « carte blanche ».

Et tous deux rigolèrent de sa blague un tantinet raciste. Mais pour une fois que c'étaient eux qui en faisaient une…

Où le lecteur s'initiera aux joies de l'enquête de voisinage

Les dernières paroles du patron lui avaient remonté le moral et l'avaient réconfortée depuis la découverte du cadavre.

Elle se voyait déjà partir à New York, New York, prendre en charge un vrai département criminel, parler des heures sur son téléphone portable, inonder le mur Facebook de ses copines de *likes* et partager des photos d'elle en monokini sur Instagram. La vie, quoi.

Mais avant, elle devait régler un petit détail.

Un tout petit détail.

Il lui fallait trouver un responsable au meurtre effroyable de Peter Foster. Et pour cela, il lui fallait mettre la main sur la femme de la photo de Marineland et lui mettre le cadavre sur le dos.

Agatha décida donc de procéder à ce que l'on nommait dans le jargon policier une « enquête de voisinage ». À contrecœur, car elle détestait cela. Cela revenait, ni plus ni moins, à aller de porte en porte, tel un vendeur de bibles, à la pêche aux renseignements sur la victime. Quelquefois on tombait, avec un peu de chance, sur quelqu'un qui avait vu quelque chose, entendu quelque chose. Le voisin devenait alors un témoin clef pour l'affaire. Mais cela demeurait rare. En général, jamais personne ne voyait ni n'entendait rien. C'est fou le nombre d'aveugles et de sourds que comptait la population aux abords d'une scène de crime !

Lorsqu'elle se gara, deux heures après, devant le petit immeuble de Woodville, Agatha éprouva une étrange sensation. C'était un logement de cinq étages, d'une tristesse infinie, gris comme la cendre, silencieux comme la mort. De longues brèches dessinaient sur le béton des arbres malades, sans feuilles, d'une platitude infinie, d'une vacuité hivernale. Même en été. Et elle repensa à cette délicieuse formule d'Harper Lee dans *Va et poste une sentinelle : Le temps s'arrêta, fit demi-tour et repartit lentement en arrière. D'une certaine manière, c'était toujours l'été à cette époque-là*. Et elle trouva que, dans cet immeuble, bien au contraire, c'était toujours l'hiver.

La sensation ne la quitta pas quand elle monta les escaliers. Ça ne sentait plus l'odeur de cadavre comme la veille car les services funéraires avaient retiré le steak haché de sa baignoire (et avaient sans aucun doute fini les lentilles), mais la mort restait collée aux murs comme une affiche que seul le temps pourrait arracher.

Par chance, il n'y avait qu'un appartement par palier, elle n'en aurait donc pas pour longtemps pour ratisser. Agatha arriva bientôt au premier étage, devant la première porte. Elle frappa. Question d'habitude. Un policier ne sonnait jamais car nombreux étaient les suspects qui confectionnaient de beaux comités d'accueil explosifs à l'intention des agents de la loi qui viendraient les chercher, en laissant le gaz ouvert.

Personne.

Elle fit semblant de s'éloigner puis revint en silence appliquer son oreille contre la porte. Elle écouta pendant quelques secondes. Aucun bruit. Elle sortit alors un Kleenex de son sac et le passa sur la surface en bois. Les cambrioleurs ne pensaient jamais aux traces d'oreilles qu'ils laissaient derrière eux après s'être assurés qu'il n'y avait aucun occupant à l'intérieur de l'habitation qu'ils se proposaient de « visiter ». Or les oreilles, comme les empreintes digitales, étaient uniques, et la police scientifique les fichait au même titre que toute autre caractéristique anthropomorphique, la pulpe des doigts, la couleur des yeux, les mensurations.

Agatha monta au deuxième étage.

Personne.

Il en fut de même pour le troisième. C'était là tout le problème de réaliser une enquête de voisinage dans la journée. Les gens travaillaient. De plus, le MTPA conseillait de réaliser cette procédure à la même heure que le meurtre. Les gens avaient leurs petites habitudes quotidiennes. En agissant de la sorte, on avait une idée plus précise des circonstances dans lesquelles le meurtre s'était produit.

Il fallait une santé de fer pour les enquêtes de voisinage, et il valait mieux habiter à Los Angeles qu'à New York, les immeubles étaient moins hauts. Agatha se souvint que McDonald lui avait dit avoir déjà interrogé la voisine du quatrième, celle qui avait prévenu la police. Mais elle se faisait un plaisir d'avoir une petite discussion avec elle au sujet de ses Converse qui, du rose, étaient passées au rouge puis au blanc le plus pâle.

Elle arriva devant la porte, essoufflée, posa son oreille et écouta. Pour la première fois, elle entendit des bruits à l'intérieur de l'appartement. Elle essuya son empreinte puis frappa.

— Qui c'est ? cria-t-on depuis le lointain.

— Police !

Agatha brandit sa plaque devant le judas. Elle entendit des pas qui se traînaient vers elle puis s'arrêtaient. La lumière derrière le petit œillet disparut, signe que quelqu'un regardait au travers.

— Ça, c'est une carte cadeau d'H & M ! répondit-on de l'autre côté.

— Oups.

La policière rabattit le volet du portefeuille et le colla à nouveau contre l'œilleton.

Il y eut quelques secondes de silence.

— Qui me dit que ce n'est pas une fausse et que, dès que je vous aurai ouvert, vous ne voudrez pas me vendre une encyclopédie en trente-deux volumes ? reprit la voix derrière la porte.

— Depuis que Google existe, plus personne n'en vend !

Car si à New York, Colorado, il n'y avait pas de réseau, en revanche il y en avait à Woodville.

— C'était mon prochain argument pour ne pas vous acheter d'encyclopédie ! dit la dame, une pointe de déception dans la voix.

Il y eut un moment d'hésitation.

— Cela ne ressemble pas aux cartes de police qu'on voit à la télé.

— Justement, madame, à la télé, ils utilisent de fausses cartes.

— Rapprochez votre visage, je ne vous vois pas.

Agatha s'approcha.

— Encore ! Je ne vois rien, vous êtes toute noire.

— Je suis née comme ça, marmonna Agatha.

— Mince alors, cette foutue ampoule est encore cassée, pesta la femme qui n'avait pas entendu. Vous n'avez pas l'air d'une policière en tout cas. Où est votre imperméable ?

Bon Dieu, ce que les séries avaient fait comme mal à la police !

— Il fait trente degrés dehors ! s'exclama Agatha. Mais si vous voulez, j'ai ça.

Elle retira un donut au chocolat de sa poche et l'agita devant le judas.

L'argument dut convaincre car la porte s'ouvrit. Pourquoi perdait-on son temps à remettre des plaques dorées aux agents de police si un simple donut suffisait ?

Devant Agatha se tenait maintenant une dame vêtue d'un vieux gilet. Elle devait avoir la cinquantaine, mais ses vêtements lui en donnaient quinze de plus. La policière se demanda pendant quelques secondes où elle avait déjà vu cet affreux gilet gris, jusqu'à ce que la photo de Marineland lui revienne à l'esprit. La Polonaise était la femme qu'elle cherchait, celle du cadre de la table de nuit, la femme aux grandes lunettes de soleil et au chapeau qui tenait Peter Foster par la taille, toute souriante, en compagnie du dauphin.

Bingo !

Ainsi, madame Grzxzxwxzywzx (tel était son nom dans l'esprit d'Agatha, une suite de consonnes imprononçables) connaissait bien la victime, à en juger par l'étreinte langoureuse qu'elle donnait à Foster sur la photographie (le dauphin était plus froid et distant, lui). Il s'agissait sans doute de sa maîtresse et, selon toute vraisemblance, son vendeur de voitures de mari n'était pas au courant. Tout ce qui l'intéressait, c'était que sa femme lui repasse ses chemises. D'ailleurs, en parlant de chemises, peut-être qu'elle repassait celles de Peter Foster de temps en temps.

Agatha imaginait déjà la scène :

ACTE 1

Peter Foster frappe chez madame Grzy... Gchriwzs... Zgryywxzxwxwx... la Polonaise. Celle-ci laisse le tricot qu'elle est en train de confectionner et va chercher les chemises de son voisin dans la chambre. Elle revient dans le salon et ouvre la porte.

PETER FOSTER

Merci, (petit prénom de madame Machinowsky)...

POLONAISE

Il n'y a pas de quoi, Peter.

PETER FOSTER *(se rendant compte qu'il reste encore quelques plis sur un col)*

Il reste quelques plis sur ce col, bébé.

POLONAISE
Ah bon ? Fais voir. Non, je ne vois rien.
Et puis je t'ai déjà dit mille fois que je n'aime pas que tu m'appelles « bébé ».

PETER FOSTER
Je te dis que le col est froissé, BÉ-BÉ !

POLONAISE
Oh, ça alors, mais je ne vois rien !

PETER FOSTER
C'est normal, tu es vieille,
mais moi je suis plus jeune
et je te dis que cette chemise est froissée, BÉ-BÉ !

POLONAISE
Eh bien, repasse-les toi-même, tes foutues chemises, nom d'une pipe à fleur ! Et arrête de m'appeler « bébé » !

PETER FOSTER
Nom d'une pipe à fleur ?
C'est quoi cette expression de dinosaure ?

POLONAISE *(cette fois-ci, furieuse)*
Tu sais ce qu'elle te dit la dinosaure ?

Madame Wgzryqwxzqsxw va dans la cuisine, s'empare d'un couteau, revient dans le salon et commence à le planter dans la poitrine de l'exécrable voisin, puis dans les bras, dans les yeux, dans la bouche. Comme elle est âgée (enfin, elle n'est pas si âgée que ça, mais ce gilet de vieille quand même, quelle idée !) et qu'elle sait qu'en un seul coup de poing il peut l'envoyer valdinguer, elle frappe, elle frappe pour avoir l'avantage. Elle le hache de tous côtés. Elle doit le tuer avant qu'il ne puisse esquisser un seul geste. Elle en fait de la purée, de la compote. Elle adore faire de la compote pour ses petits-enfants, comme toute bonne grand-mère. L'homme s'effondre, aveugle, sourd, transpercé de toutes parts comme une poupée vaudoue.

Afin de détourner les soupçons de sa personne, elle traîne le corps jusque chez lui, à l'étage, le met dans la baignoire, fait couler un bain. Avec ses mille et une astuces de ménagère, elle fait disparaître les taches de sang chez elle et dans les escaliers. Le tour est joué. Puis elle reprend son tricot et attend que son mari revienne de Spanish Fork tout en se demandant combien de voitures il a vendues aujourd'hui.

FIN DE L'ACTE

Oui, décidément, une suspecte idéale. Si ce n'était pour un détail… en général, les maîtresses ne tuaient pas leur amant. Elles tuaient leur mari.

Agatha balaya cette rêverie et esquissa son plus beau sourire hypocrite. Comment une femme pareille avait pu sortir avec le beau Foster ? Il y a des choses qui lui échappaient.

En voyant entrer la visiteuse, madame Grzegorczyk eut un petit sursaut et laissa échapper un gémissement.

— Oui, je suis noire, anticipa la policière en s'ouvrant un passage dans l'appartement.

— Oh, non, ce n'est pas ce que je… Je croyais que l'ampoule du couloir était cassée… répondit la Polonaise en fermant la porte derrière elle.

— Ne vous inquiétez pas, j'ai l'habitude dans le coin.

La femme dévisageait la nouvelle venue, perplexe, comme hésitant à lui révéler quelque chose qui aurait pu lui paraître humiliant.

— Vous avez oublié votre peigne dans les cheveux, dit-elle, embarrassée.

C'était un de ces jours où Agatha avait planté un peigne afro en plastique rouge au sommet de sa boule de cheveux crépus, comme d'autres s'enfoncent un crayon pour tenir leur chignon.

— Je sais.

— Oh, répondit la Polonaise, déconcertée par le fait que la policière, si elle le savait, n'avait pas pris la peine de le retirer.

Quel laisser-aller ! Surtout pour un agent de la loi.

Elle l'invita à passer au salon. Elle ne semblait pas très rassurée. Que pouvait-on penser d'une grosse Noire qui entrait chez vous avec un peigne planté dans les cheveux ?

— C'est pour quoi ? demanda-t-elle, afin de se débarrasser le plus rapidement possible de cette affaire, alors qu'elle savait très bien de quoi il s'agissait.

— Mes chaussures, dit Agatha en montrant ses Converse. Je les ai lavées avec de l'ammoniaque, de la farine, un glaçon, du sérum physiologique, de la Javel et même l'anneau d'une clef en fer, comme vous avez dit au shérif McDonald.

— Tout cela en même temps ? Mon Dieu ! J'ai dit de l'ammoniaque *ou* de la farine *ou* un glaçon *ou* du sérum. Et puis, il faut utiliser de l'eau de Javel avec du linge blanc, ajouta la voisine en portant ses mains à la tête, pas du tissu de couleur ! Vous ne savez pas ça ? Quelle horrible ménagère vous faites. J'espère que vous n'êtes pas mariée !

La Polonaise vivait encore à une époque où les femmes étaient les esclaves de leur mari. Elle préféra ne pas relever l'insulte.

— Vous auriez un autre remède miracle pour mes chaussures ?

— Oui, rachetez-en une paire.

Agatha haussa les épaules et s'approcha de la bibliothèque, un ensemble d'étagères blanches accrochées au mur sur lesquelles reposaient tout un tas de livres aux tranches plus ou moins colorées. Elle les passa en revue alors que la dame frottait ses mains noueuses, avec une apparente nervosité.

— *Ulysse*, de James Joyce ? s'étonna la policière en voyant le gros pavé, et elle réprima un rire sarcastique. Bravo ! Vous l'avez lu ?

— Non, avoua la femme au nom imprononçable.

— Bien, vous êtes sincère au moins. Montrez-moi quelqu'un qui prétend avoir lu *Ulysse* et je vous montrerai un menteur. On ne lit pas le *Ulysse* de Joyce. On le traduit, on l'interprète, on le… déchiffre…

— Oui, ça a l'air un tout petit peu compliqué.

— On l'étudie, continua Agatha, la foudroyant du regard pour l'avoir interrompue, on l'observe comme un animal de foire, on le cite dans les dîners mondains, mais on ne le lit pas.

— Je pourrais l'avoir lu et ne pas mentir, dit innocemment la voisine.

— Vous seriez bien la première, lui rétorqua la policière d'un air moqueur. Non, personne n'a lu *Ulysse*. Pas même Joyce, croyez-moi. Saviez-vous qu'il était myope comme une taupe ? À tel point qu'il était obligé d'écrire à l'aide de crayons de couleur pour pouvoir se relire. Il portait même une blouse blanche pour qu'elle reflète mieux la lumière sur sa page. Un vrai cinglé. Pour d'autres, un vrai génie. Un génie a cela de particulier qu'il peut écrire ses bouquins en tenue de dentiste avec des crayons de couleur et tout le monde trouve cela normal. La plus grosse arnaque de tous les temps, après la pince attrape-peluches de la foire et le crédit revolving.

Agatha fit défiler, comme si elle les voyait pour la première fois, les feuilles sous son ongle bordeaux.

— Mille cent cinquante-sept pages, dont les soixante-huit dernières sans plus aucune ponctuation. Au milieu du récit, ça se transforme en pièce de théâtre sur trois cents pages. Un jour je suis tombée sur une version française du roman traduite par onze personnes ! C'est le minimum pour traduire un truc de ce genre. Certains le considèrent comme un chef-d'œuvre. C'est marrant, c'est toujours ce que l'on dit des romans que personne n'a lus.

Pour elle, *Ulysse* était une performance sans queue ni tête, un cadavre exquis gigantesque, un interminable monologue d'ivrogne drogué au Lexomil, une torture, une incitation à ce que le lecteur saute des pages, des chapitres entiers. On demandait souvent à Agatha, pas à la lieutenant de police mais à la fondatrice du merveilleux club de lecture, si elle allait jusqu'au bout des livres qu'elle commençait. Cela semblait *la* question de tout lecteur. Était-ce éthique, supportable, moral de ne pas finir un bouquin même si on le trouvait mauvais ? Elle répondait sans hésiter par la négative. La lecture, c'était comme les mecs, un moment de plaisir, jamais une obligation ou une torture. La lecture, c'était fait pour s'évader, pour passer un bon moment, accessoirement pour apprendre des choses. Et puis, il y avait tellement de bons livres à découvrir que ç'aurait été un crime de gâcher son temps, le bien le plus précieux, pour finir un roman dont on comprenait à peine le titre. Si James Joyce n'avait aucun respect pour ses lecteurs, tel un médecin qui gribouillerait à la va-vite une ordonnance sans se soucier d'être compris par le patient ou le pharmacien, eh bien tant pis pour lui, on passerait à autre chose. Regardez Sartre, lui pouvait écrire des livres complexes, du genre *L'Être et le Néant*, mais aussi des trucs comme *La Nausée*, un bon roman compréhensible par le commun des mortels.

— Tenez, par exemple, dit-elle en ouvrant une page au hasard et en en lisant un passage à voix haute. « *Le temps les a marqués de son fer rouge et les a enchaînés dans la chambre des possibilités infinies qu'ils ont exclues. Mais étaient-elles possibles ces possibilités-là puisqu'elles n'ont jamais existé ? Ou bien la seule possibilité fut-elle celle qui arriva ? Tisse, tisseur de vent.* » Pas mal, non ? Attendez, il y a mieux : « *La pensée est la pensée de la pensée : clarté tranquille. L'âme est d'une certaine manière tout ce qui est : l'âme est la forme des formes. Tranquillité soudaine, vaste, éblouissante : forme des formes.* » Voilà, c'est comme ça pendant mille cent cinquante-sept pages. (Elle referma le livre dans un claquement net qui fit sursauter la Polonaise.) C'est à vous pousser au suicide ! C'est à vous faire aimer *Harry Potter* ! À côté, Umberto Eco, c'est la Bibliothèque verte !

Elle reposa le roman sur son étagère et sortit le calepin de son sac, qu'elle ouvrit à une page vierge.

— Laissons Joyce à ses logorrhées et revenons au sujet qui nous occupe, madame Grz… Gwrx…

— Wendy, appelez-moi Wendy.

La policière détourna son regard de son Moleskine et planta ses yeux dans ceux de son interlocutrice.

— Wendy, c'est joli. C'est marrant parce que c'est James Barrie, l'auteur de *Peter Pan*, qui a inventé ce prénom.

— Je l'ignorais, dit la femme, un filet d'anxiété dans la voix.

Elle essayait de dissimuler un grand malaise sous des airs d'apparente tranquillité mais n'y parvenait pas.

— Pour l'anecdote, Barrie avait une amie qui s'appelait Margaret Henley, ce nom doit vous dire quelque chose (la femme agita la tête de manière négative), la fille du célèbre poète William Ernest Henley (elle ne semblait pas plus connaître celui-là). Non ? C'est vrai, suis-je bête, depuis quand les poètes sont célèbres ?… Bien, Margaret donc s'adressait toujours à Barrie par le petit nom « My Friendy », mais comme elle ne pouvait pas prononcer le *r*, elle disait « My Fwendy », qui est devenu simplement « Wendy » entre eux.

Agatha laissa flotter ses paroles quelques instants dans l'air vicié du petit appartement tout en caressant quelques babioles pleines de poussière qui se trouvaient sur les étagères.

— Wendy est un surnom pour moi aussi, dit la voisine. Mon vrai prénom est Frzdziwska. Mais Frzdziwska Grzegorczyk, c'était un peu compliqué pour les gens d'ici.

— Je vous le confirme.

— En tout cas, vous vous y connaissez en littérature.

— Je suis la fondatrice du plus grand club de lecture de la région. Et puis j'adore les histoires, les secrets. Et vous, Wendy, avez-vous des secrets ?

Agatha planta son regard noir dans celui, effrayé, de son interlocutrice.

— Inutile de tourner plus longtemps autour du pot, coupa la femme au vilain petit gilet gris d'un ton sec et résolu. Si vous êtes revenue, ce n'est ni pour vos chaussures, ni pour me parler de Peter Pan.

— Vous avez raison. Parlons plutôt d'un autre Peter. Peter Foster, par exemple. Parlons de Marineland, de dauphins et de lentilles…

— Faites ce que vous avez à faire et que l'on en finisse une bonne fois pour toutes.

Où l'on apprend à lire les cadavres comme dans un livre ouvert

On réalise une autopsie dans tous les cas de mort non naturelle évidente ou suspectée. C'est-à-dire en cas d'homicide, de mort subite inattendue, de suicide, d'accident, etc. Par « non naturelle », on entend tout décès ne résultant pas d'une maladie ou de la vieillesse. Une personne qui meurt des suites d'une catastrophe naturelle meurt donc, paradoxalement, d'une mort non naturelle. Vous suivez ? Moi, cela m'a pris dix ans pour y comprendre quelque chose.

Bref, un lieutenant de police en charge d'une affaire criminelle a l'obligation d'assister à l'autopsie. Dans les textes du moins. Les légistes sont arrangeants. Ils ont bien compris que nous ne sommes pas faits du même bois qu'eux, que ce n'est pas un spectacle agréable et certains préfèrent même pratiquer seuls pour être à leur aise sans se sentir observés. Chacun y trouve son compte. Et puis, en général, il y a tellement de paperasse à rédiger que nous n'avons pas de temps à perdre dans une morgue. Un petit coup de fil et le coroner nous informe de ses conclusions, que nous reportons dans le procès-verbal adéquat. Bien sûr, à New York,

Colorado, ce n'est pas le temps qui manque, mais je n'ai aucune envie de m'enfermer avec un homme en blouse blanche, si séduisant soit-il, et un cadavre lorsque, dehors, l'été illumine les forêts de sapins verts et qu'il y a mille autres choses à faire. Aller bronzer au lac, par exemple, se baigner, dévorer des livres en dégustant des donuts au chocolat couchée sur l'herbe.

Assister à une autopsie consiste, pour les plus sensibles, à se peinturlurer le dessous du nez de VapoRub afin de ne pas sentir cette forte odeur de chair et de cire puis profiter debout, aux premières loges, pendant plus d'une heure, du ballet macabre du spécialiste. Vous êtes mieux placé que vous ne le serez jamais au théâtre quand, pour ce spectacle, c'est derrière la colonne, en haut, très loin derrière, que vous auriez aimé avoir votre siège.

En général, le cadavre est encore habillé, ce qui est assez troublant, car cela le rend encore plus humain et vivant. Il repose sur la grande table d'acier inoxydable, style Le Dormeur du val, *d'Arthur Rimbaud. Il porte un jean Zara, ou une robe à fleurs Desigual, des baskets fluorescentes roses, des chaussures à talons aiguilles, des sandalettes, il ne lui manque plus que deux trous rouges au côté droit. On joue à imaginer sa vie, son rang social, son âge. Il y a encore quelques heures, c'était un être vivant, comme nous, qui chattait sur son iPhone, partageait sa petite vie misérable sur Facebook, qui allait faire les courses, qui aimait, qui souffrait, qui jouissait, qui payait ses factures de gaz, qui mangeait des pizzas en regardant* Game of Thrones *avec des potes. Difficile de l'imaginer quand il ne reste plus rien, seul l'immobilisme de la mort. On se dit que l'on est peu de chose. On se pose beaucoup de questions philosophiques, sur notre utilité, sur le temps, sur tout, quand on assiste à une autopsie. Les gens malheureux devraient assister à une autopsie au moins une fois dans leur vie, cela les ferait peut-être se remuer le derrière pour être heureux, et rapidement. Car la mort arrive vite.*

Le médecin découpe alors à l'aide de gros ciseaux les vêtements, enlève les chaussures. On obtient un être humain entièrement nu, sans pudeur, devant nous. On s'attarde quelques secondes sur le sexe, c'est machinal. On observe ce petit pénis flétri sans vie, et on imagine dans combien de femmes il est entré, vigoureux, dur, puissant, ou dans combien d'hommes peut-être. On observe ces petites lèvres, timides et on se demande combien de sexes vigoureux, durs, puissants y sont entrés et combien de petits bébés en pleurs en sont sortis pour combler de bonheur l'heureuse maman, qui maintenant n'est plus qu'un cadavre.

Le légiste incise alors la poitrine, en forme de V. On voit bien la couche de graisse sous le ventre. Elle est jaune. On essaie de deviner combien il aurait encore fallu de séances de gym ou de footing pour qu'elle disparaisse. Le médecin retire quelques organes vitaux. Étonnement, il n'y a pas beaucoup de sang qui coule. C'est propre. Il prend le foie, le pèse sur une balance, fait de même avec le cœur, et d'autres organes inidentifiables pour un néophyte. On a un peu l'impression d'assister au manège de notre boucher-charcutier de quartier. Il ne lui manque plus que le crayon derrière l'oreille et qu'il nous demande avec un grand sourire : « Ce sera tout ma p'tite dame ? »

Comme je dis souvent, dans la police, on voit le pire de l'humanité. Un homme qui viole à plusieurs reprises sa petite nièce de cinq ans avant de lui défoncer le crâne à coups de pierre et de l'enterrer dans quelque sombre bois, un adolescent tué dans la rue de huit coups de couteau dans l'estomac pour un billet de dix dollars qui sera dépensé pour acheter un pack de bières, une vieille dame de quatre-vingt-dix ans rouée de coups de poing dans la tête pour qu'elle lâche son sac à main et qui meurt de ses blessures deux jours après à l'hôpital sans revoir son petit-fils qu'elle aime tant.

Le médecin prélève alors des petits morceaux de foie, de cœur, de cerveau, de poumon, enfin, de tout ce qui l'intéresse, les entrepose dans des boîtes transparentes style Tupperware (en espérant qu'il ne se trompe pas à l'heure du repas), afin d'envoyer tout cela au laboratoire pour analyse. Des dizaines de sushis voyageront bientôt pour être déchiffrés, interprétés, et un mystère résolu.

Ensuite, il remet tous les organes dans un sac jaune en plastique qu'il enfonce dans la poitrine du cadavre, referme le pan de peau en V qu'il a découpé au début, puis recoud le tout. Tous les corps autopsiés ont leurs organes dans un petit sac en plastique dans la poitrine. Pas un petit sac à dos, un petit sac à ventre. Un sac de voyage avec tout ce qu'ils possèdent, un petit sac jaune pour aller au Paradis. Ou en Enfer.

Le plus intéressant des autopsies, c'est le côté intellectuel de la chose. Les conclusions que le médecin donne, les mystères qui se résolvent. On dit que les corps parlent. Et c'est là justement tout l'intérêt d'une autopsie. Que le corps d'une personne dévoile les secrets que celle-ci ne peut plus nous révéler par la parole. Comment elle est morte. Et quelquefois, avec beaucoup de chance, qui l'a tuée.

Si l'on retrouve de l'eau du robinet dans les poumons d'un cadavre repêché dans l'océan, cela signifie qu'il a été noyé dans une baignoire puis transporté jusqu'à la plage. Il ne s'agit donc pas d'un simple accident de baignade ou d'un suicide, mais bien d'un meurtre.

Si l'on retrouve un cadavre étendu sur le sol, sur le ventre, mais avec le dos et les fesses rouges comme un babouin, cela signifie qu'on l'a retourné après sa mort. En effet, lorsque la mort survient, le cœur arrête de pomper et tout le sang du corps tombe, de son propre poids, par effet de gravité, dans les parties du corps situées plus bas. Si les fesses et le dos sont rouges, c'est donc que la personne est décédée alors qu'elle était couchée sur le dos. C'est ce que l'on nomme la lividité cadavérique. C'est le petit détail qui indiquera si le corps a été déplacé a posteriori, *c'est-à-dire, après sa mort. En outre, des lividités de teinte rouge carmin indiquent une intoxication au monoxyde de carbone, alors que des lividités bleutées dénotent une asphyxie.*

Mais maintenant, avec les séries américaines, tout le monde sait cela, et surtout les meurtriers, qui laissent de moins en moins de traces. Merci, Les Experts *!*

Et, le saviez-vous, lorsqu'on découvre un cadavre flottant sur l'eau, sur une rivière ou dans un lac par exemple, on peut deviner, de loin, si c'est un homme ou une femme rien qu'en regardant la position du corps. Ce n'est pas si évident de deviner, de loin, le sexe d'un cadavre, car il faut savoir qu'un corps qui reste au contact de l'eau un certain temps moisit très rapidement et devient vite inidentifiable. Dans 90 % des cas, s'il flotte sur le dos, c'est une femme. S'il est orienté vers le bas, c'est un homme. La graisse, qui pèse, est répartie sur les seins et les fesses pour une personne de la gent féminine, sur le ventre, pour celles de la gent masculine. Si je mourais dans l'eau, je me demande toujours ce que cela donnerait. Je pense qu'entre ma poitrine généreuse et mes grosses fesses, mon corps n'arrêterait pas de tourner comme un poulet qui cuit sur une broche… Seins, fesses, seins, fesses, sur le dos, sur le ventre, sur le dos, sur le ventre, un vrai moulin à eau.

En résumé, pour tous ces motifs, je n'assiste jamais aux autopsies.

Et pour deux raisons de plus. Et non des moindres.

Cela ouvre l'appétit (est-ce un relent de notre passé animal ? La viande, quelle qu'elle soit, même celle de nos propres congénères, éveille-t-elle nos instincts les plus primaires et cannibales ?) et on n'a pas le droit de manger en salle d'autopsie. Et puis parce que cela donne envie de faire l'amour aussi. Pour célébrer le fait d'être vivant, je suppose, et en bonne santé. Et faire l'amour n'est pas plus autorisé en salle d'autopsie, sauf si le légiste est craquant. Et partant. Ce qui ne m'est jamais arrivé…

Où l'on apprend la cause de la transformation de la victime en moussaka

Agatha était affalée, la tête sur son bureau, la panière de donuts au chocolat dans la bouche. Quiconque l'aurait surprise dans cette position l'aurait crue morte. Morte d'une indigestion de donuts dans l'exercice de ses fonctions, comme son regretté père, John Crispies, parti vers l'autre monde, un sourire et du chocolat aux lèvres.

Elle avait encore à taper les procès-verbaux de la veille. Mais tout le temps qu'elle passait devant l'écran, à taper des rapports inutiles, était du temps en moins pour lire des livres ou profiter de la vie. Le métier de policier était une grosse arnaque et elle détestait les séries qui véhiculaient des idées fausses à son propos, grossissant les rangs de la police de jeunes gens qui avaient des images de beaux meurtres ou de courses-poursuites plein la tête.

Elle pensa aux paroles du superintendant. Peut-être avait-il raison, peut-être n'était-elle pas faite pour les enquêtes, elle n'en avait résolu aucune en dix ans, peut-être aurait-elle dû être bibliothécaire au lieu de s'entêter à suivre les pas, et les grosses fesses, de son père. Elle s'imagina les cheveux grisonnants, de petites lunettes dorées sur le nez, dans une médiathèque de Harlem passant ses journées à dire « chhuuut, chuuutt, chuutt » aux étudiants indisciplinés, ou aux dealers de crack à la recherche d'un abri les jours de pluie.

Elle jeta un coup d'œil à son calepin qui était resté ouvert et sur lequel elle s'était assoupie. Le coin de la couverture en peau lui avait laissé une petite trace sur la joue qui mettrait quelques minutes à s'estomper. Elle lut les noms des deux premiers suspects idéaux :

McDonald
Frzdziwska « Wendy » Grzegorczyk

Seraient-ce les premiers d'une longue liste ?

— Suicide au donut ? lança une voix sur le ton de la plaisanterie.

Agatha redressa la tête.

Betty, l'une des trois réceptionnistes, était entrée dans le bureau et la regardait en souriant.

— Que de prétendants, ma chérie !

— Quels prétendants ? demanda la policière, qui pensa un instant qu'elle se référait à sa liste de suspects.

— Deux hommes t'ont appelée. De Woodville. Tu fais des ravages là-bas, on dirait ! Un légiste. Et le shérif.

La jeune fille déposa un Post-it jaune sur la table. Deux numéros y étaient gribouillés au crayon à papier.

— Mmm… Un shérif… Ça fait rêver…

— Celui-là fait plutôt cauchemarder, coupa Agatha.

— Tout de même, le chapeau de cow-boy, l'étoile dorée et la barbe de trois jours, c'est…

— … dans les films ! Dans la réalité, il refroidirait n'importe quelle nymphomane sous l'effet de GHB.

Agatha lança un coup d'œil à la note tout en se demandant qui elle contacterait en premier. Le pervers ou le rustre. Quitte à choisir entre deux cons, autant prendre le plus beau. Elle opta pour le médecin.

— Je peux l'appeler maintenant ? demanda-t-elle. Il est à son cabinet ?

— C'est un portable, Agatha. Tu peux le joindre où qu'il soit.

— C'est vrai, ils ont des portables dans le reste du monde, je ne suis plus habituée.

Elle se redressa et recoiffa sa boule de cheveux frisés.

— Ça va ? Je suis présentable ?

— C'est un coup de téléphone, Agatha, pas une vidéo-conférence !

— L'apparence se ressent sur la voix. Il faut essayer de toujours être divine, ma chère, plaisanta la policière.

— Bon, si tu veux savoir, tu as du chocolat sur les joues, le front et les mains.

— Betty, au cas où tu ne t'en serais pas encore aperçue, je suis noire.

— Je ne m'y ferai jamais.

La réceptionniste sourit, embarrassée, et sortit du bureau.

Dès qu'elle fut seule, Agatha respira un bon coup, se décontracta et retrouva son indéfectible joie de vivre. Elle n'allait pas se faire du mouron parce qu'elle devait trouver un coupable, qu'on lui retirait sa voiture de fonction, qu'on lui retirait ses donuts, que son club de lecture s'effondrait, et que… Elle s'arrêta. Bon, ne pas y penser. Elle expira, décrocha le combiné et composa le numéro, fébrile comme lorsque, plus jeune, elle appelait un garçon de sa classe pour lui demander de sortir avec elle.

— Bonjour, docteur, c'est la lieutenant Crispies à l'appareil, il paraît que vous avez du nouveau pour moi, s'enquit-elle lorsque l'homme décrocha.

— Bonjour lieutenant, répondit la voix métallique, je viens de terminer l'autopsie.

— Alors, ce n'est toujours pas un suicide, non ?

— Toujours pas, lieutenant. Je suis formel. Il s'agit bien d'un meurtre.

Si l'on avait été dans un film d'épouvante, un coup de tonnerre aurait retenti juste à ce moment-là.

— Alors comment expliquer que la salle de bains était verrouillée de l'intérieur ? C'est un vrai casse-tête.

— Ce n'est pas pour ça que c'est un suicide, assena le coroner. Vous connaissez ce roman français, *La Chambre jaune* ? Je l'ai lu quand j'étais enfant. J'aimais déjà les énigmes. Je vais vous avouer quelque chose, je voulais être policier moi aussi, mais les pistolets, c'était pas mon truc, alors j'ai trouvé un métier passionnant dans lequel je pouvais résoudre de grandes enquêtes sans utiliser d'arme.

— Et le bistouri, ce n'est pas une arme peut-être ?

Scholl sourit à l'autre bout du fil.

La Chambre jaune, bien sûr, se dit Agatha, c'est ça le truc important que j'avais à faire aujourd'hui et que j'ai oublié. Elle démêla le câble du téléphone, se leva et emmena l'appareil avec elle jusqu'aux étagères de sa bibliothèque. Une centaine d'ouvrages rangés par ordre alphabétique des auteurs reposaient sur des planches en bois gondolées au fond de son bureau. Elle fit glisser son doigt sur le dos des livres et s'arrêta sur Gaston Leroux, *Le Mystère de la chambre jaune*. L'auteur avait aussi écrit *Le Fantôme de l'Opéra*, mais c'est le livre qu'elle tenait au bout de son ongle verni de rose qui avait propulsé ce Français au même niveau que Sir Arthur Conan Doyle ou Edgar Allan Poe. Te voilà enfin, murmura-t-elle.

— *Le Mystère de la chambre jaune*, qui met en scène le célèbre personnage de… (sa mémoire lui faisant défaut, elle feuilleta les premières pages) Rouletabille, journaliste détective.

— Votre culture m'épate, dit le médecin, impressionné. Je ne savais pas que les policiers…

— … lisaient ? anticipa-t-elle. Eh bien, oui. Et puis, je suis tout de même la fondatrice et présidente du plus grand club de lecture de New York, Colorado. Dites, puisque nous en parlons, vous vous rappelez la fin ?

— La fin de quoi ?

— De *La Chambre jaune*. Je ne me rappelle plus le dénouement. Cela pourrait peut-être me servir pour cette affaire.

— Désolé de ne pas pouvoir vous aider. Je l'ai lu il y a très longtemps, et j'ai pour habitude d'oublier tous les livres que je lis, ou tous les films que je vois. Un vrai poisson rouge.

— Je suis pareille.

— Bref, laissons de côté ces digressions littéraires et revenons à nos moutons. J'estime l'heure du décès de Peter Foster vers 11:00 p.m. La cause de la mort est due à la pénétration d'un objet effilé dans plusieurs de ses organes vitaux.

— Arme blanche ? demanda Agatha en posant le livre sur sa table et en ouvrant son calepin Moleskine.

— Aiguilles à tricoter pour être précis.

— Aiguilles à tricoter ? répéta-t-elle, un brin nerveuse.

Elle entortilla son doigt autour du câble du téléphone et jeta un coup d'œil par la fenêtre. Un petit écureuil sautillait sur une branche, agitant sa queue panachée dans tous les sens. Comment pouvait-il savoir ? Il aurait tout aussi bien pu s'agir d'un pic à glace, d'une hache, d'un couteau, mais non, il avait dit « aiguilles à tricoter », comme ça, sans hésiter.

— Cent cinquante coups d'aiguilles à tricoter, si vous voulez tout savoir. J'ai passé ma matinée à compter.

Agatha demeura silencieuse. Ce légiste allait jusqu'au fond des choses et ne lésinait pas sur le travail. Un vrai professionnel.

— Bon, il faut que je vous laisse, dit-il. J'ai une overdose qui vient de tomber.

— Un toxicomane ?

— Non, une vieille dame qui a trop pris d'Aspégic. Allez, bonne journée.

— Encore merci pour tout, docteur.

Scholl raccrocha. Agatha resta un instant avec le combiné à l'oreille, songeuse.

Que savait-on de l'assassin ? Qu'il mangeait des donuts au chocolat et qu'il avait utilisé des aiguilles à tricoter pour commettre son méfait. Tout concourait à désigner un policier qui tricotait.

Elle leva les yeux et regarda vers la réception, un petit sourire en coin. Betty, qui dirigeait l'atelier de tricotage, était pendue au téléphone, comme à son habitude. Elle n'était pas policière, simple réceptionniste, au statut de civil, mais fonctionnaire tout de même. On n'allait pas chipoter. Elle mangeait des donuts. Et en plus, sans jamais prendre un seul gramme. Ce qui suffisait pour la rendre plus que suspecte. Agatha nota sur son petit carnet rouge d'interroger Betty dès son retour du restaurant puis elle sortit du bureau.

Dans lequel entre en scène un nouveau personnage

L'écureuil à la queue panachée tombait de l'arbre sur le chapeau de feutre de l'homme qui avait observé toute la scène avec ses jumelles.

— Maudits écureuils radioactifs ! pesta-t-il en balançant ses bras dans tous les sens pour effrayer l'animal.

Mais celui-ci, ne se laissant pas intimider aussi facilement qu'un écureuil non radioactif, s'accrocha toutes griffes dehors sur l'épaule de l'espion et balança ses dents de rongeur acérées vers sa jugulaire. L'homme vit les yeux injectés de sang de l'animal et y lut sa mort prochaine. Son instinct de survie prenant le relais sur sa lâcheté notoire, il l'attrapa juste à temps par sa grosse queue panachée, tira dessus de toutes ses forces, le fit tournoyer quelques instants dans les airs à la manière d'un lanceur de marteau, avant de le lâcher. L'écureuil décrivit une parabole qui s'acheva entre le sommet de deux sapins. Il y avait une loi qui interdisait de tuer un écureuil radioactif en dehors de la chasse officielle du 29 août (sauf si vous étiez en voiture et que celui-ci traversait la route devant vous), mais il n'avait pas eu le choix. Légitime défense. Et un écureuil de plus à ajouter à son tableau.

L'homme porta la main à sa gorge mais ne distingua aucune trace de sang sur ses doigts. Cette fois-ci il en serait quitte pour une bonne frayeur.

Haletant, il regagna sa voiture garée entre les arbres, au bord de la petite route. Il avait trouvé dans la végétation une vue imprenable sur le bureau de cette maudite flic. Il décida d'en faire son observatoire, n'en déplaise aux écureuils radioactifs locaux.

Un coup de fil
qui change bien des choses

Lorsqu'elle revint, après avoir dévoré un hamburger-frites et un donut au chocolat dans un restaurant en bord de route, Agatha s'aperçut que Betty avait déjà fini son service et était partie. Kevin la remplaçait derrière le long comptoir situé en face de l'entrée. Betty, Kevin et Holly se relayaient pour assurer une présence (presque) continue à la centrale téléphonique et à la réception du commissariat. Rien ne pressait.

— Agatha ! l'interpella un Kevin timide, qui était en train de se limer les ongles. Tu as reçu un coup de fil. Important et urgent.

Pendant une seconde, Agatha se demanda pourquoi on ne l'avait pas appelée sur son portable si c'était si « important et urgent ». Puis elle se rappela qu'elle l'avait rangé dans la commode de sa chambre, sous sa lingerie, le jour où elle avait emménagé à New York, Colorado, il y avait cinq ans.

— Quand est-ce qu'ils foutront des satellites au-dessus de ce foutu patelin pour avoir de la couverture ? pensa-t-elle à voix haute.

— C'est pas demain la veille, dit Kevin en secouant la tête, ce qui l'obligea à sortir une brosse pour se repeigner car toute cette agitation avait mis à mal sa permanente.

Agatha jeta un œil sur le tableau de liège qui se trouvait derrière lui. Un remède aux plus accros à Facebook. Épinglés sur la totalité de la surface en liège, des photos de plats, des petits mots d'humeur, des formules spirituelles à la Paulo Coelho, des photos de chats, tout ce que l'on avait l'habitude de retrouver sur les réseaux sociaux mais dans leur version papier. Des pouces levés, faisant office de *likes*, étaient punaisés à côté des sujets qui réunissaient le plus grand nombre. Apparemment, sa recette des lasagnes-régime et une critique acide sur le dernier Stephen King, les deux derniers « posts » qu'elle avait épinglés sur son mur (ici, l'expression prenait tout son sens), n'avaient pas suscité l'engouement des troupes. Aucun pouce levé. En revanche, le porte-menottes tricoté par Betty, qui pendait en dessous, avait eu du succès, cinq *likes*.

— Un jour, tu me diras pourquoi tu te limes les ongles si tu te les ronges, dit Agatha.

— Je suis réceptionniste. Je suis la Miss Moneypenny du service. Toutes les réceptionnistes se liment les ongles, ma chérie. Tu devrais aller au cinéma plus souvent.

— Toutes les réceptionnistes sont des femmes, Kevin.

L'homme poussa un profond soupir qui finit en un petit gémissement. Kevin était désespéré de ne pas être né femme. Même si Simone de Beauvoir prétendait qu'on ne le naissait pas mais qu'on le devenait.

— Ne m'en parle pas, Agatha. C'est ma croix.

— Alors, ce coup de fil important et urgent ? pressa la policière.

— Une disparition.

Les disparitions, c'était plutôt Phil Barns qui s'en chargeait, un jeune sergent dont 80 % du travail consistait à secourir les groupes de country music qui s'égaraient dans les forêts du Colorado lors de séances photos pour la couverture de leurs pochettes d'albums. Les 20 % restants, il les occupait à retrouver les animaux domestiques des habitants du village, le plus souvent Jean-Paul II, le chat de madame Jennings. Cependant, Phil n'était pas disponible ces jours-ci. Il s'était cassé la jambe en tombant dans un trou alors qu'il aidait le batteur, le violoniste et le joueur de banjo du Kinder Country Band à en sortir. Agatha devrait s'y coller.

— Une disparition, répéta-t-elle, sceptique.

Il fallait dire que ce n'était pas son fort. Elle se rappelait sa dernière affaire de disparition, à savoir celle de sa petite lapine Pepper. Les lapins avaient cette particularité de pouvoir se cacher dans un million d'endroits. Surtout en pleine nature. Et la sienne affectionnait tout particulièrement le moteur de sa voiture.

— À la scierie McEnroe, reprit le jeune homme de sa petite voix et il lui fit un clin d'œil.

— Pourquoi tu clignes de l'œil ?

— Scierie… Qui dit scierie dit…

— Syrie ? Je sais pas. Pays en guerre ? demanda Agatha en levant les sourcils.

— Bû-che-rons. Tu as de la chance, ma chérie ! Si je pouvais quitter la réception, je t'accompagnerais bien.

— Qu'est-ce qui a disparu ?

— Ça, ils m'ont pas dit. Un arbre ? (Il éclata de rire.) Tu me raconteras. Avec tous les détails…

— Je sens que ça va être passionnant.

— Tu sais où c'est ?

— Non.

— Prends la carte touristique, dit Kevin en lui tendant la seule dont disposait le service.

L'expression amusa Agatha. Jamais aucun touriste ne venait dans ce trou, même pendant la traditionnelle chasse aux écureuils radioactifs, la fête typique annuelle du village. Étant donné que New York, Colorado, n'apparaissait sur aucune carte, même pas sur Google Maps, le prédécesseur du superintendant Goodwin s'était chargé d'en fabriquer une pour ses effectifs. Ainsi, il y a quelques années, bien avant la création des ateliers de fléchettes, de lecture ou de tricotage, une des activités principales des policiers avait été de répertorier toutes les rues, les routes, les lacs et les montagnes du coin. Le résultat était ce magnifique bout de papier format A3 imprimé en noir et blanc, plié et déplié mille fois et rapiécé avec des morceaux de Scotch que Kevin lui tendait du bout de ses ongles rongés limés.

Avant de repartir, Agatha passa par son bureau, par simple automatisme, et tomba sur le Post-it que Betty lui avait laissé ce matin. Elle était sur le point de le jeter à la poubelle lorsqu'elle vit le nom de McDonald écrit dessus, juste en dessous de Scholl. Si elle avait appelé le médecin, elle avait complètement oublié, en revanche, d'appeler le shérif.

— McDonald, répondit une voix froide.

— C'est moi, Agatha.

— Heureusement que ce n'était pas une urgence !

— C'est ça de ne pas avoir de portable…

Et de tête, pensa le shérif.

— Voilà, je sais que vous êtes en charge de l'affaire Foster, et je ne voudrais pas m'immiscer dans votre enquête, mais je n'ai pas pu m'empêcher de faire quelques petites recherches de mon côté. Enfin bon, voilà, si cela vous intéresse…

— Je ne suis pas contre un peu d'aide.

Tu m'étonnes, pensa-t-il.

— Monsieur Grzegorczyk, vous savez, le mari de la voisine, le vendeur de voitures à Spanish Fork, eh bien, il a disparu il y a un an.

— Vous voulez dire qu'elle est veuve ?

— Non, j'ai dit « disparu », pas « mort ». Il s'est volatilisé, du jour au lendemain, il n'est plus réapparu au domicile. J'ai retrouvé un procès-verbal dans lequel son épouse exposait la disparition de son mari. Une instruction a même été ouverte. Mais le dossier a été classé au bout d'un moment. Aucune piste. Comme s'il s'était fait enlever par des… je sais pas, moi, des extraterrestres. Le dossier a été classé car cela n'intéressait personne. Un homme qui quitte sa femme, ça arrive tous les jours, après tout. Plus qu'une apparition de soucoupe volante en tout cas.

Agatha prit quelques instants pour assimiler la nouvelle.

— Très intéressant. J'ai moi aussi trouvé quelque chose, ajouta-t-elle pour ne pas être en reste. J'ai fait ma petite enquête de voisinage et vous ne devinerez jamais sur qui je suis tombée.

Il y eut un silence.

— *La* femme.

— La femme ? Quelle femme ?

— Celle de la photo de Marineland.

— Pas possible ! s'exclama le shérif, impressionné. Celle aux lunettes et au chapeau ?

— Celle aux lunettes et au chapeau, et au vilain petit gilet gris.

— Comment ? Où ?

Les questions se pressaient dans son esprit. Peut-être l'avait-il sous-estimée. Peut-être était-elle meilleure enquêtrice qu'il ne le pensait. À moins qu'il ne s'agisse de la chance du débutant.

— Vous n'allez pas me croire. C'est la Polonaise.

Il y eut un drôle de bruit à l'autre bout du fil, comme quelqu'un qui avale de travers.

— La Polonaise ? Vous voulez dire…

— Oui, Miss Machinowsky. La voisine du dessous.

— Vous en êtes sûre ?

— Certaine. Il n'y a pas deux gilets comme cela au monde, je peux vous l'assurer. Et puis, je l'ai interrogée.

— Ah.

La nouvelle ne semblait pas le ravir. Il y eut un petit bruit de frottement. Agatha en déduisit qu'il était en train d'essuyer le verre de ses lunettes.

— Et… Que vous a-t-elle dit ? demanda-t-il du bout des lèvres.

— Elle était très nerveuse. Elle ne m'a rien appris de plus que ce que nous savons déjà, mentit-elle. Vous saviez qu'elle s'appelle Wendy ? Comme dans Peter Pan ?

L'homme lâcha un long et profond soupir.

— Donc… elle était bien la maîtresse de Foster, conclut-il au bout de quelques secondes bien pesées.

— Pourquoi maîtresse ? Vous venez de me dire que son mari a disparu il y a un an. Elle a pu refaire sa vie après la disparition de son époux. Normal.

Le racisme n'était pas le seul problème du coin, il y avait le machisme aussi. Mais après tout, le machisme était un genre de racisme, envers la femme. Une femme n'avait pas le droit de refaire sa vie. Elle n'avait le droit que d'enfiler une robe noire et pleurer son mari disparu pour le restant de ses jours.

— Ce n'est pas un crime, ajouta-t-elle.

— Mais ça l'est devenu… surenchérit McDonald.

— Simple réflexion de ménagère, ce n'étaient donc pas les chemises de son mari qu'elle repassait quand elle a vu les taches de sang sur le plafond.

— C'est vrai, ça, dit l'homme à l'autre bout du fil, qui ne semblait pas y avoir pensé. Il pouvait s'agir de celles de Foster.

— Ou alors elle est folle, comme dans *Psychose*, et elle se déguise de temps en temps en son défunt mari, enfin, son mari disparu, pour tuer ses voisins.

L'idée sembla faire son bout de chemin dans l'esprit de McDonald.

— Bien, appelons-nous lorsque nous aurons avancé, dit-il afin de clore la conversation car il n'aimait pas la tournure qu'elle prenait.

Rien que l'évocation du film d'Hitchcock lui glaçait le sang.

J'avais raison, on ne tue pas son amant, pensa Agatha lorsqu'elle eut raccroché. La Polonaise semblait un bon dénominateur commun dans toute cette affaire. Son mari avait disparu et son amant avait été retrouvé transformé en chair à saucisses.

Elle souligna d'un gros trait le nom de la voisine sur la liste de son calepin, avec une énergie telle que la pointe de son stylo transperça la feuille puis elle se leva et sortit du bureau. Cette petite pause à la scierie McEnroe lui ferait le plus grand bien.

McDonald
Frzdziwska « Wendy » Grzegorczyk

Où l'on visite une scierie innovatrice et l'on parle beaucoup de la France

Munie de l'adresse et de la carte, Agatha trouva facilement la scierie, qui se trouvait dans une petite clairière à dix kilomètres du village, en direction de Tortilla Peak, entre les lacs Left et Right (celui qui leur avait donné ce nom, si logique fût-il, n'avait vraisemblablement pas pensé au fait que si l'on venait en sens inverse, Left se retrouvait à droite et Right à gauche). Alors qu'elle roulait, la policière repensa à la nuit du meurtre. « Bûcheron » n'était-ce pas l'une des pistes révélées par la méthode Crispies ? De sa main droite, elle feuilleta le calepin rouge posé sur le siège passager. *Criblé comme un steak haché, steak haché, haché, hache, bûcheron.* Bûcheron, oui, c'était bien cela. Incroyable, ça marche ! s'exclama-t-elle, heureuse et étonnée, et elle faillit manquer le virage. Son père aurait été fier d'elle. Elle avait enfin hérité du don familial. Elle pourrait maintenant suivre ses pas. Et McDonald qui se moquait. Elle lui montrerait qu'il avait tort de mépriser une Crispies. Il s'en mordrait les doigts.

Bientôt, elle se gara devant une grosse baraque en bois bâtie au milieu des arbres. Des piles de troncs s'érigeaient de chaque côté comme deux pyramides mayas.

Un homme sortit à sa rencontre, intrigué et méfiant.

Des gros bras musclés, une barbe de trois jours, un jean qui lui moulait l'entrejambe, assez bombé, une chemise à carreaux rouges et blancs, une casquette, le cliché du bûcheron, quoi ! Et plus particulièrement, celui qui orne la couverture du calendrier sexy des bûcherons. Le Mister Janvier des bûcherons.

Mince, pensa Agatha en le voyant, si j'avais su que je rencontrerais Brad Pitt aujourd'hui, je me serais au moins épilé les dessous de bras ! Et puis, j'aurais mis une jolie culotte en dentelle à la place de cette horrible gaine de vieille fille. Elle se calma en pensant que, quoi qu'il arrive, les choses n'iraient pas aussi vite pour qu'elle se retrouve dans le lit avec lui, du moins dans l'heure qui suivait. Néanmoins, elle fit ce qui était dans ses moyens immédiats. Elle se repassa un peu de rouge à lèvres en se regardant dans le rétroviseur, se tapota les joues pour les rougir, comme elle l'avait vu faire dans les films, sans penser qu'elle était noire comme une tablette de chocolat, puis descendit de la voiture. Dans la vie, on n'avait jamais une deuxième occasion de donner une bonne première impression. Les gens, c'était comme les livres. On les jugeait par leur couverture, par leur titre, par leur première phrase.

Elle en savait quelque chose, elle consignait dans un carnet ses premières phrases favorites. « Longtemps, je me suis couché de bonne heure », dans *Du côté de chez Swann*, « Bien des années plus tard, face au peloton d'exécution, le colonel Aureliano Buendía devait se rappeler ce lointain après-midi au cours duquel son père l'emmena faire connaissance avec la glace... » dans *Cent ans de solitude*, ou encore « Lorsque Gregor Samsa s'éveilla un matin au sortir de rêves agités, il se retrouva dans son lit changé en un énorme cancrelat » dans *La Métamorphose*[1]. Sa dernière phrase préférée était « Attendre et espérer ! » du *Comte de Monte-Cristo*, qui aurait été un slogan approprié pour une vie à New York, Colorado.

— On ne mange pas de donuts ici ! lança l'homme d'une voix puissante qui vibra dans tout le corps de la policière.

Et il signala quelque chose derrière elle. Agatha se retourna et vit le gros rond en plastique de deux mètres de diamètre qui surmontait le toit du véhicule. Elle y était si habituée que, quelquefois, elle oubliait qu'elle se baladait avec.

— Et on ne veut pas en manger ! Vous pouvez aller prospecter d'autres entreprises.

— Agatha Crispies, criminelle de New York, dit-elle lorsqu'elle fut à sa hauteur.

L'homme la regarda, stupéfait.

— Enfin, je travaille à la brigade criminelle, rectifia-t-elle, consciente de l'ambiguïté de sa phrase.

Elle sourit, gênée, et exhiba sa plaque. Pour une fois, du premier coup. Pas la carte H & M ou Ikea

1. Personnellement, ma première phrase préférée est « La pensée moderne a réalisé un progrès considérable en réduisant l'existant à la série des apparitions qui le manifestent », dans *L'Être et le Néant*, de Jean-Paul Sartre...

Family, pas la carte du vidéo-club du coin ou la carte de crédit de la banque agricole, non, son vrai badge de police. C'est elle qui aurait dû faire connaissance avec la glace, comme dans le roman de Gabriel García Márquez. Oui, voilà ce qu'elle aurait aimé avoir pour éliminer les chaleurs que lui provoquait la simple vue de ce dieu de la tronçonneuse. Des tonnes de glace.

— Oh, excusez-moi, je vous avais prise pour une représentante de Trou Divin, continua l'apollon en chemise à carreaux. Vous avez la même voiture.

— C'est une couverture.

— Très réussie. Et vous ne portez pas d'imperméable parce que vous êtes sous couverture, pas vrai ?

— Vous avez tout compris, dit-elle pour ne pas discuter.

— Si vous voulez un conseil, pour passer incognito, vous devriez éviter les donuts.

Il signalait de son menton le beignet au chocolat qu'Agatha tenait dans la main gauche.

— C'est une vraie saloperie, cracha-t-il. De la graisse, des colorants chimiques, du sucre, du mauvais chocolat. Un vrai ramassis de cholestérol.

— C'est ce que je pense, mentit Agatha. Ce n'est pas à moi. Comme vous avez pu le constater, je fais attention à ma ligne. Comme je dis toujours, on juge un livre par sa couverture ! Je ne mange que des… carottes. Une vraie lapine… (Elle rougit.) Enfin, c'est le donut de mon coéquipier. Je le lui garde.

— Où est-il ?

— Il fait pipi derrière un arbre, répondit-elle sans réfléchir.

— Un peu risqué aux alentours d'une scierie, vous ne trouvez pas ? Quel arbre ?

— Heu, celui-ci, pointa-t-elle au hasard.

— Je ne vois rien.

— Celui-là ?

— Je ne vois toujours pas.

— Il a dû finir, il est sans doute dans la voiture.

— Je ne vois personne dans la voiture non plus.

Là, il commençait un tout petit peu à la gonfler. Elle ne lui en tint cependant pas rigueur. Il était bien trop sexy pour qu'on lui tienne rigueur de quoi que ce soit plus de deux secondes et demie.

— Heu… dans le coffre, oui, c'est ça, il est dans le coffre, annonça-t-elle pour conclure ce sujet. Bien, je suis là pour…

— Dans le coffre ? demanda-t-il en marchant vers le véhicule.

Qu'est-ce qu'il fait, là ? pensa-t-elle. Ne me dis pas qu'il va aller ouvrir le coffre ! Nom de Dieu, mais il va ouvrir le coffre !

— Oui, il… se repose, improvisa-t-elle en essayant de lui barrer le passage.

— Vous allez pas me dire que votre coéquipier se repose dans le coffre ! continua le bûcheron, que rien ne pouvait détourner de son idée.

— Je ne vois pas ce qu'il y a d'extraordinaire. La routine… On alterne… J'enquête, il se repose (elle s'étala de tout son long sur le coffre). Puis c'est mon tour, ainsi nous ne perdons jamais de temps. Malin, non ? La police ne dort jamais, vous savez ? En service 24 heures sur 24 ! Bien, arrêtons de parler de mon co-équip…

— Je ne vous crois pas, coupa l'homme qui commença à pousser le corps d'Agatha de ses grosses mains.

Elle se sentit transportée avec une facilité déconcertante.

— Je peux ?

— Non ! s'exclama-t-elle. Je ne vous permets pas !

L'homme la regarda, amusé (un sourire à faire tomber une armée de filles dans les pommes) et ouvrit le coffre. Lorsqu'il vit ce qu'il contenait, son sourire disparut et il dodelina de la tête, impressionné.

Agatha posa son doigt sur sa bouche en signe de silence.

— Vous ne faites jamais ce que l'on vous dit ? demanda-t-elle lorsqu'elle eut refermé le coffre. Vous êtes peut-être le chef ici, mais tout ne vous appartient pas, monsieur McEnroe.

— McEnroe est le fondateur de la scierie. Il est mort en 1895.

— Oh.

— Jacob Delafon, se présenta le bûcheron en lui tendant sa belle grosse main. Comme mon grand-père.

Et comme trois cent vingt millions de cuvettes de WC dans ce pays, pensa Agatha.

— Vous êtes d'origine française ? demanda-t-elle, charmée.

— À vrai dire, je suis de Paris.

— Oh, Paris, se pâma la policière, les croissants, la tour Eif…

— Paris dans le Texas, coupa l'homme. Là-bas, c'est plutôt les pancakes et les chapeaux de cow-boy, rectifia-t-il en souriant.

Lorsqu'il souriait de ses belles dents blanches de dentiste de publicité télévisée, le temps s'arrêtait. Plus rien n'avait d'importance.

— Bien sûr, bien sûr, ce Paris-là n'est pas mal non plus... dit Agatha, conquise de toute manière.

Ils entrèrent dans la cabane qui était en réalité un bureau. Il régnait un désordre sans nom. Des piles de factures et de revues recouvraient les chaises et le bureau. Il déblaya un siège pour qu'elle s'assoie et prit place dans son fauteuil à bascule.

— Vous êtes donc venue jusqu'ici de New York ? Qu'est-ce qui vous amène dans le coin ?

— Oh, c'est juste à côté, vous savez.

Jacob Delafon fronça les sourcils.

— Je travaille à New York, Colorado, précisa-t-elle.

— Oh, bien sûr, ce New York-là, répondit-il en souriant.

Une nouvelle armée de filles tomba dans les pommes quelque part dans le monde.

Puis un silence embarrassant envahit le petit bureau.

— Alors, cette disparition...

— Oh oui, la disparition, dit-il comme si c'était là le cadet de ses soucis. Vous avez déjà visité une scierie ?

— Euh... en réalité, non, bredouilla-t-elle.

— Ça vous dirait ?

J'attends cela depuis toujours ! pensa-t-elle répondre, ironique. C'était une occasion rêvée pour accomplir le numéro 3 893 245 dans sa liste des vœux qu'elle rêvait d'exaucer avant de mourir, quelque part entre rouler une galoche à un lépreux et coucher avec un fan de *Star Wars* aussi poilu que Chewbacca.

— J'adorerais, résuma-t-elle.

— Vous avez une culotte de cheval ?

La question la prit un peu au dépourvu.

— Oh, je ne fais plus guère de sport depuis que j'ai été mutée ici, à vrai dire il n'y a pas de salle de sport à New York, Colorado, mais je… je ne pensais pas que cela se voyait autant… je… Mon Dieu, cela se voit autant ? demanda-t-elle, toute honteuse.

— Je vous demandais juste si vous comptiez faire du cheval en jean, expliqua l'homme.

— Oh… bien sûr, pardon, je croyais que vous vouliez dire que… euh bref, non, je n'ai rien d'autre. Oui, en jean. Je ne me promène que très rarement avec une culotte de cheval… sur moi.

— Vous êtes très bien comme cela.

Elle faillit fondre. Elle lui aurait demandé de lui répéter cette phrase des millions de fois. « Vous êtes très bien comme cela. » Dommage qu'elle n'ait pas eu son téléphone portable, elle l'aurait enregistrée et l'aurait écoutée pendant qu'elle prendrait son bain. « Vous êtes très bien comme cela. » Elle l'enverrait à ses copines. Elle la partagerait sur Facebook. Vous avez vu ce qu'il m'a dit ? C'est un bûcheron. Un beau bûcheron. Il ressemble à Brad Pitt.

— Où ça, Brad Pitt ? demanda une grosse voix, l'arrachant à ses pensées.

Jacob tournait la tête dans tous les sens se demandant ce que pouvait bien faire l'acteur au milieu de sa forêt.

— Heu, rien. Je disais « très bien, allons-y ».

Ils se dirigèrent vers l'écurie. Jacob prit un cheval blanc et un cheval crème par les rênes et les sortit en les encourageant de la voix.

— Une nourriture saine, un esprit sain, une conscience écologique, dit-il. Je n'utilise pas de voiture.

— Vous coupez quand même des arbres ! rétorqua Agatha.

— Oui, mais des arbres d'élevage ! précisa le bûcheron. Il lui présenta les deux montures.

— J'aime bien le modèle crème, dit la policière comme si elle était en train de parler d'un sofa, tout en caressant ses grosses narines humides (celles du cheval).

— Ça tombe bien, c'est justement celui que je m'apprêtais à vous donner. Le cheval blanc est le mien.

Cela ne l'aurait pas étonnée. Jacob Delafon était un véritable prince charmant, comme on n'en voyait plus. Ailleurs que sur les paquets de bichocos du moins.

— Vous savez monter ? demanda le bûcheron sur un ton innocent.

Elle rougit.

— J'ai grandi à Harlem. À l'école, les activités, c'était plutôt le rap et les cigarettes. Comme on n'avait même pas d'argent pour aller à la piscine l'été, on ouvrait les bornes à incendie dans la rue et on se baignait sur le trottoir. Alors, l'équitation…

Il lui fit la courte échelle de ses deux mains jointes pour qu'elle puisse glisser sa Converse rose javellisée dans l'étrier.

— Vous allez voir, c'est facile. Il suffit de vous laisser porter. Vous allez adorer monter.

Elle rougit à nouveau.

Une fois Agatha grimpée sur son cheval, Jacob Delafon sauta sur le sien. Il attrapa ses rênes de la main gauche, ainsi que celles de la monture de la policière, et tira dessus. Les deux animaux commencèrent à avancer d'un pas lent et harmonieux.

Comme il était agréable de se promener entre les grands sapins qui formaient les belles forêts du Colorado. Agatha inspira à pleins poumons, absorbant chaque molécule d'air pour rendre ce moment unique, jusqu'à ce que l'odeur du crottin la prenne à la gorge. Puis quelques mots lui revinrent en mémoire. *Criblé comme un steak haché, steak haché, steak de cheval, cheval.* La méthode Crispies avait mis dans le mille à nouveau. Bûcheron, cheval. En définitive, il ne lui serait pas compliqué de trouver un lien entre cette histoire de disparition et le meurtre de Peter Foster. Elle regarda Delafon tout en se demandant s'il ferait un bon assassin. Malgré tous ses sens qui lui demandaient de demeurer sur ses gardes, elle ne pouvait s'empêcher d'avoir pour cet homme qu'elle ne connaissait pas une grande confiance.

— Vous voyez là-bas ? dit-il en désignant une clairière qui s'étendait sur leur droite. C'est là que nous plantons les arbres de demain. Plus on déboise et plus on plante. Bien sûr, le déboisement est plus rapide que la croissance des arbres. Mais on a des réserves. Là-bas, c'est la zone dont on s'occupe pour l'instant. Tout cela est à moi.

Il avait dit cela sur le ton d'un prince des mille et une nuits version Davy Crockett qui embrasserait tout le désert et toutes ses richesses d'un simple geste du bras. Et elle éprouva presque de la jalousie de ne pas faire partie de ce « tout cela est à moi ». Elle l'imagina s'approchant d'elle sur son cheval et lui glissant à l'oreille « tu es à moi ». Et elle frissonna.

Mais au lieu de cela, Delafon montrait de son index une partie de la montagne sur laquelle s'affairaient des bûcherons. D'ici, on ne voyait que leurs chemises à carreaux rouges. Une mosaïque de petits carreaux écarlates semblables à des pixels qui dansaient dans le paysage vert. Une sorte de forêt en basse résolution.

— On coupe les arbres puis on tire les troncs avec les chevaux jusqu'à l'endroit d'où nous venons, où on les découpe un par un, les troncs bien sûr, pas les chevaux. On travaille à l'ancienne. Pas de voiture, pas de tronçonneuse. C'est plus long, mais au moins, je suis en accord avec mes principes. Le bois, c'est une matière vivante. Il apprécie qu'on le respecte.

— Bien sûr, dit Agatha absorbée par la contemplation du postérieur et des épaules de ce beau mâle monté sur son cheval blanc.

— Vous voyez la petite cabane là-bas ? (Il montrait une cabane en rondins de bois située à l'orée de la forêt en tout point similaire à celle qu'ils venaient de quitter.) Je la loue à un écrivain français.

— J'ai toujours rêvé d'en voir un ! s'exclama Agatha avec un regain d'enthousiasme.

— Un écrivain ?

— Non, un Français, répondit-elle.

— Vous saviez qu'un Français sur trois écrit, ou veut écrire ? C'est lui qui me l'a dit. Mais celui-ci n'est pas un Français comme les autres, reprit l'homme. Il s'appelle John Dicker.

— John Dicker ? Ça ne sonne pas trop français. Je me serais plutôt attendue à un nom comme Laclos ou Maupassant. Avant, les écrivains français avaient des noms français.

— C'est la globalisation, j'imagine, dit le bûcheron en soulevant sa casquette et en s'épongeant le front avec.

— Et qu'est-ce qu'il fait dans ce coin perdu ?

— Il écrit un livre policier qui se passe dans le New Hampshire.

— Le New Hampshire ? Mais c'est à deux mille miles d'ici ! s'exclama la policière. Et presque le double en kilomètres !

— Je vous disais que c'était un original, dit l'homme en haussant les épaules.

— Quitte à écrire un livre sur la côte Est des États-Unis, il aurait pu rester en France ! Il était plus près !

Ils arrivèrent devant la cabane. Sur la terrasse, un jeune homme élégant fixait le clavier de son ordinateur portable sans écrire un seul mot. Bien qu'assis, il semblait grand et avait une carrure athlétique. Un toupet de cheveux bruns s'élevait sur son crâne comme une glace à l'italienne au chocolat. Son large front dénotait une intelligence peu commune, selon une interprétation (plus que libre) des théories anthropomorphiques d'Alphonse Bertillon, le pionnier de l'identité judiciaire.

— Bonjour l'ami ! lança le bûcheron.

— Bonjour, répondit le jeune intellectuel en levant la tête vers ses interlocuteurs.

Il les observa d'un regard curieux, et avec un peu plus d'attention celle qu'il n'avait jamais vue. Et il eut un instant pitié pour le pauvre cheval.

— Madame est de la police de New York, dit l'homme en désignant Agatha.

— New York ? répéta John Dicker, admiratif.

Il prononçait « Nouilles-Orque ».

— New York, Colorado, précisa la policière.

L'écrivain fronça les sourcils. La réputation des Américains n'était pas surfaite, ils étaient aussi nuls en géographie qu'on le disait, même en ce qui concernait leur propre pays. New York ne se trouvait pas dans l'État du Colorado, tout le monde savait cela, même un Suisse !

— Alors, vous avez l'inspiration ? demanda le bûcheron, enjoué.

— Pas encore mais je ne doute pas de la trouver dans ce fabuleux décor. Le chant des oiseaux, des scies… Très bucolique.

— Pas trop le genre du New Hampshire ! lança Agatha avec une pointe de sarcasme dans la voix.

Et elle trouva aussitôt ce Français suspect. Tous l'étaient, de toute manière.

— Oh, j'ai beaucoup d'imagination, ne vous inquiétez pas.

— Dans ce cas, pourquoi ne pas être resté en France pour écrire votre livre ?

— Peut-être parce que je suis suisse, précisa John Dicker, sourire aux lèvres.

— En tout cas, vous devez être heureux, il y a plein de grenouilles dans le coin.

Le jeune homme fronça les sourcils en signe d'incompréhension.

— Vous mangez bien des grenouilles ?

— Je suis suisse, répéta le jeune homme avec un air tout à coup nettement moins sympathique.

— Et on ne mange pas de grenouilles en Suisse ?

— Non, c'est en France.

— Vous m'excuserez, mais je ne vois pas trop où se trouve la Suisse en réalité.

— À côté de la France.

— La dernière fois que j'ai entendu parler d'un Suisse c'était dans un livre d'Agatha Christie, dit le bûcheron sans doute pour montrer que tous les Américains n'étaient pas ignorants en géographie. Vous connaissez Hercule Poirot ?

— Il est belge, corrigea Agatha.

— Eh bien, comme lui ! s'exclama Jacob en signalant l'écrivain.

— Je suis suisse, monsieur ! Ni français ni belge. Suisse ! Comme…

Le jeune homme chercha pendant quelques secondes un Suisse célèbre et, n'en trouvant pas, esquissa une moue de mécontentement.

— Et comment s'appelle votre roman ?

— *La Vraie Vérité sur l'affaire du cas Québert.*

— C'est quoi, un « kakéber » ? demanda Agatha, intriguée. Ce n'est pas de l'anglais.

— Le *cas* Québert, pas « kakéber ».

— Oui, « kakéber », c'est un mot français ? Vous savez ce que c'est ? demanda-t-elle en se tournant vers le bûcheron.

— Un « kakéber » ? Non. Jamais entendu parler.

— CAS-QUÉ-BERT ! hurla le jeune Dicker, d'un coup relégué au statut de témoin de sa propre conversation. C'est le nom de l'affaire, le nom de l'accusé. Il s'appelle Québert, et c'est son cas !

— Enfin, ça marchera, c'est sûr, pronostiqua Agatha. Dans la littérature, moins on y comprend quelque chose et plus ça plaît aux intellectuels. Regardez Joyce. Ça parle de quoi ? demanda-t-elle dans l'espoir d'en apprendre un peu plus sur cet étrange roman.

— Eh bien, commença le jeune homme, enchanté de pouvoir enfin parler de son livre, il s'agit de la disparition, dans les années 70, d'une certaine Nola que l'on retrouvera plusieurs années après enterrée dans le jardin d'un professeur d'université…

Ça ne marchera jamais, pensa Agatha. Trop invraisemblable. Quel professeur pourrait s'offrir le luxe d'avoir un jardin ?

— Eh bien, nous attendons cela avec impatience, mentit-elle. On a vraiment envie de savoir la vraie vérité sur cette affaire de « kakéber », pas vrai monsieur Delafon ?

Le patron de la scierie la regarda, sourit et acquiesça, compatissant.

— J'ai hâte de le voir en librairie.

— Ce n'est pas demain la veille, avoua le jeune homme. Je n'ai même pas écrit un seul mot.

— Le syndrome de la page blanche ?

— On dirait bien. J'ai l'histoire mais je suis incapable de commencer.

— Eh bien commencez donc par le commencement, conseilla la policière.

— Et par quoi commencent les enquêtes policières ?

— Par un coup de fil aux urgences du commissariat, pardi !

— Bien sûr, dit John Dicker en dodelinant de la tête comme si cela était une évidence.

— Nous n'allons pas vous déranger plus longtemps, continua Agatha. Je voulais juste voir à quoi ressemblait un Français, c'est tout. Et je dois dire que j'ai été agréablement surprise.

Le jeune écrivain ne releva pas car il n'écoutait déjà plus. Il sentait que son imagination venait de se mettre en branle, que les rouages secrets et impalpables de la création venaient de frémir. En un seul et même geste magique et mystique, ses doigts s'approchèrent du clavier.

— *Centrale de la police, quelle est votre urgence ?* écrivit-il.

Puis, comme pris d'une frénésie soudaine, il se laissa guider par la grande machine créatrice, pianotant comme un fou sur son petit clavier et mêlant ce nouveau bruit, ce cliquetis ininterrompu, inédit en ces lieux, à celui plus habituel des piaillements d'oiseaux, battements d'ailes, des scies et des écureuils radioactifs qui sautent de branche en branche en hurlant comme des cochons que l'on assassine.

Où il est encore question d'inquiétantes disparitions

— Enfin voilà, ce n'est pas pour la disparition de Nola que je vous ai demandé de venir, continua Jacob lorsqu'ils furent à nouveau seuls, ni pour vous faire visiter ma propriété ou vous montrer à quoi ressemble un Belge, même si je prends beaucoup de plaisir à le faire. La scierie McEnroe est, depuis quelque temps, le théâtre d'un mystérieux phénomène, expliqua-t-il. Chaque semaine, un de mes hommes disparaît.

L'homme sourit à nouveau (provoquant sans le savoir le crash d'un avion piloté par une femme à quelques milliers de mètres au-dessus d'eux). Puis il épongea son cou luisant avec la paume de sa main comme dans une publicité de gel douche (provoquant le crash d'un autre avion en Russie ainsi que l'évanouissement de cent trente-quatre jeunes filles).

Avant de l'imaginer nu sous le jet d'eau, Agatha fit un effort colossal pour se reprendre. Elle ne pouvait pas perdre la tête pour le premier bûcheron venu. Elle avait tout de même plus de jugeote que Scarlett O'Hara, non… ?

Non.

— Des hommes qui disparaissent, donc, répéta-t-elle pour revenir à leur conversation.

Et cela lui rappela un peu l'histoire de sa vie.

— Déjà trois en moins d'un mois.

Oui, l'histoire de sa vie amoureuse.

L'homme enleva sa casquette et s'essuya le front avec. Le soleil étant sur le point d'atteindre son zénith, il commençait à faire très chaud. Puis Jacob déboutonna un peu plus sa chemise pour tamponner sa poitrine ruisselante de sueur avec sa casquette en tissu. Agatha n'aurait jamais imaginé qu'un jour elle puisse désirer se réincarner en casquette de bûcheron.

Bientôt, ils arrivèrent à destination, au niveau de la cabane-bureau à l'entrée de la scierie. Jacob balança sa jambe par-dessus le flanc du cheval et sauta à terre. Puis il aida Agatha à descendre du sien. Alors qu'il allait enfermer les montures dans l'étable, la policière sentait toujours la main que l'homme avait posée avec délicatesse sur sa fesse droite pour l'aider à descendre. Une grande main, chaude, puissante, qui était devenue pour quelques secondes fragile et attentionnée.

— Je suis habitué à ce que mes employés perdent une main ou une jambe, dit l'homme en revenant, cela fait partie des risques du métier. Si l'on regroupait toutes les parties de corps qu'ils se sectionnent par accident et qu'on les recousait ensemble, on obtiendrait un nouveau bûcheron complet tous les mois !

Des Frankenstein un peu partout dans la forêt, pensa Agatha et elle se souvint que ce beau roman de Mary Shelley n'avait, à l'origine, pas vocation à parler d'un monstre. Il était né du désir inconscient de l'écrivaine de ressusciter un être cher, son bébé de sept mois, dont elle avait massé frénétiquement le petit corps pour lui redonner la vie. En vain.

— Et à moindre coût ! continua l'entrepreneur. Mais voilà, je suis un peu décontenancé par ces soudaines disparitions.

Les mots du jeune John Dicker, avec qui ils venaient de converser, revinrent à l'esprit de la policière. Qu'avait-il dit ? *Cela parlera de la disparition d'une certaine Nola dans les années 70 que l'on retrouvera plusieurs années après enterrée dans le jardin d'un professeur.* Se pouvait-il que le Français, avec sa tête de premier de la classe, séquestrât des bûcherons dans le souterrain de sa cabane en bois et les tuât avant de les enterrer dans le jardin ? Après tout, ce ne serait pas la première fois qu'un écrivain s'inspirerait de sa propre histoire. Et puis, il était très grand et de complexion athlétique. Cela ne lui supposerait aucun mal d'enlever un gaillard d'une centaine de kilos, le traîner puis le balancer dans une cave ou l'assassiner à coups de… aiguilles à tricoter ? Mon Dieu, elle commençait à tout mélanger. Pourrait-elle relier ces disparitions au meurtre de Peter Foster ? La disparition du vendeur de voitures avait-elle quelque chose à voir ? Toutes ces disparitions soudaines pouvaient-elles n'être que le fruit d'une coïncidence ? Un instant, la tête lui tourna, comme après avoir pris les cent quatre-vingt-dix-huit ronds-points de son village.

— Vous allez m'aider, n'est-ce pas ?

— Pardon ?

— Vous allez vous occuper de cette affaire ?

Difficile. Cela lui demanderait beaucoup trop de travail. En temps normal, elle aurait accepté sans hésiter, mais aujourd'hui, elle avait déjà son enquête pour homicide. Elle en parlerait à Phil et, dès que sa jambe irait mieux, il s'en occuperait. Il lui fallait éviter ce Jacob Delafon à tout prix. Elle finirait par tomber dans ses filets, elle le savait, et elle ne serait plus objective. Or il n'y avait rien de pire que de perdre sa neutralité dans une affaire criminelle.

— Je comprends bien, dit Agatha, sur un ton empreint de compassion, le problème, c'est que je travaille à la criminelle. Vos bûcherons commenceront à m'intéresser quand vous trouverez l'un d'eux découpé en petits morceaux façon Apéricube.

L'homme frémit à cette idée.

— Mais ne vous inquiétez pas, je vais passer l'affaire au sergent. Il est en convalescence mais reprend bientôt le service. Si vos hommes ne réapparaissent pas d'ici là, il s'occupera de vous. C'est le meilleur de la région. Il retrouve tous les groupes de country égarés, un vrai phénomène.

Elle se tut et hésita.

— Mais je vous aime bien (elle faillit dire « vous me plaisez »), continua-t-elle. Rappelez-moi quand il vous en manquera cinq.

Ça y est, elle se sentait tomber.

— Cinq quoi ?

Elle craquait.

— Eh bien, cinq petits Nègres, pardon, cinq bûcherons.

Il essuya à nouveau son cou luisant avec sa grosse main. Mon Dieu, il était temps de partir sinon elle ne répondrait plus de rien.

— Vous fondez.

— Pardon ?

— Vous fondez, répéta l'homme.

— Vous vous croyez à ce point irrésistible ?

— Non, vous fondez vraiment.

Il signala la main de la policière d'un mouvement du menton et Agatha s'aperçut que le chocolat du donut, qu'elle tenait depuis le début, s'était décomposé et s'écoulait en longs filaments noirs jusqu'au sol. La couleur du chocolat se confondant avec celle de sa peau, elle donnait l'impression de fondre.

— Je ferais mieux d'y aller, dit-elle.

Puis elle tourna les talons de ses Converse javellisées et s'éloigna, en roulant bien des fesses comme Rihanna dans son tout dernier clip. D'il y avait cinq ans.

Un suspect plus idéal encore que le premier et le deuxième suspect idéal

Il avait vraiment une sale gueule.

Les cheveux en pétard, les yeux explosés par la prise de substances illicites, une dentition à enrichir un dentiste et une vilaine chemise hawaïenne rouge avec des fleurs blanches, devenues grises. *Recherché*, écrit en grosses lettres au-dessus de sa tête, *25 000 dollars de récompense* en dessous.

Voilà cinq minutes qu'Agatha bloquait sur le cliché de ce vieux chauffard alcoolique tueur de flics. Elle se remémora ses cours d'identité judiciaire à l'académie de police et notamment ceux sur Cesare Lombroso, un professeur de médecine légiste et directeur d'asile d'aliénés du XIXe siècle, célèbre pour sa théorie sur le « criminel-né ». L'Italien était persuadé que l'on pouvait distinguer les criminels par leur seule apparence physique, par les mensurations de leur crâne, par leur visage, la taille de leurs oreilles. Et leur mauvais goût vestimentaire, ajouta Agatha en louchant sur la chemise hawaïenne.

Il y avait quelques années, elle se rappelait avoir eu vent de l'affaire d'un certain Daniel Damon, un petit trafiquant de drogue de vingt-cinq ans devenu la risée de tous les commissariats américains. Il s'était plaint de la photo d'avis de recherche qu'avait épinglée la police de Victoria sur son compte Facebook. « Je suis horrible sur cette photo. Pourriez-vous en utiliser une meilleure ? » avait-il demandé dans un commentaire. Ce à quoi la police avait répondu avec toute la sympathie du monde : « Bonjour Daniel, nous vous invitons à vous rendre au commissariat le plus proche pour qu'une nouvelle photo, plus à votre avantage que celle-ci, soit prise... » Invitation qu'il n'avait, bien entendu, jamais honorée.

Oui, il avait vraiment une sale gueule. Et 25 000 dollars paraissaient peu payé en compensation du service que l'on rendait à la planète en mettant un homme pareil hors de vue.

Ce n'était pas le cas de Betty.

Betty était tout ce qu'Agatha n'était pas.

Un vrai négatif. Blanche, mince, idéale, parfaite, intelligente, brillante, une vraie beauté naturelle sous trois kilos de fond de teint.

La policière se demandait souvent ce que faisait ce top model croisé avec un prix Nobel à la réception du plus petit commissariat du monde, alors qu'elle aurait pu le diriger, si un jour elle s'était proposée pour entrer dans la police et de passer les examens. Agatha avait réussi à devenir officier, Betty, elle, n'aurait aucun mal à obtenir le grade de superintendant, directeur du FBI, ou, pourquoi pas, président des États-Unis !

Le travail de Betty consistait à répondre aux appels de service général, comme celui d'un médecin légiste par exemple, et aux appels d'urgence, comme celui de madame Jennings lorsqu'elle perdait son chat. Elle passait donc ses journées pendue à l'appareil comme une ado qui découvre les joies des conversations téléphoniques gratuites entre copines, entortillant son index dans le câble à torsade au gré de ses émotions (Non ? Incroyable ! Vraiment ?) comme s'il s'agissait des boucles de ses cheveux blonds.

Lorsque quelqu'un se présentait à la réception, ce qui n'arrivait presque jamais, Betty posait le combiné sur son épaule et, avec son plus beau sourire, demandait à la victime, au plaignant ou au badaud perdu ce qu'il désirait et s'évertuait à le satisfaire.

Betty aurait été une amie idéale si elle ne dirigeait pas l'atelier de tricotage qui faisait tant d'ombre au club de lecture d'Agatha. La concurrence. Oui, Agatha la haïssait. Son atelier de tricot marchait du tonnerre. Trois membres. Imbattable.

Lorsque la lieutenant arriva au bureau le lendemain matin, bien décidée à interroger Betty, celle-ci était, comme toujours, en grande conversation au téléphone. Voyant arriver Agatha vers le comptoir, elle murmura quelque chose à voix basse à son interlocuteur, coinça le combiné entre son cou et son épaule et esquissa son plus beau sourire.

— Bonjour, Agatha.

— Bonjour, Betty.

— Tu as besoin de quelque chose ? C'est au sujet du coup de fil d'hier matin ?

— Quel coup de fil ?

— Eh bien, le légiste.

— Oh. Il y a de ça.

— Vous sortez ensemble ?

— Pourquoi ça ?

— S'il t'appelle, c'est parce qu'il a envie de… enfin, tu vois quoi ?

— Non, c'est purement professionnel.

— Professionnel ? Et que pourrait bien te vouloir « professionnellement » un coroner ? Tu n'es pas morte à ce que je sache !

— Me donner les résultats d'une autopsie, par exemple.

— Une autopsie ? D'écureuil ou de lapin ? plaisanta-t-elle.

— Un meurtre atroce, sur un être humain.

Betty ouvrit la bouche et la cacha aussitôt de sa jolie main aux ongles vernis de rose.

— Non !

— Si !

— Un vrai meurtre ?

— Oui.

— Comme dans les films ? demanda-t-elle, excitée.

— Pire que ça.

— Et alors, tu as une piste ? Tu as déjà découvert qui est l'assassin ?

La policière trouva que c'étaient beaucoup de questions en même temps. Pourquoi Betty était-elle si intéressée par cette affaire tout à coup ? Cela avait-il un rapport avec le mystérieux interlocuteur qui était au bout du fil, sur son épaule, sans doute en train d'écouter leur conversation ?

— Figure-toi qu'il a été tué par une centaine de coups d'aiguilles à tricoter, laissa tomber Agatha comme un coup de guillotine.

Elle observa avec attention la réaction de la jeune réceptionniste. Déglutition, yeux humides, cou qui se tend, Betty devint pâle. Tous les symptômes de la peur.

— Tu n'aurais pas perdu les tiennes, par exemple ?

— Mes quoi ?

— Eh bien, tes aiguilles à tricoter.

La jeune femme toussa à deux reprises. Le combiné sautilla sur son épaule.

— Dis donc, c'est marrant que tu me parles de ça justement aujourd'hui, dit-elle, rouge comme un camion de pompiers, parce qu'elles ont disparu hier matin. Impossible de remettre la main dessus. Je les avais laissées dans mon tiroir, comme tous les jours (elle l'ouvrit pour s'assurer que les aiguilles n'avaient pas réapparu comme par magie) et pof ! plus rien. C'est là que je garde les trois paires de l'atelier, celles de Kevin, Holly et moi. Toutes volatilisées.

Il y avait quelque chose dans la voix de la réceptionniste qui trahissait une légère nervosité. Mais après tout, on lui avait volé ses aiguilles à tricoter. C'est toujours traumatisant de se faire voler ses aiguilles à tricoter.

— Tu sais, dit Agatha en dodelinant de la tête, je me suis toujours demandé ce qu'une fille comme toi trouvait au tricotage.

— Ça me déstresse.

— Tu es stressée ? Toi ? s'exclama la policière, ironique.

Comment pouvait-on être stressé à New York, Colorado, avec pour seul job de maintenir des conversations téléphoniques avec des copines ?

— Non, justement, parce que je tricote…

— Et là, tu stresses beaucoup en ce moment, non ? demanda Agatha, fixant la jeune femme de ses yeux noirs.

Celle-ci tressaillit.

— Eh bien… oui… bredouilla-t-elle.

— Pourquoi ça ?

— La peur de la police.

— Tu travailles dans un commissariat, Betty.

— C'est pour cela que je tricote. Pour me déstresser…

— Je vois.

— C'est tout ? Parce que je suis en train de passer un coup de fil important, là, justifia la réceptionniste.

— Un coup de fil si important que tu monopolises la ligne au détriment des éventuelles urgences qui pourraient appeler.

— Si c'est une urgence, ils peuvent appeler sur le deuxième téléphone. Et puis, il n'y a jamais d'urgence ici, tu le sais bien…

— Bien sûr, bien sûr.

Betty allait reprendre sa conversation téléphonique lorsqu'elle se ravisa.

— Dis, puisque je me retrouve au chômage technique, tu as encore de la place au club de lecture ? demanda-t-elle en levant son panier de donuts au chocolat et en lui en proposant un.

La garce, elle essaie de m'acheter, pensa la policière. C'est qu'elle a quelque chose à cacher, ou qu'elle sent que je l'ai dans le collimateur.

— Plus que tu ne l'imagines, répondit Agatha en prenant un donut au passage. À propos, tu as lu *Guerre et Paix* ?

— Bien sûr, répondit Betty.

Bien sûr, je suis parfaite ! pensa Agatha, irritée. Et en langue originale !

La réceptionniste se servit elle aussi un donut et mordit dedans avec ses belles dents blanches de publicité de dentifrice. Agatha s'était rendu compte que Betty mangeait au moins autant de donuts au chocolat qu'elle. Mais depuis qu'elle travaillait ici, la réceptionniste n'avait pas pris un seul gramme. Où elle pouvait mettre toute cette graisse était peut-être le plus grand mystère de tous les temps, à ranger avec celui de la disparition des chaussettes dans le lave-linge et celui de la fin de *Titanic* : elle n'avait jamais compris pourquoi Leonardo DiCaprio n'était pas monté sur la planche flottante avec Kate Winslet alors qu'il y avait largement la place.

— Tu pourras nous en parler demain ?

— Cela fait longtemps que je l'ai lu, mais j'ai une mémoire excellente…

Agatha n'en aurait pas douté une seule seconde. Elle lui sourit, prit congé de Miss Parfaite et revint à son bureau en l'entendant murmurer dans son dos.

La première chose qu'elle fit fut d'ouvrir son calepin et d'y noter le nom de la réceptionniste. La liste s'allongeait.

McDonald
Frzdziwska « Wendy » *Grzegorczyk*
Betty Stansford

Puis, elle regarda l'horloge au mur, une vieille horloge en bois, avec un balancier qui faisait dong, dong, et des aiguilles qui faisaient tic, tac, tic, tac et vous empêchaient de dormir au travail. Il était 4:00 p.m. et la journée était splendide. Elle remit la rédaction de ses procès-verbaux au lendemain, fourra *Le Mystère de la chambre jaune* dans son sac à main, prit sa serviette de plage et sortit du bureau.

Quelques informations utiles sur le beau village de New York, Colorado, et ses environs

Bien sûr, il n'y a pas de plages à New York, Colorado, mais il y a quelques jolis lacs. Disséminés au milieu des forêts vertes de sapins centenaires, ils s'étendent, majestueux, comme de grandes flaques argentées dans lesquelles on s'attend, à tout moment, à voir le soulier d'un géant marcher et éclabousser les collines. Oups, voilà que ma veine littéraire reprend le dessus ! Car s'il y a quelque chose de bien à New York, Colorado, soyons de bonne foi, c'est que les forêts et les montagnes qui s'étendent autour sur des dizaines de kilomètres sont propices à la réflexion et à la lecture. J'imagine quelquefois que c'est un paysage similaire qui a inspiré Henry David Thoreau, cet écrivain, poète et philosophe américain, pour son célébrissime Walden ou La Vie dans les bois. *Enfin, célébrissime pour ceux qui connaissent Thoreau, quoi.*

Dans son essai, une espèce de Robinson Crusoé *revisité, l'auteur raconte ses deux ans, deux mois, deux jours passés dans une petite cabane près de l'étang de* Walden *(Massachusetts) à vivre en autarcie et en harmonie avec les éléments. Solitude, culture de haricots, Thoreau veut démontrer au lecteur que la vie dans la nature est la seule voie vers la liberté. La liberté de cultiver des haricots, oui !*

Il y énonce les nombreux avantages spirituels de ce mode de vie simplifiée. Dommage que son écriture, elle, ne soit pas aussi simplifiée que ça et que son bouquin soit impossible à lire. Une prose ancienne mélangeant métaphores allégoriques, syntaxe désuète, paragraphes bien trop longs et complexes, hyperboles, métonymies, synecdoques, j'en passe et des meilleures. Je suis sûre que certains scientifiques sont persuadés que Walden *a été écrit par des extraterrestres ou un ancien nazi dans un langage codé que l'on n'a toujours pas réussi à déchiffrer. Je pense plutôt que c'est un pseudonyme de James Joyce. Il m'a fallu près de deux ans pour le lire, à peu près le temps qu'il a fallu à Thoreau pour l'écrire. Je l'ai lu aux toilettes, afin de retrouver les sensations qu'il a pu éprouver à demeurer enfermé dans sa petite cabane.*

Si c'est un classique de la littérature américaine, Walden *ne s'est vendu qu'à deux mille exemplaires en cinq ans. Sans doute parce que personne n'a compris que c'était écrit en anglais…*

Souvent, je pense que j'aurais dû lire Walden *ici, à New York, Colorado, que je l'aurais sans doute mieux apprécié et compris que dans le tumulte de mon appartement de Harlem, même si mes toilettes étaient assez tranquilles, quand mes voisins, dealers notoires, ne mettaient pas le Wu-Tang Clan à tue-tête. Et croyez-moi, le Wu-Tang Clan et Thoreau ne font pas bon ménage.*

Fait-il meilleur ménage avec la country locale ? Peut-être.

L'effervescence de New York, New York, me manque quelquefois. Le bruit des Klaxon, des marteaux-piqueurs, des détonations d'armes à feu, la peur de se faire violer au coin d'une rue, le fait de ne pas avoir le temps de se demander si l'on est heureux ou pas. Ici, les gens sont foncièrement heureux car ils n'ont pas de portable, pas de Facebook, d'Internet, d'Instagram pour les détourner des plaisirs simples de la vie, celui de se promener dans la forêt, de lire bercés par le seul chant des oiseaux, d'escalader des montagnes, de profiter d'un coucher de soleil sur le lac, depuis Tortilla Peak, sans nécessité de le photographier et de le mettre aussitôt sur les réseaux sociaux. Ici, on ne partage rien avec le reste du monde, on le garde pour soi. Et on le déguste. Pas que l'on soit égoïste, mais sans Facebook, ce qui se passe à New York, Colorado, c'est-à-dire pas grand-chose, reste à New York, Colorado. Et puis, il faut voir le bon côté des choses, au moins vous ne risquez pas de tomber dans un trou d'égout en consultant votre portable comme cela m'est déjà arrivé plusieurs fois à New York, New York.

C'est vrai qu'avec Facebook, on n'a pas besoin de regarder le journal télévisé et ses titres déprimants pour s'informer. Un tour sur le réseau social nous apprend les nouvelles de dernière minute, on y trouve des recettes pour le repas de midi, des formules de positivisme pour nous remonter le moral après avoir perdu notre boulot ou nous être fait larguer, on connaît la couleur du string de Paris Hilton du jour, on sait ce que mangent d'illustres inconnus, ou combien ils ont couru de kilomètres aujourd'hui, et si David s'est encore engueulé avec Victoria. Et en plus, on peut jouer un rôle dans tout cela en disant « j'aime » ou « j'aime pas ». Oui, l'inventeur de Facebook (je n'ai toujours pas compris si c'était Mark Zuckerberg, les frères jumeaux Cameron, ou tout simplement Géo Trouvetout) est un génie. Mais c'est lorsqu'on n'a plus de connexion, plus de Wi-Fi, plus de couverture, plus de réseau, que l'on se rend compte que l'on n'a pas besoin de déprimer un peu plus en suivant les nouvelles, que ne pas connaître de recette de cuisine ne nous empêchera pas de déjeuner à midi, que les phrases de Paulo Coelho sont toutes tirées du calendrier de la Poste, et que l'on se fout bien de savoir la couleur de la petite culotte de Paris Hilton. Elle n'en porte pas.

Et l'on revit.

On m'a raconté qu'il y a quelques années, il y avait bien un endroit où l'on captait à New York, Colorado, monté sur une échelle, à environ trois mètres cinquante de hauteur. Mais le maire a vite interdit ce rassemblement de foules en escabeau qui perturbait l'ordre public. Et afin que plus personne ne soit tenté, on y a creusé un gigantesque trou de plusieurs dizaines de mètres de profondeur qui a fini en décharge municipale. Les mathématiciens locaux ont calculé que la montagne de détritus atteindra les trois mètres cinquante au-dessus du niveau du sol dans deux mille ans et que les problèmes ressurgiront, inexorablement. Mais on a le temps de trouver une autre solution pour que ce petit village continue d'être un havre de paix.

New York, Colorado, est une machine à remonter le temps qui vous ramène à l'âge de pierre. Il y a même un vidéo-club, c'est dire ! Je suis sûre qu'en cherchant bien, on peut encore trouver des autoradios fossilisés dans la roche des montagnes du coin.

Un écureuil me guide jusqu'à la rive du lac. Je me demande s'il est radioactif, comme la plupart d'entre eux. J'étends ma serviette de plage et me déshabille. Je suis bientôt en monokini. Le soleil caresse mes bras et mes jambes. Je plonge un orteil dans l'eau fraîche. Les oiseaux chantent au-dessus de moi. J'inspire et je ferme les yeux. Je suis le personnage d'un tableau idyllique. Suis-je toujours en Amérique ?

Oui, ici aussi, c'est l'Amérique, mais une autre. À New York, Colorado, il y a des drapeaux américains partout accrochés aux maisons, comme pour rappeler que ce petit coin perdu au fin fond des États-Unis, c'est encore les États-Unis, et plus ici qu'ailleurs, même.

J'ouvre les yeux et reviens vers ma serviette étendue à terre.

La couverture jaune du livre posé dessus m'attire, comme un morceau de soleil qui serait tombé du ciel. Je m'assois et me précipite sur les dernières pages sans me douter qu'à quelques mètres de moi, l'homme avec un chapeau sur la tête qui m'observait jusque-là à travers ses jumelles tourne les talons et disparaît entre les sapins.

Dans lequel apparaît une nouvelle piste à partir d'une ancienne

En faisant un peu de rangement chez elle ce soir-là, Agatha était tombée sur la photographie de Peter Foster et de sa voisine du dessous à Marineland qu'elle avait oublié de laisser au commissariat. Cela lui arrivait quelquefois de retrouver des pièces à conviction dans le salon. Après tout, sa maison était un peu l'annexe du commissariat. Elle y exerçait les mêmes activités : dormir, manger, lire.

Elle regarda un instant le couple souriant. Ils avaient l'air heureux, à mille lieues de se douter du drame qui allait bouleverser leur vie. La policière sortit le cadre du sachet en plastique dans lequel il se trouvait scellé. De toute manière, que pourrait-elle en tirer ? Des empreintes ? Ils retrouveraient sans doute celles de Foster, et peut-être celles de la Polonaise. Et après ?

Elle prit la photo et l'observa. Un détail pourrait la mettre sur une nouvelle piste. Le dauphin ? Non, il y avait fort à parier que Flipper n'avait rien à voir avec le meurtre de Foster et de son postérieur découpage en sushis dans la baignoire (si c'eût été un requin, à la rigueur...) Elle rigola à cette idée et le cadre lui échappa des mains, tombant sur le parquet et se brisant en mille morceaux.

Sept ans de malheur, pensa-t-elle en allant chercher un balai et une pelle. Pourvu que ce ne soit pas dans ce bled !

Elle balaya les bris de verre qui avaient été projetés jusqu'à l'entrée du salon et se baissa pour ramasser le cadre. Elle en ôta la partie arrière afin de récupérer la photo et c'est alors qu'elle le vit.

Il s'agissait d'un long numéro griffonné au stylo au dos du cliché. Cela lui rappela la suite de chiffres qu'elle avait retrouvée sur la semelle de la chaussure de sport de ce jogger assassiné à Central Park et dont la non-résolution lui avait valu sa mutation en ces lieux, il y avait cinq ans de cela. Cette fois-ci, joue-la fine, Agatha, se dit-elle. Elle s'assit sur son fauteuil et telle une Miss Marple mit en marche toutes ses petites cellules grasses. Elle n'était pas trop douée pour les suites logiques et les psychotechniques, mais elle identifia assez facilement une date. Oui, cette suite de chiffres était une datc. Qui remontait à dix ans. La date à laquelle avait sans doute été pris le cliché. Ainsi, Peter Foster et la Polonaise étaient amants depuis pas mal de temps et se connaissaient bien avant que le mari ne disparaisse. Intéressant. Les sept ans de malheur venaient de se changer en un augure de bonheur.

Elle laissa vagabonder son esprit quelques secondes. Se pouvait-il que la disparition de monsieur Machinowsky eût un quelconque lien avec la relation amoureuse des amants de Marineland ? C'était évident. Et la formule lui revint en tête.

On n'assassine jamais son amant.

On assassine son mari.

Alors, un tout nouveau scénario s'échafauda dans son esprit. Mais c'est bien sûr ! s'exclama-t-elle tel Archimède bondissant de sa baignoire et criant son célèbre « Eurêka ! » nu comme un ver dans les rues de Syracuse. Victime d'une soudaine excitation, elle se précipita sur le téléphone fixe qui trônait sur la petite table du salon et composa le numéro de McDonald, la photo dans la main.

— Vous savez quelle heure il est ? hurla bientôt le shérif à l'autre bout du fil.

Agatha regarda sa montre.

— 11:30 p.m.

— C'était une question rhétorique, Crispies ! Parfois, vous me déconcertez.

— Je ne pensais pas vous déranger à cette heure-là, vous faites quoi ?

— Je suis au lit avec Steve Jobs. Enfin, avec la biographie de Steve Jobs. Je préfère préciser car vous êtes capable de le prendre au pied de la lettre. Bon, abrégeons. Que se passe-t-il ? demanda-t-il, agacé et pressé de raccrocher pour reprendre la lecture de son livre.

— C'est aussi une question rhétorique ? demanda Agatha, méfiante.

— Non, ça, c'est une vraie question. Mais je ne suis pas sûr d'obtenir une vraie réponse…

— J'ai une nouvelle théorie pour notre affaire. Qui remet tout en cause. Vous vous rappelez la photo de Marineland ? Eh bien, elle a été prise il y a dix ans, vous savez ce que cela signifie ?

— Qu'il y avait déjà des dauphins à Orlando il y a dix ans ?

— Que Foster et Miss Machinowsky sont amants de longue date.

— Bien. Et alors ? Ça change quoi ? Amants d'un jour, amants de dix ans…

— Ça change que la mystérieuse disparition de monsieur Machin-chose-nowsky n'est peut-être pas si mystérieuse que ça.

Elle laissa un silence afin que l'homme assimile l'information.

— Vous voulez dire que les deux-là se seraient arrangés pour se débarrasser du mari ? Et qu'ensuite la Polonaise s'est débarrassée de l'amant ?

— Oui et non.

Il y eut un petit silence, cette fois-ci à l'initiative de McDonald, signe qu'il était en train de penser.

— Que veut dire ce « oui et non » ?

— Oui, ils se sont débarrassés du vendeur de voitures, et non, elle n'a pas tué Peter Foster, assena la policière, fière d'elle.

— Qui a tué Peter Foster, alors ?

— Accrochez-vous bien. Personne.

Il y eut à nouveau un silence à l'autre bout du fil.

— Personne ?

— Personne, répondit Agatha, satisfaite de son effet de dramatisation.

— Je ne vous suis plus.

— Peter Foster est vivant.

— La dernière fois que je l'ai vu dans sa baignoire, il n'avait pas l'air si vivant que ça…

— Parce que ce n'était pas Peter Foster.

— Attendez, je m'assois.

On entendit un bruit de chaise que l'on traîne.

Agatha se sentait comme Hercule Poirot lorsqu'il réunissait tous les suspects pour leur raconter en détail le dénouement de l'enquête et qui était le coupable. À une différence près. Ou deux. D'abord, Agatha n'avait pas de moustache. Ensuite, elle n'avait pas encore de coupable à accuser et ce qu'elle se préparait à dire n'était que pure imagination. Elle reprit sa respiration. Avant de se lancer.

— Eh bien voilà, c'est vous-même qui m'avez dit qu'on n'avait jamais retrouvé de trace du mari. L'année dernière, il disparaît mystérieusement puis plus rien. Après quelques recherches, la police classe le dossier, prétextant une simple séparation, comme il y en a des milliers chaque jour un peu partout, c'est bien ça ?

— Oui.

— Le coup classique du mec qui sort chercher des cigarettes et ne revient jamais, reprit-elle. Il est parti les acheter en Pologne ? À pied ? Non, monsieur Machin-chose ne fume pas, et il n'est pas sorti de l'immeuble. Avec la complicité de la Polonaise, Peter Foster, voisin du dessus et amant, l'a enlevé et l'a séquestré dans son appartement le temps des investigations. Qui fera le lien entre eux ? Personne. Il n'est que le voisin du dessus, personne ne sait qu'il est aussi l'amant.

— Peter Foster l'a enlevé et l'a séquestré ? Dans quel but ? Et où le garde-t-il ?

— Dans une cage tout simplement. Une grosse cage pour chien. Ce n'est pas la première fois que je vois cela. Peter s'installe alors chez la voisine et ils vivent le parfait amour, apportant de temps en temps à manger au mari qui est retenu prisonnier dans l'appartement du dessus. Bref, une année passe. L'affaire se tasse. Plus personne n'y pense. Et encore moins la police qui a d'autres choses à faire. Les deux amants diaboliques décident un beau jour qu'il est temps de se débarrasser de cet encombrant mari qui les empêche de vivre pleinement leur amour. Ils le tuent, lui donnent cent cinquante coups d'aiguilles à tricoter afin de le rendre inidentifiable. Il n'y a rien qui ressemble plus à un steak haché qu'un autre steak haché, n'est-ce pas ?

— Vous dites ça parce que vous n'avez jamais mangé chez Peter's.

— Non. Enfin, voilà, le but est de faire passer le mari pour le voisin du dessus. Ils sortent le corps de la cage et le mettent dans la baignoire. Ils se débarrassent de la cage, nettoient l'appartement de fond en comble. Vous vous souvenez ? Les draps sentaient le propre. L'adoucissant à la lavande ! Puisque le mari est retrouvé dans la baignoire dans l'appartement de Foster, il est évident que la police pensera qu'il s'agit de Peter Foster. Pendant ce temps-là, le vrai se cache quelque part dans cette ville, en attendant que l'affaire se tasse à nouveau. Celui que l'on a pris pour Peter Foster est en réalité le cadavre de… (elle consulta ses notes) Mieczyslaw Grzegorczyk.

— Ils auraient pu directement tuer Grzegorczyk, il y a un an, dit le shérif qui ne comprenait pas l'intérêt de cette mirobolante mise en scène.

Ils n'étaient tout de même pas des Einstein dans la police, pas la peine d'élaborer des scénarios aussi complexes pour échapper aux mailles de la justice. Les criminels regardaient vraiment trop la télé de nos jours.

— Pourquoi faire simple quand on peut faire compliqué ? assena Agatha qui avait toujours un bon argument dans son sac, surtout pour expliquer une de ses théories les plus abracadabrantes.

Il y eut un nouveau silence.

— Tout cela est un peu tiré par les cheveux, tout de même… finit par dire le shérif.

— Si j'avais voulu vous dire quelque chose d'alambiqué, je vous aurais cité du James Joyce : *Il prouve par l'algèbre que le petit-fils d'Hamlet est le grand-père de Shakespeare et qu'il est lui-même le fantôme de son propre père.*

— Vous avez raison, ça c'est complètement con.

— Ma théorie, elle, est plausible.

— Plausible ? s'exclama McDonald. Vous rigolez ? Même si on me racontait qu'un petit bonhomme vert a creusé un tunnel depuis son vaisseau spatial jusqu'à la salle de bains de Peter Foster, qu'il l'a tué à coups d'aiguilles à tricoter spatiales, parce que les extraterrestres tricotent, c'est bien connu, eh bien, je trouverais cela plus plausible que votre histoire !

Silence.

— Qu'est-ce que vous faites, Crispies ?

— Je note. Vous avez dit quoi après « aiguilles à tricoter spatiales » ?

Une deuxième hypothèse bien plus sensée que la première

— J'ai une théorie bien plus logique que la vôtre, déclara McDonald à son tour. Écoutez bien. Le Polonais découvre que sa femme le trompe avec le voisin. Il la quitte. Pendant une année, il prépare sa vengeance. Puis il revient éliminer Peter Foster. Hop !

Le shérif se frotta les mains pour illustrer la simplicité de ses propos. Agatha apprécia le style télégraphique à la Marguerite Duras. Les phrases brèves, précises, efficaces. Mais on n'était pas dans *L'Amant de la Chine du Nord*.

— Pas mal, dit Agatha. Même si je préférais l'hypothèse avec les extraterrestres.

— Et puis, vous n'y avez peut-être pas pensé, mais votre théorie du corps de Foster remplacé par celui de Grzegorczyk s'écroulera de son propre poids quand nous aurons les résultats ADN du labo.

— C'est vrai, dit Agatha en dodelinant de la tête, perplexe. Je n'y avais pas pensé.

Et elle s'empressa d'inscrire le nom du mari disparu dans la liste de ses suspects. C'était une piste plus qu'excellente. Son père le lui avait répété toute sa vie : il ne fallait jamais faire confiance aux vendeurs de voitures.

Dans lequel le club de lecture du petit commissariat du fin fond de l'Amérique s'agrandit

Quoi que McDonald en pensât, et même si sa théorie, d'un plat et d'une banalité affligeants, était bien plus plausible, il fallait le reconnaître, Agatha n'en avait pas pour autant oublié la sienne : l'échange des corps qui justifiait l'acharnement pour rendre le cadavre méconnaissable. C'était la première fois qu'elle avait un mort pour suspect. Il suffisait qu'elle arrive à convaincre McDonald. Et les juges. Et un jury de douze personnes. Bon, ce serait peut-être plus compliqué que prévu. Après la conversation avec le shérif et avant d'aller au lit, elle avait tout de même écrit sur son carnet le nom du cadavre comme possible meurtrier à la suite de celui du mari. Entre parenthèses, avec un point d'interrogation en signe de grand doute.

McDonald
<u>*Frzdziwska* « Wendy » *Grzegorczyk*</u>
Betty Stansford
Mieczyslaw Grzegorczyk
(Peter Foster ?)

La première chose que fit la policière le lendemain en arrivant au bureau fut de se préparer un café et de mettre un peu d'ordre dans sa bibliothèque. Mettre de l'ordre dans sa bibliothèque lui permettait de mettre un peu d'ordre dans sa vie.

Elle ne divisait pas les livres par genres. Les livres, c'était comme les gens, elle ne leur mettait pas d'étiquette. Chaque livre était unique, on ne pouvait le catégoriser, le cliver, il faisait partie intégrante d'un seul groupe commun à tous : la littérature, à l'instar de la race humaine.

Pour être juste avec tous, elle les classait donc par ordre alphabétique des auteurs. Pas de jaloux. Bukowski côtoyait Balzac, Shakespeare côtoyait Sophocle, des couples improbables et anachroniques que jamais aucune dispute ne viendrait troubler. Ici, on vivait dans la joie et la bonne humeur. On *vivait*, oui, c'était le bon mot, car pour elle, un livre était vivant.

Ils étaient le réceptacle de ses émotions, de ses analyses. Agatha écrivait sur ses livres, annotait dans les marges, soulignait des passages ou des mots. Son édition du *Comte de Monte-Cristo* ne contenait que les trente premiers chapitres. Elle avait arraché le reste qui, selon elle, ne valait plus rien. D'ailleurs, le chapitre XXXI ne s'ouvrait-il pas sur une phrase ressemblant à s'y méprendre à une première phrase de roman ? Malheureusement, le nouveau ne contenait ni la moitié d'aventure, ni de rebondissements du premier. À partir du chapitre XXXI, le récit s'essoufflait, devenait languissant jusqu'à la fin (si ce n'était pour les quelques petits empoisonnements et la vengeance sur les trois méchants qui tardait quand même à venir). On entrait dans ce qu'Agatha appelait la littérature de salon parisien, la vie quotidienne de familles argentées et de leurs domestiques dont on se foutait éperdument, celle où l'intrigue la plus notable était la disparition d'une cuillère dans un tiroir, une carafe d'eau renversée par terre ou le goût d'une madeleine. Envolés Sinbad le marin, Dantès le prisonnier de l'île d'If, les excentricités de l'abbé Faria, l'évasion dans le sac, le trésor dans la caverne de Monte-Cristo dont elle avait dévoré les épisodes aussi vite qu'une boîte de donuts. Envolés le Jules Verne, le Robin des Bois, l'Arsène Lupin. Au détour d'une page, Dumas devenait Proust, il devenait ennuyeux à mourir. À l'inverse, Agatha avait arraché les premières pages de son exemplaire de *Double assassinat dans la rue Morgue* d'Edgar Allan Poe, toute cette théorie fumeuse sur l'analyse de l'esprit, les échecs, le jeu de dames et le whist plus propre à une thèse universitaire sous l'emprise de haschich qu'à l'introduction d'une nouvelle policière (une nouvelle, c'était déjà assez court pour y mettre en plus du superflu), alors que la conversation de Dupin à propos du procédé déductif qui l'avait mené à deviner pas à pas, tel un mentaliste, ce à quoi pensait son compagnon de balade nocturne dans les rues de Paris méritait à elle seule d'ouvrir le récit. Le *Décaméron* de Boccace avait subi un régime-minceur de cinq cent quatre-vingts pages. Agatha avait enfin arraché tout le contenu de son *Ulysse* de James Joyce, dont il ne restait plus que la couverture. Elle n'avait rien trouvé à sauver. Elle se comportait en éditeur capricieux, ôtant les passages qui, selon elle, auraient dû être supprimés.

Dommage, pensait-elle, que personne ne vive les livres avec autant d'intensité que moi. Ce matin, les gars du groupe opérationnel, Roger et Allen, étaient revenus de leur monumentale gueule de bois après deux jours d'arrêt. Franck avait repris le concours de fléchettes avec eux. Il ne reviendrait plus. Elle eut une pensée pour Rosita aussi, qu'elle ne croisait plus, même dans les toilettes. Elle l'imagina lancer des dards avec précision sur une cible, boire des pintes et lâcher quelques rots avec les autres pour s'intégrer. Comment avait-elle pu tomber si bas alors qu'elle lui traçait une voie royale avec *Guerre et Paix* et tous les autres joyaux de la littérature ? Sa liberté ne tenait qu'à un livre ou deux et Rosita n'avait pas su saisir sa chance.

Oui, un livre c'était ça. Un être discret, immobile et silencieux, qui, une fois ouvert, révélait au lecteur une explosion de sentiments, d'événements, de tragédie, de comédie. Cela faisait du bruit quand on lisait. Du bruit dans la tête. On imaginait le son des pistolets et des fusils de la guerre civile espagnole qui résonnaient dans la montagne de *Pour qui sonne le glas*, les coups de pioche et la rumeur de la rébellion dans la mine de *Germinal*, les coups de cloches de la mystérieuse abbaye du *Nom de la rose*, le grognement des cochons révolutionnaires dans *La Ferme des animaux*.

Arrivés au T, les yeux d'Agatha tombèrent sur l'édition de poche de *Guerre et Paix*. Elle préférerait poser des questions à Betty sur Peter Foster, lui poser des questions sur son emploi du temps.

Elle laissa un instant son doigt sur le dos blanc du livre, hésitante, puis le laissa sur l'étagère.

On frappa.

Lorsqu'elle se retourna, elle vit Betty qui entrait. Quand on parle du loup... Elle était accompagnée de Kevin et Holly. L'interrogatoire semblait être compromis pour le coup.

— Que se passe-t-il ? demanda la policière. Une manifestation de réceptionnistes ?

— Tu m'avais dit que je pouvais venir à ton club, je te ramène des gens ! dit Betty, un grand sourire aux lèvres.

— Je me réjouis que le club s'agrandisse, avoua une Agatha étonnée, même si c'est parce que vous avez perdu vos aiguilles à tricoter, qu'elles ont servi à commettre un horrible crime, et que vous êtes donc au chômage technique.

Elle les invita à s'asseoir sur les chaises qu'elle réservait d'habitude aux plaignants, aux victimes et aux criminels, mais sur lesquelles ne s'étaient assis ni les uns ni les autres pendant ses cinq années de service ici.

— Comment ça, un horrible crime ? demanda Holly, intriguée et affolée.

— J'enquête sur un homicide. De personne humaine, pas d'écureuil ou de tortue. Un vrai meurtre. Comme dans les livres ou dans les séries.

— Nos aiguilles ont servi à tuer quelqu'un ?

— Et à en faire de la confiture, oui.

— Cela signifie que tu les as retrouvées ? coupa Kevin, les yeux pleins d'étoiles.

— Quoi donc ?

— Eh bien, les aiguilles.

On voyait bien que le jeune homme avait été forcé à accompagner ses collègues. Si l'on avait retrouvé ses aiguilles, alors il pourrait les récupérer, s'éclipser de cette classe de littérature où il n'avait rien à faire et reprendre le tricotage des chaussettes en laine pour son petit copain.

— Non, reconnut Agatha. Et de toute manière, même si c'était le cas, je ne vous les aurais pas rendues. Ce sont des pièces à conviction. Et puis elles doivent être dans un sale état vu comment on a retrouvé le corps.

Une grimace de dégoût se dessina sur les lèvres de Holly, qui préféra changer de sujet avant que l'on entre plus dans le détail.

— Alors, en quoi consiste un club de lecture ? demanda-t-elle débordante d'enthousiasme envers cette nouvelle activité qu'elle ne connaissait guère.

— À partager nos lectures et donner envie aux autres de lire.

— Je ne lis pas, déclara d'emblée Kevin pour annoncer la couleur.

— Moi non plus, dit Holly.

— Alors peut-être est-ce à moi de vous donner envie de lire ? proposa Agatha. La lecture, ce n'est pas cette chose fastidieuse que l'on veut bien nous faire croire. C'est une évasion. Vous aimez voyager ?

Les trois acquiescèrent de la tête.

— Eh bien, une bibliothèque, c'est comme un terminal d'aéroport. Imaginez une porte d'embarquement qui annoncerait Paris. Celle d'à côté, Caracas, une autre, Sydney, une autre, Singapour. Les livres d'une bibliothèque sont autant d'avions qui vous emmènent en voyage, à moindre coût, celui de quelques dollars et de votre imagination. En plus du voyage, on vous raconte une histoire. Tout le monde aime les histoires. Et puis, dans un livre, vous vous identifiez au héros, vous devenez un médecin au temps des rois, un cosmonaute en pleine conquête de l'espace, un aristocrate français du XIXe siècle.

— On peut devenir une femme ? demanda Kevin, pris d'un soudain intérêt.

— Bien sûr, il suffit que le personnage principal du roman en soit une pour que tu le deviennes. C'est aussi simple que cela. La lecture est une vie parallèle dans laquelle tout devient possible. Vos fantasmes ou vos rêves se réalisent, vos peurs disparaissent. Vous devenez quelqu'un d'autre, peut-être mieux que celui ou celle que vous êtes dans la vraie vie.

Le jeune homme leva les yeux en l'air, songeur. Il aurait aimé naître femme. Depuis l'adolescence son esprit et son corps s'étaient livré une guerre impitoyable dont il avait souffert et dont il souffrait encore.

— Betty, puisque tu l'as lu, j'aimerais que tu nous parles de *Guerre et Paix*.

— Bien sûr, bien sûr, dit la jolie jeune fille en remettant sa mèche blonde derrière son oreille. Eh bien voilà, pour vous résumer un peu l'intrigue, et c'est assez complexe car c'est un sacré pavé, c'est l'histoire d'un prince russe au nom de magasin de chaussures, André, un homme glacial, et désabusé, qui apprend à aimer la vie lorsqu'il est sur le point de la perdre, sur le champ de bataille d'Austerlitz en 1912.

— Oui, le récit de cette mort est un très beau passage du roman et un grand classique.

— Ça dépend de ce que l'on entend par classique, dit Kevin. Pour moi, *Baby* de Justin Bieber est un classique.

— Je crois aux expériences de mort imminente, surenchérit Holly, soudain exaltée, avant qu'Agatha ne puisse réagir aux goûts musicaux du réceptionniste. Et à la réincarnation aussi.

— Oh, bien, bien, je suis heureuse de voir que le livre éveille en vous des émotions, des sentiments qui vous sont propres, mais *Guerre et Paix*, tempéra Agatha, ce n'est pas seulement l'histoire d'André, on évolue avec toute une galerie de personnages sur plusieurs années de leur vie, au milieu de la guerre. On apprend des tas de choses sur l'aristocratie russe du début du XIXe siècle, la guerre napoléonienne, l'Histoire avec un grand H. Tolstoï aimait s'inspirer de la vraie vie pour ses romans. Son *Anna Karénine*, par exemple, trouve son origine dans un fait divers dont il avait entendu parler, celle d'une jeune femme qui s'était jetée sous un train.

— C'est arrivé ici aussi, dit Holly, enfin, du temps où il y avait encore des trains qui passaient par New York, Colorado… Vous n'avez pas connu. J'avais lu cela dans le journal et en étais bouleversée. Le fantôme de la pauvre fille hante depuis le chemin ferré.

Je le sais car c'est elle qui me l'a dit, par l'intermédiaire d'une planchette ouija. Vous pouvez demander à Old Joe, le garde-barrière, il pourra vous en parler, il l'a vue plusieurs fois errer sur les rails.

— On est un club de lecture, Holly, pas les Ghostbusters.

Tout le monde savait que c'étaient les participants qui poussaient le ouija et non les esprits. Du moins depuis qu'un professeur de lycée, Larry Bayou, avait eu la bonne idée de réaliser une expérience dans laquelle les participants ne pouvaient pas voir les lettres que l'instrument pointait. Conclusion : ils n'avaient pas formé un seul mot cohérent.

— Pardon. Peut-être que je lirai ce *Anna Karénine*, après tout. Ça a l'air intéressant.

Agatha alla au fond du bureau et revint avec son exemplaire, qui contenait, celui-ci, toutes les pages, preuve qu'elle n'avait rien trouvé à redire. Elle le tendit à la réceptionniste et le lui posa dans la main. Celle-ci faillit partir à la renverse.

— Dis donc, qu'est-ce que c'est lourd !

— Je pense qu'il faut lire des livres qui font résonner en nous des émotions particulières, continua la policière en ignorant la remarque. C'est un bon choix. *Anna Karénine* est un très joli roman. C'est lui qui a fait connaître la littérature russe dans le reste de l'Europe occidentale, en 1852. Il est d'abord paru sous forme de feuilleton dans un journal. Il a eu tellement de succès que des femmes russes de la haute société allaient jusqu'à envoyer leurs domestiques à l'imprimerie pour connaître la suite de l'histoire !

Agatha se rendit compte que les trois personnes qui composaient son public buvaient ses paroles. Elle en tira une immense satisfaction et fierté et la séance de la journée passa à une vitesse folle.

— On se revoit demain ? demanda-t-elle pour conclure, un filet d'appréhension dans la voix.

Il y eut un silence qui lui fit croire que non. C'était dommage que le club meure à nouveau maintenant qu'il avait repris vie.

— Bien sûr ! répondirent-ils en chœur à sa grande surprise.

Et les deux filles sortirent.

Kevin resta dans le bureau, silencieux et embarrassé.

— Tu ne veux plus revenir, c'est ça ? Je ne t'en veux pas, Kevin, si…

— Je serai là demain, Agatha. C'est juste que… (Il baissa la voix.) J'aimerais devenir une femme.

La confession du réceptionniste la prit de court. Il émanait de lui une vive douleur mêlée d'une grande frustration.

— Je ne peux te recommander que le Dr Scholl.

— Les sandales pour les cors et les durillons ? J'en ai déjà, cela ne fait pas de moi une femme pour autant.

— Non, non. Je pensais à une opération. Mais Scholl est légiste…

— Je préfère éviter alors, au cas où tu ne t'en serais pas encore rendu compte, je suis vivant. Je pensais plutôt à tes livres. Tu as dit qu'il était possible de devenir une femme. Tu as dit que l'on pouvait vivre une autre vie, accomplir nos fantasmes, nos rêves, gommer nos imperfections, être vraiment ce que l'on veut.

— Oh, bien sûr, par la lecture, oui.

— Je veux être une femme exaltée, passionnée, amoureuse ! s'enflamma Kevin en agitant ses bras.

— Eh bien voyons voir ce que nous avons, dit Agatha en parcourant à grands pas de Converse les quelques mètres qui la séparaient des étagères. Mais je ne te garantis pas d'avoir le dernier roman de Justin Bieber, plaisanta-t-elle.

Elle contempla sa bibliothèque d'un œil expert.

— Je ne te conseille pas *Autant en emporte le vent*, trop gros pour une première lecture. Ni *Madame Bovary*, trop… suicidaire. (Elle laissa glisser la pulpe de son index sur les tranches et s'arrêta sur un roman très mince.) En revanche, je pense avoir ce qu'il te faut. Une nouvelle, courte, merveilleuse, du concentré d'émotions, annonça-t-elle, enthousiaste. C'est d'un écrivain autrichien, Stefan Zweig.

Vingt-quatre heures de la vie d'une femme. Kevin jugea ce titre parfait. Voilà ce dont il avait toujours rêvé, être une femme, ne fût-ce que pour une journée.

— C'est l'histoire d'une femme qui, durant un séjour avec son mari dans une station balnéaire sur la Riviera, plaque sa vie sur un coup de tête et disparaît avec un jeune pensionnaire rencontré la veille.

Agatha tapota la couverture blanche du livre du plat de sa main noire.

— *Je voudrais vous raconter un seul jour de ma vie*, cita-t-elle de mémoire, *le reste me semble sans importance, vingt-quatre heures, sur soixante-sept ans*. C'est beau, non ?

Puis elle soupira, à la fois déçue et résignée. Elle n'avait jamais eu l'occasion de faire pareille folie dans sa vie.

Trouverait-elle un jour un homme qui la ferait rêver, aimer ? Qui lui donnerait envie de tout plaquer ? Qui la ferait fondre comme un donut, dormirait dans ses bras chaque nuit, un homme qui la ferait rire, l'emmènerait visiter des villes et des pays qu'elle n'avait encore jamais vus, qui la consolerait lorsqu'elle serait triste, qui l'appuierait dans les moments de doute, un consolant, un amant, un mari fidèle, un homme fort qui lui ferait croire qu'elle était la seule femme du monde ? Comme dans la chanson de Rihanna.

— De la vie de Stefan Zweig, reprit Agatha, beaucoup ne connaissent guère que sa mort. Il s'est suicidé au gaz avec sa femme, au Brésil, un peu comme Solal et Ariane dans *Belle du Seigneur*. C'était un grand voyageur, traducteur de Verlaine, Rimbaud, Baudelaire, Romain Rolland, biographe de Tolstoï, Freud, Dostoïevski, Nietzsche, Stendhal… Il se dégage de cette histoire une grande émotion, un élan d'amour fulgurant que tout le monde rêverait de vivre au moins une fois dans sa vie. Enfin, tu vas aimer, Kevin, crois-moi.

Elle lui posa une main sur l'épaule. Il la remercia, touché, et rejoignit les autres à la réception, laissant une Agatha rêveuse et heureuse. Elle n'avait peut-être pas pu interroger Betty, mais tel le phœnix, cet oiseau légendaire immortalisé par Pline l'Ancien, Rabelais et Voltaire, sa classe de littérature venait de renaître de ses cendres.

Dans lequel on a enfin la clef d'un mystère mais pas nécessairement de celui qui nous intéresse

Lorsqu'elle se retrouva seule dans son bureau, des papillons pleins l'estomac, Agatha n'eut pas le courage de se plonger dans la rédaction de ses procès-verbaux. C'était encore une journée d'été magnifique et elle décida d'aller profiter des quelques heures de soleil qu'il restait pour se rendre au lac. Comme la veille, elle étendit sa serviette de plage sur la berge sableuse, enleva ses vêtements, sous lesquels elle portait son monokini blanc, puis elle s'assit en tailleur, face au soleil.

Dans cette position, elle reprit la lecture du *Mystère de la chambre jaune*, caressée par les rayons chauds.

Cela lui prenait plus de temps qu'elle n'avait escompté. Maudit Gaston Leroux, pestait-elle, en parcourant des yeux à une vitesse folle les lignes du roman à la recherche d'une réponse à sa question. Elle serait obligée de le lire en entier, ce maudit livre. Au début, elle croyait qu'en se précipitant sur les cinq dernières pages, dix à la rigueur, elle connaîtrait la solution du mystère. C'était tout ce qui l'intéressait. Mais à la différence des Agatha Christie, dans lesquels on découvrait le meurtrier dans le dernier chapitre, la structure narrative du roman de Leroux était telle que le nom du coupable et surtout la technique qu'il avait utilisée pour tuer dans une chambre fermée à clef de l'intérieur n'étaient pas dévoilés à la fin, mais en plein corpus du texte. Conclusion : il fallait tout lire. Maudit Français ! S'agissait-il d'un tour facétieux de l'auteur qui voulait éviter que ses impatients lecteurs ne se précipitent sur la fin ? Sûrement. On pouvait s'attendre à tout venant de quelqu'un qui mangeait des grenouilles.

Ainsi, le jeune Joseph Joséphin, appelé Rouletabille en raison de son visage rond, reporter au journal *L'Époque*, et qui s'était illustré en mettant la main sur « le pied gauche de la rue Oberkampf », reste d'une femme découpée en petits morceaux comme dans un tour de magie qui aurait mal fini, se rendait au château du Glandier pour y éclaircir une nouvelle énigme. On avait essayé d'assassiner Mathilde Strangerson, la fille du propriétaire des lieux, dans la chambre peinte en jaune mitoyenne au laboratoire de son père, physicien de renom. Fait d'autant plus inquiétant et énigmatique que la porte était fermée de l'intérieur, tout comme l'unique fenêtre de la pièce.

En réalité, la victime s'était cognée, lors d'un sommeil agité, contre le coin de sa table de nuit. Oui, elle avait été victime d'un simple accident. Agatha leva les yeux au ciel.

Un simple accident, donc.

Elle se voyait en train d'expliquer au shérif que Peter Foster avait glissé une bonne cent cinquantaine de fois sur des aiguilles à tricoter avant de tomber dans sa baignoire. Non, personne ne la suivrait sur cette piste, ni policier, ni juge, ni jury, pas même un fou sorti de l'asile psychiatrique de *Vol au-dessus d'un nid de coucou*.

Elle referma le livre et en contempla un instant la couverture orangée. Un jeune homme, que l'on devinait être Rouletabille, dévisageait le lecteur, poing sous le menton, derrière un gigantesque point d'interrogation. Agatha s'était toujours demandé pourquoi, aux policiers, les écrivains préféraient, dans leurs histoires, des amateurs pour résoudre les mystères et les crimes. Hercule Poirot était détective privé, Miss Marple, une vieille dame à la retraite, célibataire et solitaire, vivant dans un adorable petit village anglais, Rouletabille, un journaliste, tout comme Tintin. Dans les livres, on ne faisait pas confiance à la police.

Sur ces pensées, elle se leva et alla se tremper les pieds dans l'eau fraîche du lac. Elle y entra jusqu'aux cuisses puis revint s'allonger sur sa serviette. Elle y resta jusqu'à ce que le soleil disparaisse derrière Tortilla Peak.

Dans lequel il est nécessaire de rappeler aux spectateurs de séries quelques bases du vrai métier de policier

Avant d'aller plus loin, je voudrais faire un point sur quelque chose qui me tient à cœur : le réalisme des séries policières diffusées à la télévision.

Retenez cela : il n'y en a aucun.

Par exemple, au bureau, dans la vraie vie, les agents de police en civil ne portent jamais leur arme sur eux, sauf s'ils sont sur le point de sortir. Elle se trouve en général dans un tiroir ou à l'armurerie du service. Les holsters, ces étuis qui pendent sous l'aisselle, ne se portent plus depuis des années. Dans les séries, les superflics ont des badges pendus autour du cou, des armes, des menottes (de vrais sapins de Noël) alors qu'ils sont occupés à consulter leur ordinateur ou boire des cafés. Or il n'y a rien de plus incommode (et inutile !) que tout cet attirail. Aller aux toilettes est un vrai calvaire, surtout pour les filles car, et je vous passe les détails, dès que vous débouclez votre ceinture, le poids de l'arme fait tomber votre pantalon, un peu comme si vous portiez une ceinture de plongée en plomb. L'horreur. Le port de l'arme, chez un fonctionnaire, est établi par l'éventuel usage de la légitime défense. Assez rare dans les toilettes du service, vous en conviendrez…

Pour ce qui est de ces plaques de police dorées que l'on pend à notre cou, style le dernier rappeur à la mode, elles ont pour but d'identifier les agents de police en civil dans les lieux publics auprès des citoyens. À quoi bon les mettre au bureau alors que nous sommes entre nous et que les seuls étrangers qu'il peut y avoir savent pertinemment que nous sommes policiers puisqu'ils se trouvent dans un commissariat !

Dans certaines séries, j'ai même vu des capitaines et autres superintendants armés et portant des menottes à la ceinture ! Ce sont les plus hauts dirigeants d'un service de police qui passent leur temps dans leur bureau ou en réunion à faire de la gestion de personnel ou de la représentation envers les autres institutions. À quoi leur serviraient donc leur arme et leurs menottes entre deux réunions et deux PowerPoint ? C'est absurde. Le mien, par exemple, ne porte que son bob de pêcheur orné d'hameçons et son gilet à poches. Je ne vois pas trop ce qu'il ferait d'un pistolet. Même la pêche à la dynamite est interdite dans le Colorado… Un superintendant ne fait pas de filature non plus. Un bon chef ne fait rien d'ailleurs, car sa fonction est précisément de déléguer tout le travail. Et ça, vous pouvez me croire, le mien le fait à merveille.

Dans les séries, on voit toujours des inspecteurs de police en costume-cravate, habillés comme desVRP ou des agents immobiliers. Or nous ne sommes ni VRP ni agents immobiliers. Donc, c'est jean baskets, mais je suis d'accord, c'est tout de suite moins glamour.

Dans les séries, on voit des inspecteurs (en costume donc), gilet pare-balles sur la cravate, défoncer des portes, arme au poing, pour arrêter un suspect chez lui. Dans la réalité, le service qui a enquêté, lorsqu'il se propose de réaliser une interpellation à domicile, requiert un service opérationnel spécialisé si la dangerosité du suspect est avérée, le SWAT donc. Des superflics habillés et armés comme en temps de guerre, avec cagoules, casques blindés et gilets pare-balles lourds défoncent la porte, entrent en masse et menottent les suspects avec une rapidité de ninjas. Les enquêteurs, qui étaient restés derrière, peuvent enfin entrer en toute tranquillité et procéder aux différents actes (lecture des droits, perquisition, etc.) comme de bons fonctionnaires. Non, on n'entre pas pistolet en avant, chez les gens. En dix ans, j'ai bien dû sortir deux fois mon arme de son étui. Deux fois. Et je n'ai jamais tiré. Alors que dans les séries, ils passent leur temps à sortir leur flingue et vider des chargeurs entiers contre des gangsters dans la rue.

Pour des raisons de sécurité, on ne menotte jamais quelqu'un les mains devant. Cela ne servirait à rien car il pourrait attraper un agent ou le frapper. On menotte toujours un suspect les mains derrière. Ce qui n'est pas le cas dans les séries.

Et puis tous ces trucs sur la police scientifique. Dans les films, le policier pose l'empreinte digitale de l'index du cadavre sur l'écran tactile de son smartphone nouvelle génération et en moins de dix secondes apparaît toute la vie du défunt. Son adresse, son numéro de téléphone, son compte Facebook, la pointure de ses chaussures, la dernière fois qu'il a bu un Gin tonic, où, comment, avec qui, etc. Comment cela se pourrait-il ? Les gens ne sont pas fichés et il n'y a pas un flic derrière chacun de nous chargé de noter nos faits et gestes. Il n'y a pas autant de centralisation entre les différentes administrations : santé, permis de conduire, etc. Ne sont fichées que les personnes ayant déjà été arrêtées et encore, l'information se limite au type d'infraction. C'est de la science-fiction, tout ça. Oui, les séries policières américaines devraient être classées dans la catégorie science-fiction, au même titre que Star Trek. *Et puis, dans les films, les policiers scientifiques enquêtent, interpellent les suspects, mènent des interrogatoires, ils font tout, n'est-ce pas Horatio ? Chapeau ! Dans la réalité, la police scientifique, ce sont des mecs et des filles habillés comme des astronautes, en combinaison blanche, charlotte sur la tête et masque devant la bouche, appareil photo au cou et une mallette en main, qui se déplacent sur les lieux du crime pour réaliser des prélèvements de traces avant de donner les résultats au service judiciaire chargé de l'enquête. Chacun son boulot.*

Voilà pourquoi je ne regarde jamais les séries. Il faut bien comprendre les pauvres scénaristes. Difficile d'écrire des épisodes truculents et passionnants à partir de la vie ennuyeuse d'un flic qui passe son temps à rédiger des rapports dans son bureau.

Les policiers ne sont pas les seuls à souffrir d'une réputation faussée. Les médecins, par exemple. Je suis sortie avec un docteur pendant pas mal de temps. Deux semaines. Lui non plus ne regardait pas de série médicale. Il repérait toutes les erreurs. Notamment celle du stéthoscope. Il ne doit pas y avoir une seule série dans laquelle les acteurs ne le mettent pas à l'envers dans les oreilles ! Lorsqu'ils accrochent les radiographies devant l'écran lumineux, le négatoscope, ils les mettent presque toujours à l'envers aussi. Le cœur, du coup, se retrouve à droite, comme si tout le monde souffrait d'une dextrocardie (malformation anatomique dans laquelle le cœur se trouve dans la moitié droite du thorax). Les médecins des séries utilisent encore des bipers alors qu'on a inventé un truc formidable qui s'appelle « téléphone portable ». Les gars qui travaillent aux urgences réalisent des analyses qui ne se font jamais aux urgences. Et puis toutes ces femmes qui accouchent de bébés propres, sans une goutte de sang ou de liquide amniotique, ces gros bébés qui ont déjà plus d'un mois !

Enfin, tout est si faux, si différent, dans les séries. S'il y a quelque chose de vrai, c'est bien la quincaillerie que portent à la ceinture les policiers en uniforme. Je me revois arpenter les rues de New York, New York, fraîchement sortie de l'école de police, dans mon uniforme bleu marine, affublée d'une ceinture de quinze tonnes que RoboCop n'aurait pas reniée. La ceinture de l'ouvrier de chantier des Village People, à côté, fait pâle figure. Spray lacrymogène, menottes, pistolet, chargeurs, Taser, tonfa ou matraque, gants, lampe électrique, talkie-walkie, une vraie quincaillerie ambulante, pour parer à toute éventualité, oui, vraiment toute. Sauf peut-être courir, tout simplement. Courir avec ça, c'est, comment dire ?… impossible ! Et tous les voyous le savent, croyez-moi.

DEUXIÈME PARTIE

RÉVÉLATIONS
DANS UNE PIZZERIA SUÉDOISE

Dans lequel on fait la connaissance de quelqu'un qui ne s'appelle pas vraiment John Doe

— L'assassin aux donuts a encore frappé ? s'enquit Agatha en signalant du doigt les miettes qu'elle venait de postillonner sur le cadavre.

— Vous parlez de vous ? demanda McDonald avec une pointe d'ironie dans la voix.

Il se retourna et la regarda par-dessus son épaule en esquissant un large sourire. Il était agenouillé devant un corps recouvert de trous écarlates semblables à des centaines de bouches béantes. Pas un seul centimètre carré de peau n'avait été épargné. Le shérif se leva, ôta ses lunettes, les essuya et les chaussa à nouveau sur son nez de rapace.

— Je ne sais pas comment vous pouvez porter cet imperméable avec cette chaleur, dit-elle en remontant un peu plus les manches courtes de son tee-shirt.

Puis elle embrassa d'un geste circulaire la forêt de sapins et le lac qui luisait d'une lumière argentée devant. Au loin, on pouvait apercevoir d'un côté le sommet de Tortilla Peak, de l'autre le sommet lointain des édifices de Woodville. La grande ville et la nature, une carte postale. Si ce n'était le cadavre qui gisait à leurs pieds.

L'homme séparait avec nonchalance, de la pointe de sa chaussure, quelques miettes de donut au chocolat d'autres qui parsemaient la terre rouge.

— Vous êtes encore en train de polluer ma scène de crime ! dit-il, agacé.

— C'est ce que j'allais dire, annonça Agatha. Cette fois-ci, vous êtes sur ma juridiction. New York, Colorado, est à cinq kilomètres.

— Rappelez-moi quelque chose, vous êtes bien chef du département homicides de New York, Colorado, c'est ça ?

— C'est cela, répondit Agatha avec une certaine fierté.

— Dites, lieutenant Crispies, vous avez combien de personnes sous vos ordres ?

— Euh… La femme de ménage, ça compte ?

L'homme la toisa, une petite grimace au coin des lèvres.

— J'ai dix personnes à ma charge, annonça-t-il, et une expérience de plus de vingt ans en matière criminelle, et vous voulez que je m'efface devant une fliquette tout juste débarquée dans le coin ?

— Oui, dit la fliquette en question avec un aplomb déconcertant.

L'homme la regarda et déglutit.

— Bon, j'aurai essayé au moins. Dans ce cas, honneur aux dames.

Agatha s'essuya les mains sur son jean et s'approcha du corps avec précaution afin, cette fois-ci, de ne pas tacher ses Converse javellisées. La victime était de toute évidence un homme. Il était nu et avait le corps recouvert de centaines de piqûres dont s'échappaient des gouttes de sang séché.

— Vous connaissez la blague de l'aventurier qui se fait enlever par une tribu dans la jungle ? demanda-t-elle en se tournant vers McDonald.

— J'y crois pas, Crispies, vous allez me raconter une blague ?

— Vous allez voir le rapport. C'est l'histoire d'un aventurier, donc, qui se fait enlever. Les sauvages le mettent dans une marmite avec de l'eau qui est en train de chauffer. « Vous allez me manger ? » demande-t-il. « Non, nous ne sommes pas cannibales. Nous allons juste vous dépecer et avec votre peau nous ferons une belle pirogue. Mais avant, si vous avez une dernière volonté… » « Je voudrais une fourchette », répond l'aventurier après une minute de réflexion. On la lui donne sans comprendre sa demande. Et l'homme de se planter la fourchette dans les bras, dans le ventre, dans les jambes tout en hurlant hilare « Voilà ce que j'en fais de votre pirogue, bande de malades ! »

Le shérif la regarda sans rien dire.

— Que faisait une fourchette dans une tribu de sauvages ?

— Mon Dieu, McDo, ce que vous pouvez être psychorigide. C'est une blague !

— Je vous rassure, Crispies, ce n'est pas une tribu de sauvages qui lui a fait ça.

— Comment est-ce arrivé ? demanda-t-elle redevenant sérieuse.

— C'est une famille qui l'a trouvé ce matin, expliqua le shérif. Le gentil pique-nique au bord du lac s'est vite transformé en épisode des *Experts*. On dirait qu'un essaim de guêpes lui est tombé dessus.

— Ou une séance d'acupuncture qui aurait mal tourné, supposa Agatha. S'ils ont découvert le corps ce matin, pourquoi venons-nous à peine d'en être avisés ? (Elle regarda sa montre.) Il est 7:00 p.m. !

— Parce que cette bonne famille vient à peine d'appeler le 911. Ils ont pensé que s'ils prévenaient la police ce matin, ils devraient renoncer à leur pique-nique, que la police les chasserait, établirait un périmètre de sécurité, interdirait l'accès aux lieux, etc. Alors ils ont profité de la journée, joué au ballon, se sont baignés, ont batifolé dans l'eau, ont mangé leurs sandwichs, bronzé un petit peu puis ont appelé les urgences juste avant de partir. Le civisme des gens me surprendra toujours.

— Vous voulez dire qu'ils ont passé leur journée à côté de… ça ? (Elle montrait l'homme transformé en passoire.) Et qu'est-ce qu'ils ont dit aux enfants ?

— Je ne sais pas, quelque chose comme « attention aux guêpes », peut-être, ou « ne jouez pas avec les fourchettes »…

— Il me fait penser au *Dormeur du val*.

— Je ne connais pas cette affaire.

— C'est un poème de Rimbaud.

Le shérif fit un pas en arrière pour avoir une meilleure vue de la scène.

— Aucune trace autour de John Doe, nota-t-il, excepté celles de pneus du véhicule de la famille qui l'a découvert.

Aux États-Unis, John Doe était le nom que l'on donnait aux corps non identifiés si l'on ne voulait pas trop se creuser les méninges, preuve que McDonald n'avait pas trouvé de papiers sur le cadavre. Et n'avait pas une grande imagination.

— C'est comme si le corps était apparu là, comme ça, reprit-il. Comme si une soucoupe volante l'avait largué avant de repartir dans l'espace. Ne notez pas ça, Crispies, c'est juste une manière de parler.

Agatha leva son stylo.

McDonald se baissa, ramassa une poignée de terre, tria les aiguilles de sapins des miettes de donut et s'appliqua à les mettre dans un petit sachet en plastique transparent.

— Pour une fois, je ne peux que vous donner raison, il y avait bien des miettes de donut au chocolat sur la scène de crime avant que vous arriviez. Du Locard tout craché.

Edmond Locard était le Français qui avait fondé le premier laboratoire de police scientifique au monde, en 1910. Son célèbre principe d'échange stipulait qu'un individu laisse toujours des traces de son passage sur le lieu d'un crime et emporte, lorsqu'il repart, des éléments de ce lieu. En l'occurrence, l'assassin avait laissé des miettes de son donut et était reparti avec des aiguilles de pin et de la boue du lac sous les semelles…

— Vous pensez que ce sont les pique-niqueurs qui ont fait le coup ?

— Non, la famille nous a certifié n'avoir mangé que des boulettes de *koubba au boulgour*. Pas de donut.

— Qu'est-ce que c'est que ce truc ? C'étaient des étrangers ?

— Des Irakiens.

— Je comprends mieux pourquoi le cadavre ne leur a pas coupé l'appétit. Ils sont habitués, ils sont toujours en guerre.

— Je vais faire analyser ces miettes afin de déterminer leur origine. Pour une fois qu'on a une piste.

— Ne vous fatiguez pas, Macintosh. Ce sont des Trou Divin.

Le policier la regarda, ébahi, la perspicacité de sa collègue lui faisant oublier la mauvaise prononciation de son nom.

— Ne me dites pas que vous pouvez identifier une marque de donut rien qu'en voyant des miettes ?

— Tout comme je peux identifier la marque d'une fringue d'un seul coup d'œil. Mais en ce qui concerne ces miettes-là, je n'ai pas de mal à savoir d'où elles viennent, ce sont les miennes. L'été, je viens presque tous les après-midi au lac. Je m'allonge en monokini sur ma serviette de plage et je prends le soleil en lisant. Hier j'étais sur *Le Mystère de la chambre jaune* pour les besoins de l'enquête.

L'homme la regardait, les yeux écarquillés.

— J'essaie de vous imaginer en… monokini.

Agatha sourit.

— N'essayez pas, cela dépasse votre imagination, dit-elle confiante en sa beauté.

— C'est exactement ce que je me disais, dit-il, horrifié, ça dépasse. Vous étiez donc là hier ?

— Ici même.

— Jusqu'à quelle heure ? demanda McDonald en s'apprêtant à reporter la réponse sur son Moleskine.

— J'hallucine, vous m'interrogez ?

— Simple curiosité.

— Quand le soleil se couchait, un peu comme maintenant.

— 7:00 p.m. donc. Et vous n'avez rien vu de bizarre ?

— McDo, je suis lieutenant de police, si j'avais vu quelque chose de bizarre, je m'y serais intéressée de plus près, vous ne croyez pas ?

— Bien sûr, suis-je bête. Quelquefois j'oublie que vous êtes policière…

— Salut les vivants ! lança une voix derrière eux.

Tous deux se retournèrent pour voir le légiste arriver, frais et gai, balançant sa petite mallette noire à la main comme un enfant heureux d'aller à l'école. Voir des êtres vivants était pour lui synonyme de grande joie, lui qui passait le plus clair de son temps avec des cadavres.

— Alors, qu'est-ce qu'on a cette fois-ci ? Ah, oui, bon, celui-là, au moins, c'est pas du steak haché. C'est le stade précédent. Qui est-ce ?

— John Doe, répondit Agatha.

— John Doe ? demanda le légiste. Je vois, cadavre non identifié.

Le médecin s'agenouilla et sortit le stéthoscope de sa trousse. Il balaya les mouches d'un revers de la main et le posa avec délicatesse en plusieurs endroits sur la poitrine, les bras, le cou, faisant suppurer et cracher le sang qui se trouvait dans chaque plaie boursouflée. Il souleva le corps, l'examina, enfonça un thermomètre dans son anus, ce qui provoqua un petit craquement de chair flasque assez désagréable, avant de se retourner vers les policiers, un air grave sur le visage.

— Il est mort.

Où l’on apprend
de quoi est mort John Doe

— Pour l’instant, reprit le légiste, je peux vous dire que le décès remonte à (il calcula) avant-hier soir, entre 8:00 p.m. et 10:00 p.m.

Le shérif fronça les sourcils.

— Vous êtes venue bronzer ici aussi il y a deux jours, Crispies ?

— Oui, soupira Agatha. Et je n’ai rien vu non plus. Je devais être un peu plus loin sur la rive. Tous les sapins se ressemblent et je ne suis pas botaniste, si vous voyez ce que je veux dire.

— Je vois, je vois. Et ces miettes de donut alors ?

— Elles sont bien à moi mais si elles ne sont pas d’hier ou d’avant-hier, elles sont de la semaine dernière. McDo, je mange des donuts tous les jours !

— Et c’est bien ce qui vous perdra, assena le médecin. Bien, en ce qui concerne la cause, on dirait qu’une équipe olympique de fléchettes tout entière l’a pris pour cible.

— Le lancer de fléchettes est une discipline olympique ? demanda McDonald interloqué avant de nettoyer les verres de ses lunettes sur sa cravate.

— Des fléchettes ? répéta Agatha.

— Non et oui.

— Qu'est-ce que cela veut dire ?

— Non, les fléchettes ne sont pas une discipline olympique et oui, j'en suis sûr.

Il brandit un dard qu'il venait de trouver dans l'une des plaies du mort. À l'extrémité, il y avait une petite plume jaune identique à celle des dards qu'utilisaient les gars du groupe opérationnel du commissariat.

— Les fléchettes sont nées dans un pub anglais. Au début, on pensait qu'atteindre le centre de la cible relevait juste de la chance. Cependant, un aubergiste de Leeds démontra en 1908 que c'était une affaire d'adresse. Vous avez raison, elles devraient être représentées aux jeux Olympiques, au même titre que le tir à l'arc. Les joueurs de fléchettes sont de vrais athlètes qui s'entraînent tous les jours, entre quatre et cinq heures. C'est pas évident avec une chope de bière de plusieurs kilos dans l'autre main.

— Vous avez l'air d'en savoir pas mal sur ce jeu, dit Agatha, suspicieuse.

— Je suis d'origine anglaise, se justifia Scholl.

— Comme tous les Américains, ironisa McDonald. Enfin, presque…

Les deux hommes se tournèrent vers la policière.

— Eh, dites donc, le Ku Klux Klan ! Le soir, vous vous mettez une cagoule blanche sur la tête et vous allumez des bûchers aux quatre coins des bois ou quoi ?

À ce moment-là de l'histoire, elle n'imaginait pas être aussi près de la vérité.

— Je suis américaine depuis trois générations, continua-t-elle. Minimum ! Et puis McDonald, ça fait plus porteur de jupe que mangeur de fish and chips !

— Oui, je suis écossais, reconnut le shérif. Et on n'appelle pas ça une jupe mais un kilt.

— Pour revenir à notre cadavre, continua Agatha, si on l'avait pris pour cible, comme vous dites, on l'aurait attaché à un arbre et on lui aurait jeté les fléchettes dessus. Or il n'a pas de traces de liens aux poignets.

— C'est vrai, remarqua le coroner. C'était juste une expression. En réalité, on a assené de violents coups à la victime, à bout portant, la fléchette bien en main, à plusieurs reprises, à la manière d'un couteau, de haut en bas. Un véritable acharnement. Une véritable envie de tuer. Parce que pour tuer quelqu'un avec une fléchette, il ne faut pas manquer de volonté ! Oh, attendez.

Il fronça les sourcils. Il avait toujours ses doigts gantés plongés dans les plaies purulentes et semblait avoir trouvé quelque chose.

— Je me suis trompé. Les blessures causées par les fléchettes ont été provoquées *a posteriori*.

— *A posteriori* ? s'étonna le shérif.

— Après la mort, quoi.

— Je sais ce que signifie *a posteriori*, se défendit McDonald.

— Au moins un jour après la mort, précisa le docteur. Donc hier soir.

Agatha se frotta la tête, perplexe.

— Vous voulez dire qu'on l'a assassiné avant-hier et qu'on a remis cela hier soir ?

— De l'acharnement, je vous disais.

— C'est incroyable. Pourquoi aurait-on fait cela ?

— Ça, c'est à vous de le trouver ! s'exclama le médecin avant de se relever et de jeter ses gants sales dans la mallette. Je vous fournirai mon compte rendu définitif après autopsie.

Il rangea son matériel, délivra le certificat de décès et prit congé dans un grand sourire avant de disparaître dans la forêt de sapins.

— Vous finissez quand votre service ? demanda McDonald en regardant l'horizon lorsqu'ils furent à nouveau seuls.

Le soleil se couchait de l'autre côté du lac et de Tortilla Peak, donnant aux nuages une lueur orangée magnifique, et à la scène un romantisme sans égal.

— Quand je veux. Pourquoi ?

— J'aimerais vous inviter à dîner.

— Pour quoi faire ?

— Pour… dîner.

Ils le savaient tous les deux. Il n'y avait rien de mieux qu'un bon cadavre pour vous ouvrir l'appétit.

— D'accord. J'espère juste que vous ne comptez pas m'inviter au McDo, McDonald.

Où McDonald et Crispies dînent dans un restaurant qui n'est pas un McDo mais qui n'est pas un grand restaurant non plus

PizzIkea était un établissement d'un nouveau genre situé dans l'une des rues les plus commerçantes de Woodville. Le client traversait d'abord un immense show-room dans lequel d'appétissantes pizzas étaient mises en scène dans de fausses cuisines peuplées de fausses familles de mannequins, puis il descendait, salivant, un grand escalier qui menait au sous-sol. Là, il pouvait se servir, un par un, les différents ingrédients qui composeraient la pizza de son choix. La Markaritå, la Kwattrø Formåggi, la Pepperøni, entre mille autres délices.

La pizza en kit. C'était là le nouveau concept révolutionnaire et ludique inventé par des Italiens d'origine suédoise que le monde entier s'arrachait dorénavant.

— Fléchettes, flèche, flash, appareil photo, énonça Agatha alors qu'elle montrait du doigt au serveur la pizza qu'elle avait choisie.

— C'est reparti ! s'exclama McDonald. Votre technique Crispies ?

— Celle de mon père, corrigea-t-elle en notant le mot appareil photo sur son Moleskine rouge.

— Remarquez, je ne serais pas étonné si, un jour, cela fonctionnait. À dire tout et n'importe quoi, on tombe forcément à un moment donné sur la bonne solution.

Elle préféra passer sous silence que ses premières déductions s'étaient révélées positives avec le bûcheron et le cheval. Elle n'était pas du genre à se vanter.

— C'est marrant que vous disiez cela. Vous connaissez la théorie des singes de Shakespeare ?

— J'ignorais que Shakespeare avait des singes.

— Ce que vous êtes drôle ! Balzac vous aurait adoré ! s'exclama-t-elle sans plus de précision. Ce ne sont pas *ses* singes. Des mathématiciens ont établi un théorème qui stipule que si l'on mettait une infinité de primates devant des machines à écrire et qu'on les laissait taper n'importe quoi pendant des années, ils écriraient « presque sûrement » un jour un texte comme *Hamlet*. C'est ce que l'on nomme le paradoxe du singe savant.

— Je ne sais pas pourquoi on s'ennuie à mener des enquêtes policières si des singes peuvent le faire ! Avec en plus la « presque certitude » qu'ils trouveront l'assassin un jour !

— Ça c'est dans la théorie, tempéra Agatha. En vrai, des scientifiques ont tenté l'expérience. Les singes ont défoncé les machines à écrire à grands coups de pierres et ont déféqué dessus. On est loin de la poésie d'*Hamlet* !

Ils éclatèrent de rire.

Le serveur leur donna une boîte à chacun contenant les ingrédients de la pizza de leur choix et les laissa s'installer à une table. Une fois assise, Agatha se plongea dans la notice de montage alors que McDonald fabriquait sa pizza sans aide.

— Ah, les hommes, dit-elle lorsque celui-ci bloqua sur l'assemblage des tomates sur la pâte cuite. Vous croyez tout savoir.

Elle planta les champignons, le jambon, la mozzarella et s'aperçut qu'il lui manquait une tomate.

— C'est pas vrai ! Il manque toujours quelque chose dans leurs foutus kits.

McDonald, qui en avait une en trop, la lui offrit de bon cœur. Ils mirent leur pizza dans un petit four. Au-dessus d'eux, dans les haut-parleurs, une musique entraînante résonnait.

— Pour une fois que ce n'est pas de la country, dit-elle. C'est le nouveau single d'Adele ?

— Celui d'il y a cinq ans.

— Oh, cela fait tant de temps que ça que je suis à New York, Colorado ? s'exclama-t-elle, songeuse.

Ils sortirent leur pizza du four et rejoignirent leur place à table pour la déguster.

— Vous êtes d'où, Crispies ? Vous n'êtes pas d'ici, c'est sûr. Vous avez une modernité, une fraîcheur… Vous venez d'une grande ville, n'est-ce pas ?

— Ça se voit tant que ça ? s'enthousiasma Agatha qui prenait cela pour un compliment.

On ne l'avait pas autant flattée depuis qu'un videur d'une boîte à la mode de Manhattan ne l'avait pas laissée entrer sous prétexte qu'elle était trop jeune. Il s'agissait en réalité d'un salon dansant pour le troisième âge.

— Non, en fait, on ne voit pas trop de Noirs dans le coin, assena McDonald.

Il but une gorgée de sa bière, guettant la réaction de son interlocutrice par-dessus son verre. Mais Agatha continua de mâcher son morceau de pizza. La seule différence entre eux n'était pas une histoire de couleur, mais de culture. Le shérif était peut-être blanc, il n'en demeurait pas moins un plouc. Elle venait de la grande ville. Pour les gens d'ici, elle venait du futur. De cette partie des États-Unis où l'on pouvait réchauffer la nourriture dans un micro-ondes ou changer les chaînes de la télévision avec une télécommande.

— Je viens de New York, côte Est.

— Qu'est-ce que vous faites ici ? Au fin fond de l'Amérique ?

— J'ai été mutée. De manière disciplinaire. À moins de travailler pour le FBI, qui a une compétence fédérale, c'est-à-dire partout dans le pays, les autres polices, comme la mienne, ou la vôtre, sont locales et dépendent d'une ville. Votre plaque ne vous donne pas le droit de travailler ailleurs. Ma plaque ne vaut donc que pour la Metropolitan Police de New York, puisque c'est là que j'ai passé les examens d'admission. La seule solution qu'ils ont trouvée pour ne pas me virer, car mon père était une légende, c'est New York, Colorado… Littéralement, je travaille donc toujours pour la Metropolitan Police de New York ; New York, Colorado, ou New York, New York, n'étant spécifié nulle part. C'est une espèce de faille légale. Pas de changement de statut administratif, de plaque, de rien du tout, juste un changement géographique. Malin, non ?

— Pourquoi voulait-on vous virer, Crispies ? Pour votre incompétence ?

— Je savais que vous diriez cela. À la suite d'une affaire. Peut-être en avez-vous entendu parler, quoique je ne croie pas que cette histoire soit arrivée jusqu'ici. Du moins, j'espère. Je me suis déjà sentie assez humiliée comme cela. L'affaire du tueur au stylo Bic bleu.

— L'affaire du tueur au stylo Bic bleu ? Jamais entendu parler.

— Vous voulez que je vous raconte ?

Il en mourait d'envie.

La mystérieuse affaire de stylo[1]

Le premier mot que prononça l'officier de police Agatha Crispies lorsque le médecin légiste retourna le corps du jogger n'en fut à proprement parler pas un.

— Grumpppffff, bafouilla-t-elle en crachant des morceaux entiers de son donut au chocolat qui atterrirent dans la grande mare de sang qui venait de s'étendre à ses pieds comme une tache de vin sur le front d'un politicien russe.

Elle s'écarta rapidement. Même en cumulant tous les cadavres qu'elle avait croisés durant ses dix années de loyaux services dans la Metropolitan Police de New York, et cela en faisait un sacré paquet (ou un sacré charnier !), la femme n'avait jamais vu autant de litres de sang répandus sur le macadam. Elle ne pensait pas, d'ailleurs, qu'un corps humain puisse en contenir autant. Le sien, à la rigueur, mais le petit corps de marathonien anorexique de cet homme qui gisait à ses pieds… Non, c'était impensable.

1. Les connaisseurs auront reconnu une allusion à *La Mystérieuse Affaire de Styles*, premier roman d'Agatha Christie et première apparition d'Hercule Poirot.

L'océan rougeâtre, qui avait été contenu jusque-là par le poids du cadavre sur le sol, se faufila jusqu'à elle, glissant le long du talus, et elle dut sauter sur le côté pour ne pas tacher le tissu de ses Converse roses favorites.

— Il a un énorme trou de balle au bas du dos, conclut le médecin, affichant un air grave.

— Oh, la belle affaire ! s'exclama la policière en croquant à nouveau dans son donut. Comme nous tous, quoi !

— Celui-là est un peu plus gros que la moyenne, précisa l'homme.

— Chacun ses préférences, dit la policière, satisfaite d'avoir deviné l'orientation sexuelle de la victime à la seule vue du petit short combi noir moulant qu'il portait.

— Non, je ne parle pas de *ce* trou, corrigea le légiste. Je parle de celui-là.

Et il désigna de son index ganté une plaie au niveau des lombaires.

— Qu'est-ce qui a pu provoquer une telle blessure ? demanda Agatha.

Le médecin dodelina de la tête, perplexe. C'était un homme, et comme tous les hommes, il avait du mal à avouer qu'il n'en avait aucune idée.

La policière dodelina de la tête à son tour, comme pour dire « je comprends », ou « je comprends qu'étant un homme vous ayez du mal à reconnaître que vous ignorez certaines choses ».

— Un trou de balle, je pense, conclut-il alors afin de ne pas passer pour un ignorant.

— Vous ne pouvez pas dire « impact de balle », docteur ?

— Un impact de balle, lieutenant.

— Bien, bien… murmura-t-elle avant de commencer à tourner autour du cadavre.

Avant qu'elle n'entame le quatrième tour, le médecin se releva.

— Vous ne pourriez pas arrêter votre danse de la pluie ? Vous me donnez le tournis et je n'ai pas eu le temps de déjeuner ce matin.

Absorbée par ses pensées, Agatha ignora les paroles de l'homme et continua son manège, car marcher l'aidait à penser. Il y avait une demi-heure qu'elle était arrivée sur la scène du crime et elle n'avait toujours rien noté sur son carnet Moleskine neuf. C'était mauvais signe. Elle n'avait même pas enlevé l'emballage en plastique. Aucun indice. Pas d'arme à feu à proximité, un corps non identifié (car on ne prend pas sa carte d'identité pour aller courir), aucune trace d'une tierce personne autour de la victime, pas de mégots de cigarettes, pas de motif. Rien. Juste quelques miettes de donut au chocolat.

— L'assassin mange des donuts au chocolat, dit-elle, satisfaite, en signalant les miettes éparpillées autour du cadavre.

— Ce sont les vôtres, lieutenant.

— Oh. Bien sûr, bien sûr…

La policière fit encore un tour.

— Il y a quelqu'un qui l'attend chez lui, assena-t-elle alors.

— Pourquoi vous dites cela ?

— Parce qu'il n'a pas de clef sur lui. Cela signifie que sa femme, ou son mec, à en juger par le petit short combi noir moulant, se trouve à son domicile, ajouta-t-elle sans arrêter de tourner autour du cadavre.

— Bonne déduction, mais cela ne vous avance pas. Il pourrait habiter partout. New York est grand.

Le médecin signalait de son bras l'étendue des arbres de Central Park et la cime blanche des immeubles de luxe qui en émergeaient.

— Il n'a pas de carte de métro non plus. Il ne vit donc pas très loin.

Peut-être devrait-elle passer le quartier au peigne fin et faire du porte-à-porte. Cela lui prendrait quelques années mais elle finirait bien un jour, c'était statistique, par frapper à la bonne porte, celle d'une veuve éplorée, ou d'un veuf éploré plutôt, si l'on se fiait au short combi noir moulant de la victime, et elle apprendrait alors l'identité du coureur, ce qui permettrait d'avancer dans l'enquête.

Le crime de ma vie, pensa Agatha. Mon passeport pour le grade de capitaine. Et alors qu'elle allait entamer son dixième tour, et que le médecin était sur le point de rendre son dîner de la veille, elle s'arrêta d'un coup, semblant avoir vu quelque chose. Elle attrapa le pied du jogger par la pointe de sa chaussure de sport et l'amena à elle comme l'on examine le sabot d'un cheval. La *rigor mortis* ayant opéré, la jambe se plia non sans résistance, avec un petit craquement d'os de poulet.

Son visage s'illumina. La réponse était là. Devant ses yeux.

Quelqu'un avait griffonné au stylo Bic bleu, sur la semelle lisse des baskets de la victime, une suite de chiffres sans logique apparente. Excitée comme une *fashion victim* devant une paire de Louboutin en solde, la policière ouvrit enfin de son long ongle verni bordeaux 346 Chanel l'emballage en plastique de son Moleskine pour en recopier la séquence.

*

La première chose que fit Agatha Crispies en arrivant dans son bureau fut de piocher un donut au chocolat dans la corbeille posée à côté de son ordinateur avant même de ranger son pistolet dans le tiroir.

Puis elle s'assit confortablement sur le coussin à fleurs non administratif posé sur son fauteuil administratif et se mit à pianoter sur le clavier. Maudite paperasse, pensa-t-elle. Tout en écrivant, elle se demandait à quoi pouvait bien correspondre la suite de chiffres écrite sur la semelle du mort. Il était évident que le criminel avait voulu laisser une piste, mais laquelle au juste ?

Agatha croqua dans son donut. Si elle devait trouver un inconvénient au fait d'être noire c'était bien celui de ne pas pouvoir distinguer les taches de chocolat sur ses doigts. Du moins, avant qu'elle ne salisse les touches du clavier.

Merde ! s'exclama-t-elle, lorsque la lettre Q de son clavier disparut sous une trace de liquide noir.

— Tu déteins ? lança son collègue avant de s'esclaffer.

Qu'est-ce qu'il peut être stupide, celui-là, pensa-t-elle. Puis elle tira un Kleenex d'une grosse boîte, le mouilla de salive imbibée de chocolat et frotta la touche qui devint plus noire encore. Elle continua d'écrire ainsi son rapport jusqu'à la pause déjeuner.

À 1:00 p.m., elle piocha le troisième donut au chocolat de la journée, l'emballa dans un mouchoir en papier et se rendit à la cafétéria. Là, elle fit la queue au self-service, prit un hamburger, un verre taille XXL de Coca-Cola, et une salade de carottes râpées pour se donner bonne conscience. Elle était actuellement au régime. Puis elle alla s'asseoir à sa place préférée, juste en face de la baie vitrée qui surplombait la ville. À cette heure-ci, il n'y avait encore personne. Les patrouilles du matin revenaient vers 1:30 p.m. au poste.

Elle versa la vinaigrette sur sa salade et but une gorgée de Coca-Cola tandis qu'elle posait sur la table son nouveau carnet Moleskine. C'était sa marque préférée. Celle d'Hemingway aussi.

0112003589.

Elle lut plusieurs fois la suite de chiffres. L'assassin voulait jouer avec elle. Il ne serait pas déçu.

Lui revint alors en mémoire la période où elle préparait l'examen pour entrer dans la prestigieuse Metropolitan Police de New York et toutes ces heures qu'elle avait passées à plancher dans sa petite chambre sur ces maudits tests psychotechniques.

Comme dans les tests mathématiques, elle essaya d'identifier une suite logique. Elle était bonne à ce petit jeu. Elle se concentra. Il fallait additionner le deuxième chiffre, 1, au premier chiffre, 0, pour avoir le troisième, 1, puis le deuxième et le troisième pour donner le quatrième, 2, puis ôter 2, ce qui donnait 0 et puis… c'était n'importe quoi.

Finalement, elle n'était pas si bonne à ce petit jeu. Elle s'arma de patience et tritura les chiffres dans tous les sens, utilisant pour cela cinq pages de son calepin. Au bout de quelques minutes, elle se dit qu'il s'agissait peut-être d'un numéro de sécurité sociale, de mutuelle, de passeport. Il pouvait s'agir en effet de beaucoup de choses. Découragée, elle remit son régime à plus tard, finit son hamburger, et laissa la salade de côté puis sortit de sa poche le donut au chocolat. Son cerveau manquait cruellement de sucre.

*

Tout au long de l'après-midi, Agatha passa en revue les bribes d'informations dont elle disposait.

Et mangea six donuts au chocolat.

Un jogger vêtu d'un petit short combi moulant noir, et de chaussures de sport à la semelle biffée d'un coup de stylo Bic bleu, un trou béant au bas du dos, un petit arbuste dans Central Park derrière lequel on avait trouvé le corps, une heure approximative de décès remontant à la veille au soir, voilà tout ce dont elle disposait.

Elle cala son gros postérieur sur le coussin à fleurs et décida d'adopter la méthode Crispies, qui consistait à prendre chaque élément en notre possession et à noter tout ce qui vous passait par la tête, absolument tout. Son père avait résolu de la sorte de nombreux cas réputés insolubles.

• Un short moulant noir (Gay ? Aime le noir ? Aime les Noirs ? Aime les moules ?)

• Un maillot jaune (Cocu ? Cycliste ? Aime la moutarde ? Aime le jaune d'œuf ? Élève des poussins dans sa maison de campagne ?)

• Une séquence de chiffres écrite au stylo Bic bleu sur la semelle de l'une de ses chaussures de sport (Mathématicien ? Aime le bleu ? Aime les Schtroumpfs ? Écrit par l'assassin pour donner une piste ? Pour égarer ? Écrit par la victime pour donner une piste sur l'identité de son meurtrier ? Pour égarer ? Écrit par un passant ? Quel intérêt ? J'ai faim, il me faut du sucre, je mangerais bien un donut au chocolat, mince le panier est vide.)

Agatha s'arrêta de noter. Elle réalisa que l'exercice d'écriture automatique était allé trop loin. Au lieu de s'éclaircir, les pistes allaient dans tous les sens et le mystère s'épaississait. Elle raya « Élève des poussins dans sa maison de campagne ? » puis retourna le panier, comme si elle s'attendait à y trouver un donut collé dessous. Déçue, elle se remit au travail.

• Un trou béant au bas du dos (Un coup de feu ? Un coup de couteau ? Un coup de poing de Chuck Norris ? *Le Dormeur du val* de Rimbaud ? Un trou d'aération ?)

• Un arbuste dans Central Park (Un arbuste dans Central Park ? Un arbuste ? Central Park ?)

• Heure supposée du décès : 10:30 p.m. (heure de New York ? Heure de Londres ? Heure de Tombouctou ?)

Agatha regarda son œuvre. Un Picasso. Le talent en moins. Peut-être que la technique de son père n'était pas si bonne que cela après tout. Ou qu'elle manquait de pratique.

Gay aimant le jaune d'œuf, tué par Rimbaud sous un arbuste de Central Park à l'heure de Gaza, synthétisa-t-elle. Ce serait un bon titre pour un bouquin de Katherine Pancol, mais pas une solution pour un meurtre.

Bon, il était temps de se rendre à l'évidence, elle n'avait aucune piste. Il était surtout temps de descendre et d'aller acheter un panier de donuts au chocolat au Starbucks du coin.

*

Plus elle mangeait de donuts, plus son postérieur prenait des proportions démesurées et moins il entrait dans le fauteuil administratif. Il lui faudrait rapidement passer capitaine afin de disposer d'un siège un peu plus grand. L'ancienneté, liée à la consommation extrême de donuts au chocolat chez les policiers, donnait droit à des fauteuils de plus en plus larges selon les grades, le plus énorme (de cul et de fauteuil) étant celui du commissaire.

Elle se souvenait du jour où son père l'avait emmenée au commissariat, alors qu'elle n'était encore qu'une jeune obèse, pour lui montrer quelque chose d'important. Pas la glace, comme Aureliano Buendía dans *Cent ans de solitude*, ou le cimetière des livres perdus, comme Daniel Sempere dans *L'Ombre du vent*, mais le coussin à fleurs de John Crispies.

— Tu vois, ma chérie, lui avait-il dit avec un sourire malicieux, ce coussin sera un jour à toi. Oh, tu le trouveras ringard, tout comme moi quand ta mère me l'a offert pour mon entrée au service, mais tu te souviendras toujours, quand je ne serai plus là, que c'était le coussin de ton père, Mister Chocolate, le coussin qui a réchauffé ses petites fesses de capitaine pendant dix ans alors qu'il résolvait de grandes affaires criminelles, et qui réchauffera un jour les tiennes, Miss Chocolate, si tu te décides à suivre mes pas. Enfin, mes fesses.

Quelques années plus tard, ce jour était venu. Ce coussin à fleurs, aux coutures usées et aux motifs délavés, était maintenant à elle. Une larme glissa sur sa joue d'ébène, qui luisit un instant comme le joli nacre d'une huître, avant de venir s'écraser sur le panier de donuts au chocolat qu'elle tenait dans les mains. Elle deviendrait elle aussi une grande capitaine de la police de New York. De là-haut, son père serait fier d'elle.

Elle s'approcha de la caisse du Starbucks et tendit quelques billets pendant qu'elle repensait à son enquête et aux mystérieux chiffres gribouillés sur la semelle de sa victime. À force de les triturer dans tous les sens, elle les avait appris par cœur. Et comme elle avait son portefeuille ouvert dans la main, elle jeta un coup d'œil à sa carte d'assurée sociale. Non, la séquence ne correspondait pas à celle d'un numéro de sécurité sociale américain. D'ailleurs, la sécurité sociale américaine était un mythe…

Peut-être lui manquait-il un indice important qu'elle n'aurait pas vu, un indice nécessaire pour déchiffrer le code ? *0112003589.* Elle se rendrait ce soir à la morgue avant de rentrer chez elle. Elle en profiterait pour demander les conclusions de l'autopsie. Et elle récupérerait les vêtements de la victime avant qu'on ne les brûle ou ne les jette à la poubelle. Avant qu'elle ne croise dans la rue un vagabond arborant avec fierté les baskets neuves d'un cadavre et le joli petit short combi noir moulant.

*

Agatha arriva à la morgue à 7:30 p.m.

Le trafic avait été dense et l'avait amenée à passer ses nerfs sur quatre donuts au chocolat. Elle mangeait des donuts comme d'autres fumaient des cigarettes. Tant que l'on ne mettrait pas des photos de femmes obèses afro-américaines sur les paquets de donuts, avec la mention MANGER DES DONUTS TUE ! ou MANGER DES DONUTS NUIT GRAVEMENT À VOTRE FORME (ET CELLE DE VOS FESSES !) la menace demeurerait virtuelle, et la prévention, vaine.

— Bonsoir, lieutenant Crispies, lança le médecin légiste en voyant la femme entrer dans son cabinet.

— Bonsoir, docteur, vous vous êtes remis de cette matinée ? lui demanda-t-elle.

— J'ai vomi et j'ai pris un bon petit déjeuner, tout va bien.

— Bien, bien. Alors ?

— Les baskets sont neuves, dit l'homme.

— Pardon ?

— Ses baskets sont neuves. Je pensais que cela pouvait vous intéresser.

— Oui, enfin, pas la peine de charcuter un cadavre pour conclure que ses chaussures sont neuves, non ? C'est plutôt le trou qui m'intéresse.

— Le trou de balle ?

— *L'impact* de balle, docteur.

— Oui, eh bien, il ne s'agit pas d'un trou de balle, ou d'un impact de balle, comme vous dites. Ce n'est qu'une plaie due à… une branche d'arbre.

— Pardon ?

— Une branche d'arbre.

— En êtes-vous sûr ?

— J'ai retrouvé de minuscules morceaux d'écorce dans la plaie. Si vous retournez sur les lieux du crime et que vous cherchez bien, je suis sûr que vous pourrez mettre la main sur la branche. Il devrait encore y avoir du sang à son extrémité.

— Et comment il a pu se retrouver avec cette branche d'arbre dans…

— Dans les fesses ?

— Dans le bas du dos.

— Eh bien, là, je sèche. Comme la branche d'arbre ! Ah ah !

L'homme éclata de rire.

Voyant que la policière n'appréciait guère son humour, il reprit son sérieux.

— Faut-il conclure à un suicide, docteur ? demanda-t-elle. Parce que ce serait embêtant pour mon avancement.

— Difficile, étant donné la position de la plaie. Mais pourquoi pas un accident ?

— Un accident ? répéta Agatha, déçue et horrifiée à l'idée de voir son grade de capitaine et son gros fauteuil s'éloigner. C'est tout aussi embêtant. Je rêve d'un bon gros tueur en série, vous comprenez. Il y va de ma carrière. Et de mon fauteuil…

— Je comprends, mais je vais vous dire comment, selon moi, tout s'est passé. À mon humble avis, le pauvre bougre faisait son jogging hier soir quand il a dû tomber dans le talus, fesses les premières. Il s'est empalé sur une branche d'arbre qui a cassé sous son poids et a roulé plus loin. L'homme, caché derrière les arbustes, s'est vidé de son sang toute la nuit sans que personne ne le voie et ne puisse lui prêter secours. Voilà, c'est aussi simple que cela, mais libre à vous d'imaginer un sordide empaleur de joggers en série !

— Et le numéro sur la semelle, alors ?

Le légiste haussa les épaules.

— Je n'en ai aucune idée. C'est vous la policière.

— Exactement ! Et vous savez ce que je pense, moi ? C'est que tout cela n'est pas un accident. Nous avons affaire à un assassin très intelligent qui veut jouer avec moi en me délivrant des énigmes mathématiques. Vous pouvez en croire mon expérience, il ne va pas s'arrêter à ce seul crime, docteur. C'est le profil d'un tueur en série qui vient de commencer à prendre goût au meurtre. Vous n'avez pas fini d'entendre parler du tueur au Bic bleu et de la lieutenant Agatha Crispies, se convainquit-elle.

Disant cela, elle considéra son grade de capitaine et son gros fauteuil à nouveau plus accessibles. La policière sortit alors un donut au chocolat de sa poche et croqua dedans avec un air déterminé.

*

Quelques semaines auparavant, dans la banlieue de Colombo, Sri Lanka.

Accroupi sur le sol terreux, pieds nus, Chapkadi était en train de coller un morceau de tissu jaune à la semelle d'une basket. C'était le même geste qu'il répétait toute la journée, tous les jours, et pour lequel la grande marque de matériel sportif européenne le payait une poignée de roupies. Il fabriquait des chaussures mais marchait pieds nus parce qu'il n'avait pas assez d'argent pour s'en acheter. Quelle ironie !

L'enfant posa la basket sur un étal avec les autres et en prit une autre. Le travail à la chaîne durerait jusqu'au soir.

Un instant, le soleil se voila au-dessus de lui, comme si un nuage s'était arrêté devant. L'enfant releva les yeux et tomba sur deux magnifiques genoux. Il reconnut tout de suite cette peau toastée et douce. Son regard parcourut les jolies jambes, remonta la robe à fleurs, passa la poitrine naissante, se glissa sur le cou fin et s'arrêta sur le visage de Sidkaar.

— Salut, dit-elle de sa voix douce.

— Namasté, répondit-il, une basket et un pistolet à colle dans les mains.

À sa vue, chaque particule de son corps vibra. Il était follement amoureux de cette fille mais c'était la première fois qu'elle abandonnait son poste de travail pour daigner venir lui parler.

— Je n'ai plus de colle, dit-elle. Je voulais savoir si…

— Oh ! s'exclama-t-il en lui tendant son pistolet. Je te passe le mien.

— Et toi, comment feras-tu ?

— Je rangerai les chaussures sèches dans les cartons.

— Je m'appelle Sidkaar, dit-elle.

— Je sais, dit-il. Et moi, Chapkadi.

— Je sais, dit-elle.

Et ils rirent.

Ils se regardèrent, immobiles et silencieux.

— Ça te dirait de sortir ensemble ce week-end ? proposa le jeune Sri-Lankais dans un élan de courage.

Sidkaar, bien qu'ayant la peau toastée, rougit.

— Ça me dirait, oui, répondit-elle sans détourner le regard du pistolet à colle.

— Tu me donnes ton numéro de téléphone ? On ne sait jamais.

La jeune fille acquiesça de la tête et commença à réciter.

Affolé, Chapkadi attrapa le premier stylo Bic qui lui tomba sous la main et chercha un bout de papier. Comme il n'en trouva pas, il saisit la basket qu'il venait de coller et écrivit le numéro sur la semelle.

0112003589.

— À samedi alors, dit Sidkaar et elle tourna les talons, un sourire aux lèvres.

Le cœur frappant à tout rompre et les tempes bourdonnantes, l'enfant se remit au travail, l'esprit plein des sourires et des paroles de Sidkaar. Sans s'en rendre compte, il rangea la basket dont il venait de gribouiller la semelle dans le carton des chaussures qui partiraient le soir même à l'autre bout du monde.

Dans lequel on découvre que Peter Foster n'était pas si blanc que ça

— Votre mystérieux code, c'était un numéro de téléphone du Sri Lanka ! s'exclama McDonald en essuyant les verres de ses lunettes sur un pan de sa chemise blanche.

— C'est Shirouf Depak, notre seul fonctionnaire d'origine sri-lankaise qui a élucidé cette affaire. Oui, parce qu'il n'y a pas que des Noirs dans la police américaine, il y a aussi des Sri-Lankais, des Chinois, et même des Portoricains ! On l'appelait « Fakir », parce qu'avec son turban et ses piercings, il avait tout du charmeur de serpents. Et il n'y avait pas que les serpents qu'il charmait, d'ailleurs… Quand on voulait le charrier, on l'appelait « Œuf », « Œuf Depak », vous comprenez ? Bref, un jour qu'il se trouve dans mon bureau pour je ne sais plus quelle histoire, il tombe sur la séquence de chiffres que j'avais imprimée et épinglée au mur et me dit : « Ça, c'est un numéro de Colombo. » Je n'ai pas tout de suite compris. J'ai cru qu'il parlait de la série télé. « La capitale du Sri Lanka ! » m'a-t-il alors précisé. Je l'ai aussitôt pressé d'appeler. Il est tombé sur une fille qui attendait depuis deux mois l'appel d'un certain Chapkadi qui devait l'inviter à sortir un week-end. « Si vous le connaissez, lui a-t-elle dit, dites-lui que c'est un goujat, un mufle » et une dizaine d'autres noms d'oiseaux indiens, enfin, sri-lankais, que l'agent ne nous a pas traduits. Le numéro sur la semelle n'avait rien à voir avec la mort du jogger, contrairement à ce que j'affirmais, Shirouf Depak a reçu une promotion, et moi, j'ai été mutée à New York, Colorado. Tout ça à cause de *Columbo*. Je ne peux plus voir Peter Falk en peinture, maintenant… Et j'ai pris les impers en horreur !

Elle tiqua sur celui de McDonald.

— Quelle cruelle punition ! s'exclama-t-il sans même essayer de dissimuler le plaisir qu'il tirait de la situation.

— Guylaine Prely dit toujours *L'erreur est humaine. C'est pour cela qu'il y a des gommes au bout des crayons à papier.*

— Qui est Guylaine Prely ?

— La vendeuse de fournitures scolaires du village. Elle sort toujours de belles citations qu'elle attribue à de grands auteurs pour montrer qu'elle a de la culture mais tout le monde sait qu'elle les invente elle-même, la preuve, c'est qu'elle fait des anachronismes. La citation sur les gommes au bout des crayons, elle l'attribue à Platon ! Le crayon a été inventé en 1564… L'autre jour, elle m'a sorti : Comme disait Napoléon Bonaparte, *Le problème avec les citations que l'on trouve sur Internet, c'est que l'on n'est jamais sûr qu'elles soient authentiques…*

— Vous vous êtes retrouvée dans un drôle de village avec de drôles de zozos, ma pauvre Crispies.

— Bon, il y a quand même quelques avantages. C'est tranquille, il y a de beaux paysages. Ce n'est pas le stress des grandes villes. Ce que j'aime, c'est quand les jours sont longs, comme en cette période de l'année, qu'il y a toujours de la lumière à 9:00 p.m. J'adore lire dehors alors que le soleil se couche lentement derrière les montagnes.

— Vous êtes une romantique.

— Allez dire ça à mes ex, qu'ils rigolent !

— Et ça ne vous embête pas de faire les allers-retours depuis New York, Colorado, pour les besoins de l'enquête ?

— Ce n'est pas très loin mais la route est mauvaise et il n'y a que des virages. À pied, on met cinq minutes. En voiture, deux heures.

— Pourquoi vous ne venez pas à pied ?

— Pour la publicité ! Vous avez oublié ?

Elle se tourna vers la baie vitrée et regarda en direction de sa voiture. La Ford noire aux portières blanches avec le gigantesque donut sur le toit était garée sur le parking et éveillait l'intérêt des badauds.

— C'est vrai, suis-je bête…

Il mangea un morceau puis s'éclaircit la gorge.

— À propos, continua-t-il, j'ai consulté les fichiers. Peter Foster, notre premier cadavre, le steak haché, n'était pas blanc comme neige, si vous me permettez l'expression. C'était un flambeur.

— Un flambeur ?

— Il avait des trous dans les mains, enfin, de son vivant aussi, je veux dire. Un ludopathe, c'est bien comme ça qu'on dit ? Il passait son temps au casino de Woodville. Pour éponger ses dettes, il avait emprunté de l'argent à un créancier, une vermine sans scrupules du coin, un certain Jack Spaghettoni.

— Cela pourrait être une piste, dit Agatha en prenant quelques notes dans son calepin. Il y a des mafieux à Woodville ? s'étonna-t-elle.

— Je ne sais pas mais il y a des restos italiens. Enfin, il y en avait. Ils ont tous fermé un par un à cause de PizzIkea. Elle est bonne ?

— Fameuse, répondit la policière en tirant sur le fromage cuit qui ressemblait à un nœud d'élastiques. Pas trop dans les mœurs de la mafia d'éliminer des gars à coups d'aiguilles à tricoter, quand même.

— On fait ce qu'on peut. La vente d'armes est interdite dans cette partie du Colorado. C'est plus difficile de trouver un flingue ici qu'un neurone dans le cerveau de Forrest Gump. Les seuls que l'on trouve sont les armes administratives des fonctionnaires de police.

— Et encore, précisa Agatha, à New York, Colorado, les flics ne sont pas armés. Heureusement que j'ai pu garder le Beretta de mon ancien service.

— Vous avez raison, ce ne serait pas la première fois que quelqu'un se ferait attaquer par un écureuil radioactif. Gardez votre arme toujours sur vous. Ils sont assez agressifs, dans le coin. Ça remonte au temps de la centrale nucléaire de Tchernobowl. Il a dû y avoir une fuite ou je ne sais quoi. Ils sont devenus fous.

— Les écureuils de Central Park sont peut-être tristes le lundi, ceux de New York, Colorado, sont radioactifs toute la semaine…

L'homme ne sembla pas comprendre ce qu'elle voulait dire par là.

— Vous avez des suspects pour la première affaire ? demanda-t-il pour reprendre le contrôle de la conversation.

Agatha n'était pas dupe. Sans avoir l'air d'y toucher, il essayait de lui soutirer des informations. Elle préféra garder pour elle la liste de suspects idéaux qu'elle tenait dans son carnet. D'abord parce que le premier et principal suspect se trouvait être son interlocuteur. Peut-être devrait-elle considérer la piste de l'écureuil radioactif. Elle s'en voulait d'en être arrivée à de telles extrémités mais toutes les pistes étaient bonnes à prendre. Celle-ci était crédible, l'état pitoyable dans lequel on avait retrouvé ces pauvres Peter Foster et John Doe l'attestaient. Il suffisait, dans leur première affaire, de savoir comment l'animal était arrivé jusqu'à Woodville, était entré dans l'immeuble, avait grimpé les cinq étages, et s'était fait ouvrir la porte. Mais, après tout, si les écureuils radioactifs n'avaient pas été différents des autres, à quoi bon être radioactifs, non ? Néanmoins, ce serait un peu difficile de faire avaler cette histoire à des jurés, excepté peut-être à ceux qui avaient lu Poe. L'assassin du double assassinat dans la rue Morgue ne s'était-il pas avéré être un orang-outan ?

— Vous croyez que les deux meurtres sont liés ? demanda McDonald, l'arrachant à ses pensées.

— Deux meurtres en trois jours dans le coin, répondit-elle en dodelinant de la tête, sans aucun doute.

— Pourtant, l'arme n'est pas la même. Des aiguilles à tricoter dans le premier, des fléchettes dans le second.

— Nous avons affaire à un tueur en série, croyez-moi. Même si la dernière fois que j'ai dit cela, cela m'a coûté une mutation dans le trou du cul du monde, et j'y suis encore. McDo, ce meurtre est mon passeport pour accéder au grade de capitaine et retourner à New York, New York. Mon billet pour retrouver l'estime de mes collègues et de mes supérieurs. J'en fais une affaire personnelle.

— Méfiez-vous quand même, vous pourriez vous retrouver à nouveau mutée je ne sais où.

— J'ai déjà été mutée je ne sais où… Cela ne peut pas être pire !

— Moi je trouve que c'est bien, ce qui vous est arrivé.

— Pourquoi ?

— Parce que sans ça, on ne se serait jamais rencontrés…

L'homme accompagna ses paroles d'un petit sourire énigmatique, celui que les gens ont lorsqu'ils détiennent un grand secret qu'ils ne veulent partager avec personne.

Du moins pour l'instant.

Une prémonition et des pommes gâtées

Lorsqu'ils sortirent du restaurant, la nuit était tombée. À cette heure-ci, il n'y avait plus grand monde dans les rues. Personne même.

— Bon, je vais rentrer, dit Agatha en sortant les clefs de la Ford. J'ai pas mal de route.

C'était bien la première fois qu'elle prenait congé d'un homme après avoir dîné avec lui. En général, c'était plutôt le matin. Mais McDonald n'était vraiment pas son style. Son petit manège avec ses lunettes, dont il ne cessait d'astiquer les verres, l'irritait. Son regard lubrique aussi, ses sous-entendus, et cet air mystérieux. De plus, elle le soupçonnait d'être un tantinet raciste et macho.

— Je vous raccompagne ? demanda-t-elle.

Après tout, savoir où vivait McDonald pourrait lui être utile. Il se trouvait dans la liste de ses suspects idéaux. Et il était toujours intéressant de pouvoir en localiser un.

L'homme considéra la voiture d'un air mi-méprisant mi-dégoûté. Ce n'était pas la première fois qu'il devait renoncer à sa dignité, il avait été homme-sandwich pour un salon de coiffure canin dans sa jeunesse, et puis il n'avait pas le choix. Un de ses hommes l'avait déposé et il n'était pas nécessaire de le déranger à cette heure-ci pour qu'il vienne le chercher. Il aurait bien pris le bus mais il ne circulait pas la nuit.

— Je ne suis jamais monté dans une donutmobile… dit-il en prenant place dans le véhicule banalisé.

Puis la voiture démarra.

— Allez tout droit et tournez à droite au premier feu. Qu'est-ce que vous faites, Crispies, dans la vie, je veux dire à part la police ? demanda-t-il en essuyant ses lunettes sur son imperméable.

Sa voix prit un ton plus suave. Il avait vraiment l'air d'être intéressé par la vie de sa collègue.

— Je lis.

— Vous lisez quoi ? Tournez à gauche.

— De tout.

Agatha lui signala la boîte à gants.

— C'est quoi toutes ces pommes pourries ? demanda le shérif lorsqu'il l'ouvrit et qu'une dizaine de golden smith tombèrent sur ses chaussures vernies.

— Mon tiroir de la bonne conscience. Je prends une pomme à tous les repas, c'est bon pour la santé.

— C'est bon pour la santé si vous les mangez !

Il regarda avec une grimace deux petits vers se promenant sur la couverture d'un livre.

— *Triomphe et Tragédie*, lut-il, de Winston Churchill. Continuez tout droit.

— Un grand monsieur de la politique, un homme admirable sous tous les plans. Il a été prix Nobel de littérature. Le saviez-vous ?

— Non, avoua le policier, que la nouvelle ne semblait pas trop chambouler. C'est une biographie, n'est-ce pas ? J'aime les biographies. Celle de Steve Jobs est pas mal. J'aime connaître les secrets des gens.

Il laissa flotter la formule en regardant fixement devant lui.

— Celle-ci est une autobiographie, dit Agatha pour en revenir à Churchill. Il s'agit du sixième volume de ses *Mémoires sur la Deuxième Guerre mondiale*.

— Vous ne manquez jamais d'étaler votre culture. La deuxième à droite.

— Déformation professionnelle. Je donne des classes de littérature au travail. Sans me vanter, je dirige le plus grand club de lecture de New York, Colorado, précisa-t-elle avec grande fierté. Comme il n'y a rien à faire, on meuble le temps comme on peut. Atelier de tricotage, sudoku, concours de fléchettes et de rots, club de lecture…

Le policier détourna d'un coup ses yeux de la route et se tourna vers Agatha, les sourcils froncés.

— Quoi ? Arrêtez tout !

Agatha pila et ils furent tous les deux projetés en avant. La ceinture les empêcha de terminer la tête dans le pare-brise.

— Je ne vous ai pas demandé de freiner !

— Vous m'avez dit « arrêtez tout ».

— Façon de parler. Pourriez-vous répéter ce que vous étiez en train de dire ?

La voiture reprit sa route.

— Que je dirige le plus grand club de lecture de New York, Colorado ? répéta-t-elle avec un regain de fierté. Je sais, cela peut paraître…

— Non, pas ça, coupa-t-il, après. Vous avez bien dit « atelier de tricotage » et « concours de fléchettes » ? Tournez à droite.

— Oui, ça vous intéresse ? L'inscription est libre, vous savez, et vous pou…

— J'y crois pas ! s'exclama-t-il en se frappant le front du plat de la main. Vous n'avez pas fait le rapprochement ? La première victime a été tuée à coups d'aiguilles à tricoter, la deuxième, une vraie cible à fléchettes et… c'était quoi le troisième atelier ?

— Le concours de rots ?

— Non, la lecture.

— Oh, le club de lecture ? J'en suis assez contente, à vrai dire, ce n'est pas pour me jeter des fleurs mais j'en suis la fonda…

— Je ne serais pas étonné si l'on trouvait notre prochaine victime sous une avalanche de bouquins, étouffée, des pages déchirées plein la bouche, coupa le policier en dodelinant de la tête, pensif. Laissez-moi ici, nous sommes arrivés.

Le Shakespeare du pressing

Après avoir noté sur son calepin l'adresse du shérif, un immeuble de deux étages sans prétention, comme son locataire, Agatha erra dans le quartier au volant de sa Ford à la recherche de l'artère principale qui la mènerait jusqu'à la sortie de Woodville. Cela faisait du bien de profiter d'une ville sans ronds-points.

Alors qu'elle marquait l'arrêt à un feu rouge, son œil fut attiré par un grand néon jaune qui clignotait sur sa droite et sur lequel était écrit Pressing 24/24. Elle se souvint de ses Converse roses tachetées de blanc. Malgré ce que lui avait dit cette maudite Polonaise, peut-être y avait-il une solution après tout. Elle décida d'aller demander conseil.

Elle trouva facilement une place, se gara et entra dans l'établissement. Devant elle se trouvait un homme, de petite taille, brun, avec une paire de fesses plates dans un pantalon trop grand pour elles. Il venait de poser une chemise blanche parsemée de grandes taches écarlates sur le comptoir et était en pleine conversation avec l'employée.

— Je saigne souvent du nez, se crut-il obligé de préciser à la femme qui se demandait comment elle allait pouvoir nettoyer cela.

— Oui, mais là... J'ai cru que c'était une chemise Desigual, plaisanta-t-elle. Je ne vous promets pas que je puisse la rattraper.

Agatha se pencha pour mieux voir le vêtement. Un saignement de nez ? pensa-t-elle, tu te fous de moi, on dirait plutôt la chemise du tueur de *Massacre à la tronçonneuse* ! Ou alors le saignement de nez d'une trentaine de personnes...

Si aucune loi n'interdisait aux Américains de laisser à la teinturerie une chemise couverte d'hémoglobine, le bon sens voulait qu'on ne commette pas une telle imprudence le surlendemain d'un homicide.

— On dit que le sang attire le sang, dit l'homme.

La femme le dévisagea sans trop comprendre. Peut-être n'était-ce pas une bonne idée après tout d'avoir laissé entrer un maniaque à 11:00 p.m. avec une chemise couverte de sang, et elle commença à prendre un peu peur. Elle glissa sa main sous le comptoir, où elle cachait une bombe lacrymogène, juste en cas de nécessité.

Shakespeare, pensait Agatha au même instant. *Macbeth*, acte III. *Il y aura du sang ; on dit que le sang attire le sang.*

C'était bien la première fois qu'elle entendait citer du Shakespeare dans un pressing. Mais cela aurait pu être pire, du James Joyce, par exemple.

Quoi qu'il en soit, la teinturière, impassible, ne semblait pas connaître ses classiques. *Macbeth* était la pièce de théâtre la plus représentée au monde. Elle se jouait en moyenne six fois par jour. Et cela ne paraissait pas ébranler cette petite employée sous-payée de pressing.

— En réalité, c'est le soleil, ajouta le client. Je passe mes journées au lac. Et quand j'ai la tête qui chauffe…

… *Je bute des gens*, pensa la policière, *et j'en fais du steak haché.*

— Je saigne du nez, compléta l'homme.

C'était trop beau. Ainsi donc, le type passait ses journées au lac, juste là où on avait retrouvé le corps de John Doe. Il n'avait plus qu'à ajouter que c'était un grand joueur de fléchettes et l'affaire était dans le sac.

— Je bronze et je joue aux…

— Fléchettes ? l'aida Agatha.

L'homme se retourna et l'observa avec une grande froideur.

— … Aux échecs sur mon ordinateur. Me trouvez-vous aussi vulgaire pour jouer aux fléchettes ?

— Je connais des gens très bien qui y jouent, mentit-elle tout en pensant à Franck, Allen et Roger. Des gens raffinés.

Et elle ne put s'empêcher de les imaginer lâchant un immonde rot de satisfaction avant de se gratter l'entrejambe.

— Je n'ai pas pu m'empêcher d'écouter et, si je ne m'abuse, vous venez de citer du *Macbeth*. Voilà, je suis, sans me vanter, la fondatrice du plus grand club de…

Le client haussa les épaules et se tourna à nouveau vers l'employée qui avait lâché la bombe lacrymogène et tirait maintenant avec un dégoût visible le tissu de la chemise dans tous les sens pour voir jusqu'à quel point le sang avait pénétré la fibre. Elle prépara un ticket et le donna à l'homme tout en l'informant qu'il pourrait revenir chercher son vêtement dans trois jours. Celui-ci l'empocha, passa devant Agatha sans lui adresser ni regard ni parole et sortit de l'établissement.

— … lecture de New York, Colorado, continua celle-ci en voyant l'homme disparaître.

— Heureusement que vous étiez là, dit l'employée sur un ton enjoué, j'étais sur le point de le gazer. Entrer dans une teinturerie en pleine nuit avec une chemise couverte de sang, y a pas idée aussi, pour donner des frayeurs aux gens.

— Ne vous inquiétez pas, madame, dit Agatha en sortant son portefeuille de son sac à main et en l'ouvrant devant elle. Je suis de la police.

— Ça, c'est un protège-slip, fit remarquer la teinturière en désignant le morceau de coton blanc qui pendait devant elle.

— Oups ! s'exclama la policière, le visage rouge comme du boudin antillais. Pas grave, je réquisitionne cette chemise !

À cette heure-ci, les rues de Woodville étaient désertes et Agatha retrouva rapidement le client tout près de la boutique.

L'homme ne marchait pas vite mais allait d'un pas décidé. Sans doute rentrait-il chez lui. La policière jubilait. Le lac, la chemise, le pressing en pleine nuit, elle tenait un bon client pour son double homicide. Comment il s'était procuré les aiguilles à tricoter de Betty et les fléchettes de Franck était le moindre de ses soucis. Tout le monde pouvait rouler pendant deux heures jusqu'au commissariat de New York, Colorado, arriver à la pause-repas, ouvrir quelques tiroirs et se servir. Difficile, mais possible. Si tant est que le meurtrier ait utilisé celles-là. La disparition des aiguilles et des fléchettes du poste de police pouvait être une simple coïncidence, après tout. Ce ne serait pas la première fois.

Le Manuel de Techniques Policières Américaines stipulait que la filature était l'action de suivre un ou plusieurs individus, et d'observer secrètement ses (ou leurs) agissements afin d'enrichir les investigations en cours, et les relater avec précision dans un procès-verbal. Selon le même manuel, le fileur parfait était un policier qui passait inaperçu. Taille et corpulence moyennes, sans signe distinctif, physique passe-partout. Inutile de préciser qu'Agatha ne remplissait aucune de ces caractéristiques. Si ce n'était, peut-être, celle d'être si corpulente qu'elle pouvait suivre une personne pendant que ses fesses suivaient quelqu'un d'autre à deux rues de là…

En outre, le manuel spécifiait que, même pour suivre une seule personne, il était nécessaire de mettre plusieurs agents sur le coup. Un des policiers devait marcher en tête du dispositif, juste derrière l'objectif. Il était fréquemment relayé par un ou plusieurs autres membres de l'équipe, comme autant de figurants d'un film dont le personnage principal ignorerait tout. Au cas où l'individu surveillé ferait demi-tour, il était impératif que le policier juste derrière continue son chemin comme si de rien n'était et n'échange pas de regard avec ce premier. Un peu plus loin, il reprendrait sa place dans le dispositif.

Agatha connaissait toutes ces règles mais elle préféra détourner son esprit de pareilles futilités bonnes à stresser un aspirant policier une veille d'examen, et s'atteler à une tout autre tâche de majeure importance : la célèbre méthode Crispies.

Pressing, presse, pressé, jus d'orange pressée !

Elle trouverait sa prochaine piste dans un bar, ou dans une salle de sport, dans un aéroport, une gare, un salon de thé, bref il lui faudrait passer au peigne fin tous les endroits dans lesquels on était susceptible de servir un bon jus d'orange pressée. Soudain, elle aperçut un pub. Elle vit là un signe de la Providence. Elle s'arrêta devant la porte vitrée, jeta un regard à l'homme qui s'éloignait, se tourna à nouveau vers le bar, puis vers l'homme, comme si elle avait été spectatrice d'une partie de l'US Open. On ne pouvait décemment pas incriminer quelqu'un qui citait du Shakespeare au pressing, cela ne se faisait pas. Quelle manie avait-elle de suspecter ainsi tous les personnages qui apparaissaient dans sa vie ? Ça, c'était bon pour la littérature. Dans un roman policier, chaque nouveau personnage était un suspect de plus. Mais dans la réalité ?

Lorsque l'homme ne fut plus qu'un petit point noir de plus dans la rue, elle se décida à entrer dans le pub.

Confortablement assise sur une banquette en cuir, les oreilles bercées par du hard rock irlandais interprété à la harpe, la policière ouvrit son calepin pour y noter un nouveau nom.

McDonald
Frzdziwska « Wendy » *Grzegorczyk*
Betty Stansford

Mieczyslaw Grzegorczyk
(Peter Foster ?)
Le Shakespeare du pressing

Elle le referma pour l'ouvrir aussitôt.

Écureuil radioactif, ajouta-t-elle à la suite de la liste.

Puis elle commanda un jus d'orange pressée. Comme ils n'en avaient pas, elle but deux bières et trois verres de vin rouge, suivant à la lettre les conseils de sa nutritionniste de New York, New York, que l'on avait radiée de l'ordre des médecins pour alcoolisme avéré.

Alors qu'Agatha commandait son dixième sex on the beach, rattrapée tel Jack Torrance par le spectre de l'alcool à l'hôtel Overlook dans *Shining*, l'homme au chapeau qui la suivait depuis qu'elle était sortie du pressing et l'observait au travers de la grande baie vitrée, caché derrière une voiture, estima qu'il n'apprendrait rien de plus ce soir-là, fit demi-tour et disparut dans l'obscurité de la rue.

De l'utilité de boire du café dans un petit commissariat du fin fond de l'Amérique

C'est fou ce que l'on peut boire comme café dans la police !

Le programme d'une journée type dans n'importe quel commissariat américain ? 9:00 a.m., prise de service. 9:05, café avec les collègues pour se raconter ce qu'il nous est arrivé la veille au soir, c'est-à-dire rien, dans mon cas, une cuite mémorable au pub de Woodville (ah, s'il y avait eu du jus d'orange…) 10:00, prise en compte des affaires en cours ou arrivées dans la nuit. À NewYork, Colorado, on saute cette étape et on passe directement à la suivante : 10:30, café avec les collègues. 11:00, rédaction de procès-verbaux attenants à des procédures en cours. 12:00 p.m., pause repas. 1:00, café avec les collègues. 2:00, reprise du service. 2:05, café avec les collègues. J'arrête là, vous avez compris.

New York, Colorado, n'est pas une exception, bien au contraire. Pour pallier l'oisiveté, on y boit le double qu'ailleurs (et pas que du café). On pourrait être sponsorisé par Nespresso, si seulement la Nespresso était une invention qui était arrivée jusqu'ici (ici, le bon café se fait encore dans une casserole). Ce qui serait merveilleux car j'ai toujours craqué sur Clooney. S'il venait tourner la publicité dans le coin, je me chargerais de sa protection personnelle. Je ne le quitterais pas d'une semelle. Dans la rue, au restaurant, sous la douche, dans le lit. NewYork, Colorado, est un endroit qui, sous ses dehors de joli village de carte postale, peut s'avérer d'une dangerosité extrême. On n'est jamais à l'abri d'une attaque d'écureuil radioactif. George, si tu lis ça…

Oui, c'est fou ce que l'on peut boire comme café dans la police. Quelquefois, j'ai même l'impression que notre métier consiste à boire des cafés avec les collègues et prendre de temps en temps des pauses pour enquêter sur des meurtres.

Ah oui, tiens, en parlant de meurtres, j'en ai deux à résoudre.

Bon, on verra cela après le café.

Dans lequel Agatha a une grande idée mais n'en est (bien sûr) pas à l'origine

C'était la petite société *Trash "R" Us* (« Les ordures, c'est nous ») qui était chargée de débarrasser le commissariat de ses poubelles, en majorité composées des emballages en plastique de donuts au chocolat. Ce matin-là, les éboueurs découvrirent avec étonnement les conteneurs vides car, comme le superintendant l'avait annoncé, Trou Divin avait cessé d'approvisionner le poste de police. Toutefois, Goodwin s'était arrangé pour qu'on laisse à Agatha la voiture jusqu'à la fin du mois afin qu'elle puisse effectuer les allers-retours à Woodville pour la résolution de son enquête. Une bien maigre consolation.

À peu près à l'instant où les hommes vêtus de vert et de jaune fluorescent sautaient de leur marchepied, levaient les couvercles des conteneurs vides et se grattaient la tête en se demandant ce qui avait bien pu se passer, Agatha, arrivée au travail un peu plus tôt que d'habitude, se demandait comment elle pourrait assurer la survie de son petit club de lecture. Tous les éléments paraissaient se déchaîner contre elle. Les donuts ne lui étaient plus fournis gratuitement, les livres non plus, autant de dépenses qu'elle n'avait jamais pensé devoir prendre en compte. En arrivant à New York, Colorado, cinq ans auparavant, ses mensualités avaient été diminuées de moitié. Les primes constituaient la majeure partie d'un salaire d'officier, or, ici, on lui avait sucré celle de risque, car il n'y en avait aucun, celle de commandement, car à part la femme de ménage, elle n'avait personne sous ses ordres, et celle d'ancienneté, à laquelle elle avait renoncé par coquetterie.

Elle se prépara un café, le premier qu'elle n'accompagnerait pas de sa pâtisserie préférée, afin d'éliminer sa gueule de bois tout en maudissant les deux bières, les trois verres de vin rouge et les dix sex on the beach en trop qu'elle avait bus la veille.

L'esprit un peu plus clair, elle repensa à la discussion animée qu'elle venait d'avoir avec Kevin, qui avait dévoré *Vingt-quatre heures de la vie d'une femme* en une soirée et s'était réconcilié avec la lecture. Il était, lui aussi, tombé éperdument amoureux de ce mystérieux étranger « d'une beauté très grande et tout à fait sympathique au milieu d'un visage étroit de jeune fille ». Il n'y a pas à dire, ses classes de littérature étaient un succès. Et elle montrerait à Goodwin qu'il avait eu tort en voulant qu'elle les abandonne. L'allusion au superintendant la replongea dans son enquête. Elle devrait bien lui rendre des comptes un jour ou l'autre.

Où en suis-je de mes pistes et de mes suspects idéaux ? se demanda-t-elle, songeuse, alors qu'elle cassait et plongeait dix-huit biscuits diététiques (ne disait-on pas que plus on en mangeait et plus on maigrissait ?) dans son café et les regardait se désintégrer lentement. Qui pourrait être le meilleur suspect ? Qui pourrait, selon toute vraisemblance, avoir assassiné Peter Foster et John Doe ? Et pour quelles raisons ? Comment pouvait-on lier les deux meurtres ? Voilà toutes les questions qui hantaient Agatha à présent. Elle s'était dispersée, avait essayé plusieurs pistes, mais jamais elle n'avait opté pour une seule et s'était tenue à la suivre. Hier, elle avait un client de pressing dans sa ligne de mire, aujourd'hui Betty, mais demain, à qui le tour ? Elle était plus convertible qu'un clic-clac.

Mon Dieu, se pouvait-il que tous les gens qu'elle croisait pussent être des meurtriers en puissance ? Il ne fallait pas qu'elle se laisse emporter par ses sentiments, sinon, bientôt sa liste de suspects ressemblerait à un annuaire téléphonique.

Elle perdit son regard sur la pendule murale tout en buvant une gorgée de la bouillie au goût de carton que la combinaison du café et des biscuits avait produite. Serait-ce dorénavant le goût de la vie ? Sans donut, la vie valait-elle encore la peine d'être vécue ? Et elle pensa à la madeleine de Marcel Proust qui, dans la première version du roman, était une biscotte trempée dans du chocolat. Que serait le monde si l'écrivain français avait conservé l'image de la biscotte ? La biscotte de Proust.

Agatha reposa la tasse de bouillie infâme, se leva et quitta son bureau. Quelques minutes plus tard, elle était assise au Trou Divin, la bouche remplie de donuts au chocolat et un sourire d'extase sur les lèvres. Proust, une madeleine au beurre de sa grand-mère dans la bouche. Bernadette Soubirous béate devant la Vierge dans la grotte de Lourdes.

C'est dans cet état de dévotion que la trouva le superintendant Goodwin lorsqu'il entra dans le restaurant.

— Crispies ? s'exclama-t-il, surpris de la voir dans cet endroit à cette heure-ci de la matinée.

L'homme portait son bob orné d'hameçons et son gilet bourré de poches, signe qu'il était sur le point d'aller à la pêche ou qu'il en revenait.

— On dirait qu'on a eu la même idée… Je peux ?

Il s'assit sans attendre de réponse alors qu'elle poussait vers lui un gros panier de donuts au chocolat.

— Merci, je prendrai un hamburger d'abord.

— À 10 heures du matin ? demanda-t-elle après avoir avalé le dernier morceau et s'être essuyé les lèvres sur une serviette de papier rose estampillée du sigle de la fabrique de donuts.

— Ma femme ne m'autorise qu'une galette de riz soufflé au petit déjeuner. Avec ça, je ne tiens pas une heure, alors je viens ici. Bien entendu, ma présence en ces lieux doit rester secrète, ajouta-t-il, accompagnant ses paroles d'un petit sourire complice. Si ma femme savait…

— Muette comme une tombe, dit-elle, et pour le lui prouver, elle engouffra un autre donut.

Il devait être un habitué parce qu'on lui servit quelques minutes plus tard son plat sans même qu'il l'ait commandé.

— Ils ont découvert ce qui faisait grossir dans les hamburgers, l'informa Agatha. Vous ne devinerez jamais. La petite rondelle de tomate…

Les sourcils du superintendant se levèrent sous l'effet de la surprise. Il regarda son assiette, perplexe.

— Maintenant j'enlève la tomate, reprit-elle. Et je mets double portion de ketchup pour compenser.

L'homme plongea ses gros doigts boudinés dans le hamburger et en retira la petite rondelle rouge assassine qu'il laissa sur le bord de l'assiette.

— On est à un âge où l'on doit un peu faire attention, dit la policière.

Il acquiesça tout en mordant dans la grosse tranche de pain au sésame.

— Je n'ai toujours pas vu un seul de vos procès-verbaux, Crispies, dit-il lorsqu'il eut avalé son casse-croûte.

Elle sembla les chercher dans la grande baie vitrée qui donnait sur l'extérieur. Elle scruta le gigantesque donut en plastique perché sur sa voiture. Sans voir au loin l'homme au chapeau qui observait la scène derrière ses jumelles.

— On n'est pas dans une foutue série télé, continua-t-il, où les flics n'écrivent jamais de rapports.

— Vous les aurez ce soir, patron, promit Agatha sans trop savoir comment elle allait tenir cette promesse.

— En parlant de votre enquête, la pêche a été bonne ?

Le patron aimait utiliser le jargon de son passe-temps préféré lorsqu'il parlait police. La pêche a été bonne, le poisson a mordu à l'hameçon, il y a anguille sous roche, attraper le gros poisson, mettre un leurre, revenir bredouille, etc.

— C'est vous qui pêchez, monsieur.

— Je n'ai pas envie de moisir dans ce trou à rats, continua-t-il, même si je regretterai la pêche quand nous serons à New York, New York. Qu'on en finisse une fois pour toutes avec ce meurtre et qu'on en récolte les honneurs.

Elle lui raconta alors qu'il ne s'agissait plus d'un seul meurtre mais de deux et lui donna les quelques détails en sa possession, tout en lui cachant des éléments importants comme les armes utilisées, laissant supposer que l'assassin pouvait être quelqu'un du service. Cela l'aurait préoccupé.

— J'ai plusieurs suspects, ajouta-t-elle. Mais je bloque. Je suis venue ici chercher un peu de sucre. Mes petites cellules « grasses »…

— Je vois, je sais ce que c'est de bloquer sur une enquête, cette sensation d'impuissance, cela m'est déjà arrivé de nombreuses fois dans ma carrière, dit-il sur un ton nostalgique. Désormais, j'ai beaucoup de temps pour penser… On a beaucoup de temps pour penser ici. À propos, vous croyez que c'est la nageoire qui fait bouger le poisson ou le poisson qui fait bouger la nageoire ?

— Je pense qu'il n'y a pas de réponse, monsieur, comme à la question de l'œuf et de la poule.

Le patron dodelina de la tête avant de sourire.

— Je vous ennuie avec mes problèmes existentiels de pêche, Crispies, alors que c'est vous qui me demandez de l'aide… Revoyez vos bases, ajouta-t-il avec un enthousiasme retrouvé. Il y a sans doute quelque chose qui vous a échappé. Reprenez un à un vos éléments, la check-list du parfait détective, et regardez si vous n'avez pas oublié une étape de la procédure. Il est fondamental d'être organisé. (Il leva les yeux au plafond, semblant y chercher une réponse puis, satisfait, reposa ses yeux brillants sur la jeune femme.) Les horaires correspondent ?

— Quels horaires ?

— Eh bien, les alibis de vos suspects. Correspondent-ils avec les heures de décès des victimes ? C'est le b.a.-ba, Crispies. Vous n'avez jamais regardé la télé ? *Où étiez-vous mardi de 8:00 p.m. à 10:00 p.m. ?*

— Mardi soir ? Chez moi. Pourquoi ?

— Ce n'était pas une question, c'était un exemple.

— Oh, bien sûr.

Comment avait-elle pu négliger cela ? Les heures, bien sûr. Elle pensa aussitôt à Betty. Comment vérifier son emploi du temps sans éveiller les soupçons ? Comment savoir si la réceptionniste s'était rendue à Woodville les soirs des deux meurtres ? Si tel était le cas, ce serait une chance qu'elle ne devrait pas négliger.

Old Joe, bien sûr !

Agatha bondit de sa chaise.

— Vous êtes fantastique, patron ! Finissez les donuts ! s'exclama-t-elle de loin alors qu'elle tirait la porte d'entrée et disparaissait sur le parking sous l'air ahuri de son chef.

Au même moment, l'homme au chapeau sortait de son observatoire et grimpait lui aussi dans sa voiture.

Où le lecteur fera la connaissance d'un personnage incontournable de New York, Colorado

À l'entrée du village (qui servait également, en sens inverse, de sortie), à quelques mètres du fameux panneau qui annonçait la ville, *New York, Colorado, 150 hab., 198 ronds-points, plus de Facebook après cette ligne !* s'élevait une bâtisse en briques rouges et blanches semblable aux anciennes maisons de garde-barrière. Et pour cause, c'en était une. Il y a une dizaine d'années, un chemin de fer passait par ici, celui sous lequel avait été écrasée, selon les propos de Holly, la pauvre fille qui hantait maintenant les rails et avec laquelle elle entrait parfois en communication avec son ouija. Dorénavant, plus aucun train ne traversait cette partie de l'État.

Old Joe avait gardé l'habitude d'accompagner la levée de la barrière de l'inscription, sur un registre aux pages jaunies, des heures d'entrée et sortie de tout le monde. Habitude qu'il avait contractée durant quarante années de bons et loyaux services passés au bureau de pointage des employés de la General Motors à Detroit et qui lui conférait un statut officieux de gardien du village. Il vivait seul et n'avait pas d'autre passe-temps. Il connaissait chacune des voitures de chacun des cent cinquante habitants de New York, Colorado, et les allées et venues de tout le monde. Jack Barns avait une maîtresse à Peter's Point, à quelques kilomètres de là, et il passait la « frontière » tous les matins à 10 a.m., dès que sa femme partait au travail ; Matt Heaven rentrait de la scierie tous les soirs entre 11 p.m. et minuit, après avoir bu sur le chemin quelques verres de trop au Trou Divin (le bar à filles, pas la fabrique de donuts); Heather Collins franchissait le point de passage tous les jours vers 8:30 a.m. pour aller cueillir des champignons qu'elle revendrait à bon prix au Charlotte's, le meilleur, puisque le seul, restaurant de New York, Colorado.

En temps normal, ce contrôle, tout à fait illégal et abusif, avait le don d'agacer Agatha. Les policiers avaient horreur de sentir leur liberté bafouée par des gens qui se prenaient pour des policiers sans avoir passé un concours et sans avoir sacrifié des années à ne pas sortir avec les copines le soir pour le réussir. Mais aujourd'hui, la manie du vieux fou pouvait lui être d'une grande utilité.

Lorsqu'il vit la voiture au donut géant sur le toit se garer devant chez lui, Old Joe sortit sur le perron. Il salua Agatha en ôtant sa vieille casquette de cheminot.

Il s'apprêtait à hisser la barrière lorsqu'il vit la policière descendre de son véhicule et venir jusqu'à lui. La plupart du temps, il ne voyait que son visage, dans l'encadrement de la fenêtre de sa voiture. Un visage harmonieux, d'un joli noir d'ébène, surmonté d'une boule, de la taille d'un nid de cigogne, de cheveux frisés qui paraissaient des câbles torsadés de téléphone. Et il était à chaque fois surpris lorsqu'il la voyait en entier. C'était comme si on avait découpé le visage de Naomi Campbell dans un magazine de mode et qu'on l'avait collé sur le corps du rappeur Notorious Big. Il avait toujours pensé que cette fille, en entrant dans la police, avait ruiné une brillante carrière comme mannequin chez *Weight Watchers*.

— Ça va, Old Joe ?

— Ça peut aller.

— J'ai besoin de vos services.

Les yeux de l'homme s'ouvrirent et se remplirent d'étoiles. Rien ne lui faisait plus plaisir que de rendre service.

— Heureux de pouvoir aider la police.

Enfin quelque chose qu'il pourrait raconter à ses petits-enfants, si toutefois il décidait d'avoir des enfants d'abord, ce qui, à soixante-quinze ans, et célibataire, semblait quelque peu compromis.

— Il me faudrait les heures de passage de Betty Stansford.

Aussitôt, l'homme se traîna vers la petite guérite adossée à la maison dans laquelle il passait le plus clair de ses journées et de ses nuits. Cette activité lui tenait tant à cœur qu'il ne dormait presque jamais. Agatha lui emboîta le pas. Old Joe feuilleta son registre de ses ongles longs et jaunis par la cigarette.

— Samedi dernier, précisa la policière.

C'était le soir du premier meurtre.

— Samedi, samedi… Voilà, elle est partie en direction de Woodville à 4:00 p.m. Elle en est revenue vers 1:00 a.m.

Ça tient la route, pensa Agatha. Le légiste avait estimé l'heure du décès de Peter Foster vers 11:00 p.m.

— Et lundi soir, Betty a-t-elle passé la « frontière » ?

Agatha croisa les doigts et pria tous les saints pour que ce soit le cas. Old Joe consulta à nouveau son cahier, aussi excité que la policière. De sa réponse dépendait la résolution d'une grande affaire criminelle.

— Oui, je lui ai levé la barrière à 7:00 p.m. Elle est revenue à 2:00 a.m.

Agatha faillit sauter de joie et l'embrasser mais elle se refréna. Elle ouvrit son calepin rouge. Le légiste avait dit que l'homme était mort entre 8:00 p.m. et 10:00 p.m. Il fallait un peu moins de deux heures pour parcourir la distance jusqu'à la ville. Cela pouvait fonctionner. Elle sentit le sang tambouriner dans ses tempes. Mon Dieu, j'ai enfin trouvé !

— Et mardi soir ?

L'assassin était revenu au lac afin de terminer son œuvre et de transformer le cadavre de John Doe en steak haché à coups de fléchettes. Ce serait trop beau si ce soir-là encore, Betty était sortie du village.

— Aussi, dit l'homme.

Carton plein ! Intérieurement, Agatha exulta comme un stade de foot après un but.

— Vous soupçonnez Betty ? demanda Old Joe, piqué par la curiosité.

— Je voulais juste vérifier. Mais cela ne correspond pas, mentit-elle.

Dans ce village, tout finissait par se savoir et elle ne voulait pas que Betty soit mise au courant avant qu'elle ait pu préparer un dossier en béton pour l'inculper. Il était temps d'avoir une petite discussion avec la brillante réceptionniste, qui semblait ne pas être si parfaite que cela, en définitive.

Agatha remercia Old Joe.

— À propos, est-ce vrai que vous avez vu le fantôme d'une femme se promener sur les rails ?

Il la regarda de ses yeux écarquillés.

— Des rumeurs, lieutenant.

— Évidemment. Les fantômes n'existent pas.

Elle prit congé de lui et regagna la Ford noir et blanc.

Alors qu'elle mettait un peu de temps à démarrer, elle remarqua que le vieux souriait. Old Joe contrôlait tout le monde, mais qui contrôlait les allées et venues d'Old Joe ? Avait-il réellement vu le fantôme d'Anna Karénine sur le chemin de fer ou n'étaient-ce que des rumeurs, comme il le prétendait ?

Elle nota son nom à la suite de la liste sur son calepin. Elle avait pour suspects des réceptionnistes de la police, des Polonaises retraitées, des Shakespeare en herbe qui fréquentaient les pressings à minuit, des gardes-barrières. Oui, elle avait vraiment de tout dans sa liste de suspects, même un mort. Et un écureuil… Et jamais elle n'avait été plus perdue de sa vie.

McDonald
<u>*Frzdziwska* « Wendy » *Grzegorczyk*</u>
Betty Stansford
Mieczyslaw Grzegorczyk
(Peter Foster ?)
Le Shakespeare du pressing
Écureuil radioactif
Old Joe

Dans lequel le mystère s'épaissit comme une bonne mayonnaise

Nous rendons au domicile…

Elle avait toujours trouvé cela stupide d'écrire à la première personne du pluriel, surtout lorsqu'elle avait effectué seule les différentes tâches liées à l'enquête, ce qui arrivait en général ici. Mais il s'agissait du formalisme des rapports de police. À New York, New York, les fonctionnaires sortaient toujours deux par deux, question de sécurité.

Nous rendons au domicile de Peter Foster afin de constater son décès en la présence du shérif McDonald et du médecin légiste Scholl, des services compétents de Woodville…

Agatha fit une pause pour relire ce qu'elle venait d'écrire. Le style télégraphique, froid, formel des procès-verbaux, ces mots et expressions toutes faites qui ne voulaient rien dire, *Dont acte, tenants et aboutissants, l'affaire qui nous incombe…* Quand on était habitué à lire les grands classiques de la littérature, il était difficile de passer à cela après. Lire un rapport de police après Proust, c'était comme conduire une Renault 5 après avoir piloté une Ferrari.

Le téléphone sonna, l'arrachant à ses pensées.

De sa voix guillerette, le légiste lui annonça qu'il avait passé toute la nuit à compter les impacts de fléchettes sur le deuxième cadavre, le dormeur du lac, comme ça, par curiosité, et qu'il y en avait cent cinquante. Pas un de plus, pas un de moins.

Soit le médecin était un grand professionnel, soit il avait beaucoup de temps à tuer. Il n'avait sans doute ni femme ni enfants qui l'attendaient à la maison. Et cette pensée peina Agatha.

— Vous vous souvenez que je vous ai dit que les plaies occasionnées par les fléchettes n'étaient pas la cause de la mort ?

— *Les blessures causées par fléchettes ont été provoquées* a posteriori, récita Agatha. A posteriori ? *s'étonna le shérif. Après la mort, quoi. Je sais parfaitement ce que signifie* a posteriori, *se défendit McDonald.*

— Quelle mémoire !

— À défaut d'être une mauvaise enquêtrice, j'ai de la mémoire.

— Ne dites pas ça. Ne vous sous-estimez jamais.

— J'essaierai de suivre votre conseil la prochaine fois que j'enfilerai un maillot de bain.

Les yeux de Scholl s'écarquillèrent.

— Bien, bien. Pour en revenir à notre « ami », il a été victime d'un hématome sous-dural conséquent à un traumatisme cranio-encéphalique grave voire fatal.

— Vous pourriez me répéter cela comme si vous parliez à un enfant ?

— Un gros bobo à la tête.

— Vous ne pouviez pas le dire de suite ?

— Il faut bien rentabiliser dix ans d'études. Et puis, ce n'est pas exactement un coup sur la tête comme vous l'entendez. On ne l'a pas frappé avec un objet contondant. John Doe est mort des suites d'une chute. Au moins deux étages.

Agatha ne put s'empêcher de penser aux paroles du shérif sur la soucoupe volante qui aurait balancé le corps avant de disparaître dans l'espace. Cette théorie n'était peut-être pas aussi tirée par les cheveux qu'elle le pensait.

— C'est incroyable ! Comment vous faites ? demanda Agatha.

— Vue de dehors, la science médico-légale semble parfois tenir de la magie, de la voyance. Nous autres légistes avons un grand pouvoir, celui de voir des choses que personne d'autre ne voit. De faire parler les morts. Un peu comme Houdini. Mais je vais vous avouer, il y a un truc. Comme en magie, quoi. Le choc sur le crâne est bien la cause de la mort, mais en examinant le reste du corps, j'ai observé plusieurs fractures des membres supérieurs et inférieurs, de la colonne vertébrale ainsi que de quelques côtes, et des hématomes sur le dos. Ce sont là les marques qui accompagnent le plus souvent une chute.

— Vous pouvez aussi dire si on l'a poussé ? le pressa Agatha, subjuguée.

— Ça, non, mais en tout cas, les cent cinquante plaies à coups de fléchettes, il n'a pas pu se les faire tout seul…

Cent cinquante plaies, on était tout de même loin des deux trous rouges au côté droit du dormeur du val de Rimbaud.

— Cent cinquante, répéta la policière songeuse en tournant les pages de son calepin avec frénésie.

Elle trouva bientôt ce qu'elle cherchait. Peter Foster avait lui aussi reçu cent cinquante coups d'aiguilles à tricoter. Incroyable ! Même en le faisant exprès, on n'y serait jamais arrivé.

— Oh, et autre chose, je viens de recevoir les résultats du labo. Désolé pour l'attente, mais on est dans la vraie vie, pas dans *Bones*, les résultats, c'est dans les deux mois en général, pas dans la minute qui suit, il y a une liste d'attente de folie puisque les analyses recueillies dans tout l'État sont centralisées au Colorado Bureau of Investigation. Mais j'ai un ami là-bas et il a mis nos échantillons sur le dessus de la pile. Bref, ils sont formels, l'ADN de notre premier cadavre est celui de Peter Foster.

Silence.

— Vous êtes là, lieutenant ?

Elle raccrocha sans répondre.

Qu'est-ce qu'elle croyait ? Évidemment, ils avaient été en mesure de comparer l'ADN du corps avec celui du fichier génétique de Peter Foster, qui avait été arrêté pour plusieurs délits. À l'eau sa belle théorie. Un suspect idéal venait de disparaître de sa liste. Et elle ne sut pas si elle devait s'en réjouir ou en pleurer.

McDonald
Frzdziwska « Wendy » *Grzegorczyk*

Betty Stansford
Mieczyslaw Grzegorczyk
~~(Peter Foster ?)~~
Le Shakespeare du pressing
Écureuil radioactif
Old Joe

Où la suspecte idéale parfaite n'est plus ni suspecte, ni idéale, ni parfaite

C'était toute sa belle théorie qui s'écroulait.

Elle s'était vraiment donné du mal pour élaborer ce scénario et voilà qu'une analyse d'ADN venait détruire tout son travail comme une vague efface une inscription sur le sable.

Agatha leva la tête, songeuse, et regarda en direction de la réception.

Kevin venait de se lever, son Vuitton dans le creux du coude, et d'embrasser Betty qui allait prendre son tour. Celle-ci s'installa et organisa le comptoir.

Toi, ma cocotte, tu ne perds rien pour attendre.

Agatha se leva, prit son sac à main et se rendit aux toilettes. Elle s'enferma dans une cabine, descendit son pantalon, s'assit et ouvrit son sac sur ses genoux à la recherche de son rouge à lèvres. Elle sursauta à la vue de la chemise ensanglantée du client de la teinturerie. Tiens, je l'avais oubliée, celle-là !

Elle l'apporterait de ce pas à Seth, le gars du labo. Peut-être apprendrait-elle quelque chose d'intéressant sur ce sang, même si elle n'avait sur elle aucun échantillon de celui du client du pressing afin de confirmer qu'il s'agissait bien du sien, comme il le prétendait. De toute manière, le cas échéant, elle pourrait ultérieurement le comparer à celui de Peter Foster ou de John Doe. Mais elle savait que cela ne servait à rien, que c'était juste pour la forme, que le sang de nez du Shakespeare du pressing n'avait rien à voir avec tout cela.

Elle tira la chasse et sortit.

— Oh, Betty ! s'exclama-t-elle en tombant sur la réceptionniste occupée à se repoudrer le nez devant le miroir.

Celle-ci la regarda à travers la glace, sans se retourner.

— Dis donc, on peut dire que tu as des règles sauvages, toi ! dit-elle en désignant du menton la chemise ensanglantée que tenait Agatha dans la main.

La policière ne releva pas et enfonça la chemise dans son sac.

— Je voulais justement te voir. Je sais tout.

Elle laissa planer un instant ses mots au-dessus du lavabo, tout en se lavant les mains comme si de rien n'était.

La réceptionniste ouvrit la bouche et laissa échapper un petit gémissement aigu. Elle se tourna vers elle, son beau visage couvert d'un masque d'horreur de tragédie grecque.

— Tu sais tout ?

— Tout sur tes agissements, oui.

— J'avoue, Agatha, c'est moi…

— Bien, dans ce cas, Betty, tu es en état d'arrestation.

Ce devait bien être la première fois qu'elle prononçait cette phrase depuis qu'elle vivait et travaillait à

NewYork, Colorado. Enfin, du moins à un autre être humain, car, quelquefois, pour ne pas perdre la main, elle l'avait dit à un écureuil radioactif, à un arbre, ou encore à un bouton de porte. Oui, c'était une drôle d'expérience que de lire ses droits à un bouton de porte. *Vous pouvez garder le silence*… Tu m'étonnes !

— Il n'y a pas longtemps que je fais cela, tempéra la réceptionniste.

— Je sais.

— Mais tout le monde fait pareil. Même toi, je suppose.

Agatha la regarda d'un œil noir.

— Tout le monde assassine des gens à coups d'aiguilles à tricoter ou de fléchettes pour les convertir en steak haché ? demanda la policière, sarcastique.

— Quoi ?

— Tu avais accès aux aiguilles à tricoter de ton atelier et aux fléchettes des garçons du groupe opérationnel. Un jeu d'enfant pour toi.

— Mais j'ai jamais… et puis je suis végétarienne, pourquoi tu me parles de steak haché ? Et c'est quoi cette histoire de fléchettes ! J'ai jamais joué avec eux, je te jure. Je sais même pas roter !

Elle faisait peine à voir.

— Tu crois que je n'ai pas vu ton petit manège ? Que tu essaies de m'amadouer en assistant à mon club de lecture ? Avec Holly et Kevin ?

— Je ne comprends rien !

— Tu te rétractes ? Déjà ? Après avoir avoué.

— Mais ce n'est pas de ça dont je parlais… je croyais que…

La jeune femme regarda autour d'elle et baissa la voix.

— Voilà, je passe des conversations téléphoniques privées au travail.

Agatha étouffa un petit rire.

— Je vole quelques Stabilo et quelques blocs de Post-it de temps en temps aussi, continua-t-elle. Tu comprends, la tentation de les avoir devant moi tous les jours…

— Je comprends, oui. Et c'est tout ?

— Tu ne m'en veux pas, alors ?

— Je me fous de tes petits larcins de secrétaire, dit Agatha qui volait elle aussi quelques blocs de Post-it, trombones et autres de temps en temps. Tes petits allers-retours à la grande ville, par exemple…

— Oh, tu sais pour Woodville ?

Et le joli visage de poupée de la réceptionniste devint rouge comme la tache de sang du plafond de la voisine du dessous de Peter Foster.

Agatha acquiesça de la tête sans toutefois dévoiler sa source. Old Joe devait rester son indicateur secret. Elle aurait sans doute encore besoin de lui dans le futur.

— Quelle honte ! Quelle humiliation ! Tu sais, je ne suis pas la fille que tu t'imagines. En réalité, je n'ai jamais lu *Guerre et Paix*, je savais juste que c'était de Tolstoïevski, mais je voulais tellement… Enfin, je suppose que je n'ai pas d'excuse.

— C'est Tolstoï. Et de quoi parles-tu ?

— Eh bien, d'Internet.

— Internet ?

— Oui, comme on n'a pas de réseau ici, je vais souvent à Woodville après le travail pour consulter mes mails. Lundi soir, j'ai dû faire des recherches sur le roman pour faire celle qui savait. Oh, j'ai si honte.

Elle cacha son visage derrière ses doigts fins aux ongles vernis de rose et étouffa quelques sanglots.

À ce moment-là Agatha se rendit compte que Betty n'était pas aussi intelligente qu'elle le pensait. Betty était stupide. Et cela réconforta Agatha. Ouf, pensa-t-elle. Moi qui pensais que Dieu avait doté cette fille d'une beauté et d'une intelligence supérieures. Il y a finalement une justice sur Terre. On ne pouvait pas manger autant de donuts sans jamais grossir et ne pas payer pour cela. Betty était bête comme ses pieds. Ses jolis pieds.

Elle lui posa la main sur l'épaule pour la réconforter. Comme l'on réconforte des êtres inférieurs.

— Je comprends, Betty. Je comprends. J'aimerais que tu me pardonnes pour cette accusation hâtive et que tu reviennes à mon club de lecture, comme membre d'honneur. Tu es une fille bien.

Betty était peut-être bête comme ses pieds mais la policière ne pouvait lui ôter le mérite. Elle avait fait quatre heures de route juste pour aller chercher sur Internet le résumé d'un livre dont elle se fichait éperdument. Et puis, elle était plus stupide qu'elle. Et cela faisait du bien de rencontrer des gens plus cons que soi.

Betty accepta et elles se serrèrent l'une contre l'autre pour sceller cette nouvelle amitié pendant qu'Agatha explosait d'une grande joie intérieure. Face à cette révélation inattendue, elle venait de rafler la première place de la femme la plus intelligente du service. Pour celle de la plus belle, on verrait plus tard, quand elle aurait perdu ce maudit kilo de trop.

Dans lequel le club de lecture ressemble enfin à un club de lecture

Lorsqu'elle revint au commissariat après le déjeuner, qu'elle avait pris dans son habituel restaurant, Agatha fut étonnée de ne voir personne au comptoir de la réception. Elle passa devant le département des opérationnels, mais il n'y avait pas plus de monde. L'atelier de sudoku était désert également. Les lieux semblaient avoir été évacués.

En longeant le couloir qui menait à son bureau, elle entendit des voix et des murmures. Il se tramait quelque chose. Ce n'était pourtant pas son anniversaire. Peut-être s'agissait-il d'une mauvaise surprise ? Son cœur se mit à battre fort dans sa poitrine.

Ils étaient tous là. Kevin, Betty et Holly, de la réception, mais aussi Allen, Franck et Roger, du groupe opérationnel. Il y avait même Rosita, tenant sa balayette de WC comme un sceptre. Seuls manquaient Roselyne et Tom, de l'atelier de sudoku ainsi que le patron.

— Agatha, enfin ! On pensait que tu ne reviendrais jamais ! s'exclama Kevin en agitant sa chevelure dans tous les sens avant de se redonner un petit coup de peigne.

— Que se passe-t-il ?

— On dirait que ton club de lecture a du succès, enchaîna Betty en souriant.

— Vous venez pour le club ?

— On vient pour toi, corrigea Holly, et les livres.

Agatha se sentit honteuse d'avoir pensé qu'ils étaient tous venus avec une mauvaise intention alors que c'était la plus belle chose qui lui soit jamais arrivée.

Elle les laissa entrer mais bloqua le passage aux opérationnels, les dévisagea d'un air défiant.

— Chômage technique, répondit Roger, le chef du département, en haussant les épaules. On nous a volé nos fléchettes il y a deux jours. Hier on a essayé de tirer avec des couteaux sur la cible, mais on a préféré arrêter avant qu'il y ait un mort. Même si je sais que tu ne dirais pas non à un cadavre de plus. Tu ne refuses personne, non ?

— Personne.

— Tu acceptes même ceux qui ne lisent pas ? demanda Allen.

— Pas de discrimination. Même ceux qui ne savent pas lire, plaisanta-t-elle en plantant son regard noir dans celui des trois opérationnels.

On alla chercher quelques chaises. Il n'y avait jamais eu autant de monde dans cette pièce, et surtout pas pour parler littérature. Agatha prit un marqueur et gribouilla quelque chose sur le tableau blanc. Quand elle se retourna, un petit sourire déformait son visage.

Classe de littérature
INTERDIT DE ROTER !

Dans lequel Agatha referme une porte

Phil n'est pas de service aujourd'hui, et pour cause, comme je l'ai dit plus tôt, il s'est cassé la jambe il y a deux semaines en portant secours au batteur, au violoniste et au joueur de banjo du Kinder Country Band et conserve encore de ce mémorable sauvetage en plein précipice de Tortilla Peak un magnifique plâtre que tous les collègues du commissariat ont décoré de signatures, mots d'encouragement et autres dessins obscènes.

Il a l'air ridicule avec sa minerve et ses béquilles, mais je ne dis rien. C'est déjà gentil de sa part d'avoir accepté de m'accompagner alors qu'il ne devrait pas bouger de chez lui. Phil est heureux car, depuis dix ans qu'il vit ici, il n'a jamais enquêté sur autre chose que la disparition de groupes de country ou de Jean-Paul II, le chat persan de madame Jennings. Maintenant, il pourra mettre « vendeur de voitures » dans son CV.

Alors que je conduis, je repense à cette nouvelle piste. Je sais que ce n'est pas le Polonais qui a fait le coup. Il l'a quittée. Point barre. Comme des tas de mecs quittent leur femme quand ils ont quelque chose à lui reprocher, ou à se reprocher. Mais c'est une piste et je dois fermer la porte, comme on dit dans la police. Il faut fermer toutes les portes que l'on ouvre, c'est le jeu. Sinon, il y aura toujours un superintendant, un juge ou un avocat de la défense pour demander des comptes, pour s'engouffrer dans la brèche laissée ouverte. « Vous êtes allée interroger le patron du Polonais au magasin de voitures ? » me demandera-t-on, et en cas de réponse négative, ce sera toute l'enquête qui s'effondrera. Dans la police on passe notre vie à émettre des hypothèses avant de les infirmer ou de les confirmer. À ouvrir et fermer des portes. De vrais concierges, quoi.

Trois heures de voiture pour refermer une porte. Et après, on se demande ce que fait la police. On se croirait dans un roman de Victor Hugo. Dans Les Travailleurs de la mer, *le personnage, se perdant en digressions, met un chapitre entier pour ouvrir une porte. Dans* Pour qui sonne le glas *d'Ernest Hemingway, Robert Jordan met 514 pages pour faire sauter un pont. Si les héros de roman étaient syndiqués et payés à l'heure, certains d'entre eux seraient millionnaires !*

En pensant à la disparition du Polonais, je ne peux m'empêcher de penser à celles des bûcherons de la scierie McEnroe. Je sais qu'elles ne sont pas liées, qu'elles ne sont là que pour m'embrouiller. Que ce n'est qu'une coïncidence. Et puis je pense que le beau Jacob Delafon ne m'a pas rappelée, ce qui me porte à croire que tout est revenu dans l'ordre. Ou que je ne lui plais pas…

Spanish Fork signifie « la fourchette espagnole ». Cela ressemble à un nom de restaurant, ou à une position sexuelle, à moins que j'aie l'esprit vraiment mal tourné. Je dois faire une fixation sur la nourriture et le sexe. Durant quelques secondes, j'essaie de m'imaginer avec le bûcheron au torse luisant de sueur dans cette posture, mais je suis interrompue en plein fantasme par un homme en costume-cravate qui me barre le passage en me hurlant dessus et en agitant les bras comme un moulin à vent. Ce qui serait assez rafraîchissant s'il n'y avait pas un pare-brise entre nous deux.

— Eh, vous allez où avec cette poubelle ?

Nous venons d'entrer sur un terrain vague rempli de voitures de tous modèles et couleurs. Des prix défiant toute concurrence sont inscrits à coups de peinture blanche sur les pare-brise. J'ai toujours eu horreur de cette manie qu'ont les concessionnaires d'écrire sur les carreaux des voitures. Il y a dix ans, j'ai acheté un pick-up. J'ai dû rouler trois jours avec le prix écrit en gros sur le pare-brise parce que la peinture ne partait plus… La honte de ma vie. Enfin, l'une des nombreuses hontes de ma vie.

Phil va appuyer sur le bouton de la sirène mais il se retient au dernier moment. Et pour cause, cette voiture n'en est pas équipée. Un bon coup de sirène vaut mille mots mais cette fois-ci, nous devrons nous en passer.

— NYPD ! s'écrie mon collègue en baissant la vitre.

— PD toi-même ! lui répond le vendeur.

— Nous sommes le NYPD ! précise Phil.

— C'est quoi ? L'amicale des mangeurs de beignets gays de NewYork ?

L'homme signale le donut sur le toit.

— New York Police Department, j'indique afin de dissiper tout malentendu.

— Oh.

L'expression du vendeur s'adoucit, il sourit même.

J'ouvre la portière pendant que Phil manœuvre pour sortir du véhicule avec son plâtre et ses béquilles.

— Lieutenant Crispies, sergent Barns, dis-je en guise de présentation.

— Désolé, hein, pour…

— Pas de mal.

Le commercial à cravate nous dévisage. Il doit se demander à qui il a affaire. Une grosse Noire avec des ananas aux oreilles et un petit blanc-bec en béquilles avec un plâtre sur lequel sont dessinées une dizaine de bites en tous genres. Je me sens obligée de brandir ma carte de police, de laquelle tombent deux biscuits diététiques, que je ne prends pas la peine de ramasser.

— Je suis en règle, s'empresse de dire le vendeur. Vous pouvez tout vérifier.

— Nous sommes là pour… (je sors mon calepin), monsieur Grwzxzw…

— Grzegorczyk ? Il ne travaille plus ici.

— Suis-je la seule à avoir un problème pour prononcer son nom ?

— J'ai mis du temps moi aussi avant de pouvoir le dire correctement. Mais vous pouvez l'appeler par son prénom : Mieczyslaw.

— Appelons-le Machinowsky.

L'homme acquiesce.

— Pourquoi vous le cherchez ? demande-t-il.

— Double homicide.

— Quoi ? Mais…

— Je ne pense pas que Machinowsky soit coupable, je coupe. Mais il a peut-être un lien avec cette histoire. Sa femme entretenait une relation avec un certain Peter Foster. Cela vous dit quelque chose ?

— Jamais entendu parler. Mais si vous voulez savoir, Mieczyslaw, c'était plutôt le genre employé modèle. Jamais rien à lui dire, il arrivait à l'heure, faisait son boulot, me vendait les bagnoles, jamais un mot plus haut que l'autre, très respectueux de son chef et des clients. C'était tout ce qui m'importait. Alors sa vie privée…

— Le dernier jour où vous l'avez vu, était-il différent ? demande Phil.

Le vendeur lève les yeux au ciel, essayant de se souvenir. En haut à gauche (sa gauche à lui), bien, il n'est donc pas en train d'inventer, sinon il regarderait en haut à droite.

— C'était il y a environ un an. Oui, je me rappelle que, ce jour-là, il était énervé. C'était la première fois que je le voyais dans cet état. Je lui ai demandé si tout allait bien, si je pouvais l'aider en quoi que ce soit, mais il m'a dit que cela lui passerait. Effectivement, le reste de la journée s'est déroulé comme d'habitude. Le lendemain, il n'est pas réapparu. Je l'ai appelé, lui ai laissé des messages sur son portable. Plusieurs jours ont passé, puis quelques semaines.

— Vous n'avez pas prévenu la police ?

— Oh, je suis habitué aux employés qui viennent et qui repartent. Ce n'est pas un boulot très bien payé si vous voyez ce que je veux dire.

— Phil ? Tu as autre chose à demander ? dis-je en me tournant vers mon collègue.

Le sergent regarde autour de lui.

— Vous n'auriez pas une aiguille à tricoter ? demande-t-il à l'homme. Ça me pique sous le plâtre.

Eh, malin ! je pense. Sans avoir l'air d'y toucher… Quelques minutes après, dans la voiture, j'apprendrai que ce n'était pas une ruse, que Phil avait vraiment envie de se gratter…

Un silence s'installe.

— Bon, si la mémoire vous revient.

— Vous avez une carte ? demande l'ex-patron du Polonais.

— Vous me prenez pour une agente immobilière ? Vous regardez trop la télé. Dans la vraie vie, on ne tend pas des cartes de visite en disant « Rappelez-moi si vous vous souvenez de quelque chose. » Vous croyez que la police paye des lots de cartes de visite à chacun de ses agents ?

L'homme hausse les épaules, l'air de dire qu'il n'en sait rien.

— Vous pouvez toujours m'appeler au commissariat de NewYork, Colorado. Vous demandez la lieutenant Agatha Crispies. Et ne désespérez pas si la ligne est toujours occupée, j'ajoute en pensant à Betty.

Je m'apprête à tourner les talons.

— Puisque vous êtes ici, autant en profiter, m'interpelle le vendeur. J'ai une Ford Torino d'occasion, 56 000 kilomètres, magnifique, peinture et pneus neufs, pour un prix compétitif. Et je vous reprends même votre poub… véhicule, pour 500 dollars.

L'homme affiche un sourire de grand carnassier, il tend son bras vers le fond du parking pour me signaler sa super affaire.

Il fallait s'y attendre.

Avec les vendeurs de voitures, ça finit toujours comme ça.

Où l'on en apprend un peu plus sur la chemise ensanglantée

Avant de rentrer chez elle, Agatha passa revoir Seth, le policier scientifique du commissariat. Elle ne doutait pas qu'ayant peu de travail, voire aucun, il s'était précipité sur la chemise.

Il régnait dans son bureau, un ancien garage à voitures, un capharnaüm indescriptible, que nous ne décrirons donc pas. Seth était un jeune homme à lunettes, grand et fin comme un haricot. Il portait des tee-shirts de geek sous sa blouse et se vantait de pouvoir reconstituer le Rubik's Cube en six secondes et cinq dixièmes.

— J'ai tes résultats, dit-il d'une voix enjouée en remettant une souris dans une cage.

Comme personne ne venait jamais le voir, il passait ses journées à jouer avec des souris blanches aux yeux rouges qu'il soumettait à des tests en tous genres. Pauvre garçon. Pauvres souris.

Agatha ne put s'empêcher de penser à Lennie, l'un des héros du roman de John Steinbeck, *Des souris et des hommes,* qui narrait l'histoire de deux saisonniers américains obligés d'aller de travail en travail à cause de la manie de ce premier, déficient intellectuel et doté d'une grande force, de tuer des femmes dont il ne souhaitait que caresser les cheveux. C'était une grande fresque de l'Amérique agricole qui l'avait toujours fascinée. Un petit roman de cent quatre-vingt-cinq pages qu'elle avait lu plusieurs fois avec autant de plaisir.

— Je suis tout ouïe.

Le jeune homme alla chercher la chemise qui trempait dans une bassine.

— C'est du sang, assena-t-il.

Elle leva les sourcils.

— Dis donc, tu es perspicace ! Je n'ai pas perdu mon temps en venant te voir.

— Je perçois une pointe de sarcasme, Agatha. Tu sais, cela aurait pu être du ketchup ou de la peinture. Tu en doutais peut-être, tout comme moi, mais tu n'avais pas de preuves. Un scientifique n'avance pas des choses, il les prouve par élimination. Tout ce qui brille n'est pas or, tout ce qui est rouge n'est pas sang !

Seth expliqua à Agatha qu'il suffisait d'appliquer sur les traces, fussent-elles infimes, effacées ou minutieusement lavées avec du détergent, un révélateur de sang en spray à base de luminol pour confirmer qu'il s'agissait bien de sang.

Ce n'était pas la première fois que la policière faisait analyser un vêtement et elle savait déjà tout cela. Mais les scientifiques et les légistes avaient la particularité d'expliquer les mêmes choses chaque fois, comme s'ils se trouvaient en face de néophytes, comme si eux seuls possédaient le grand savoir. Le pouvoir de faire parler les objets, pour les uns ; le pouvoir de faire parler les morts, pour les autres.

— C'est du sang de nez, continua-t-il. Ton homme n'a pas menti.

— Du sang de nez ? Je pensais que le sang était le même dans tout notre corps.

— Tu as raison, le sang, impulsé par le pompage du cœur, circule dans ton corps en permanence. Le sang qui était dans tes pieds il y a une seconde se trouve déjà dans ta bouche en ce moment.

— Charmant… Si je te suis, après manger, on devrait se laver les pieds ?

L'homme pouffa de rire.

— Ça ne donne plus trop envie d'embrasser les gens, pas vrai ? s'exclama-t-il, espérant une approbation qui ne vint pas.

À voir ses boutons, ses grosses lunettes, ses cheveux gras et son tee-shirt *Star Wars* qui dépassait de sa blouse blanche entrouverte, on devinait qu'il n'avait pas dû en embrasser beaucoup, des filles, dans sa vie.

— Comment tu sais que c'est bien du sang qui provient de son nez, alors ? demanda la policière en ignorant la question.

Pour une fois qu'elle apprendrait quelque chose.

— J'ai trouvé des traces de mucosités dans le sang, répondit-il émerveillé par ses propres paroles.

— Ah.

— De la morve, quoi !

— Oui, j'avais compris.

— Et vu la quantité de miasmes et de microbes que j'ai trouvés, il avait selon toute vraisemblance un bon rhume. J'ai gardé quelques-unes de ces bactéries pour les élever et les inoculer à mes souris. Tu veux les voir ?

— Merci, ça va, dit Agatha avec une petite grimace de dégoût. C'est sympa de parler avec toi, Seth. Surtout avant de dîner.

Elle ouvrit son calepin et raya le nom de Shakespeare dans la liste puis celui de Betty qui, de suspecte, était passée au statut d'amie.

McDonald
Frzdziwska « Wendy » *Grzegorczyk*
~~*Betty Stansford*~~
Mieczyslaw Grzegorczyk
~~*(Peter Foster ?)*~~
~~*Le Shakespeare du pressing*~~
Écureuil radioactif
Old Joe

Puis elle prit congé en le remerciant pour son travail rapide et efficace et fraya avec difficulté un chemin pour son proéminent postérieur vers la porte.

— À propos, tu peux garder la chemise, lança-t-elle de loin. Elle est à ta taille. Ça sera plus *fashion* que tes tee-shirts de geek. Tu diras que c'est du Desigual…

Elle laissa le jeune homme dans une grande perplexité. C'était quoi un Desigual ? Il n'en avait jamais été question dans aucun des soixante-dix-neuf épisodes de la série originale de *Star Trek*.

TROISIÈME PARTIE

CET INCONNU QUI VEUT ÊTRE TON AMI SUR FACEBOOK

Dans lequel on retrouve une vieille connaissance dans un état différent de celui dans lequel on l'avait connue

S'il y eut un troisième cadavre, comme l'avait prédit le shérif McDonald, il ne fut pas retrouvé sous une avalanche de livres, des pages de la littérature classique dans la bouche, mais pendant au bout d'une corde attachée à son lustre en cristal. Selon toute apparence, la voisine polonaise de Peter Foster avait décidé de rejoindre son amant dans un meilleur monde.

— J'étais sûre que je vous trouverais là, dit Agatha en entrant dans le salon.

— Tiens, c'est vous ? s'exclama le policier à l'imperméable en se relevant du tapis qu'il était en train d'examiner à quatre pattes avec une loupe.

Oui, vraiment, depuis la disparition des chapeaux et des étoiles dorées, les shérifs avaient perdu de leur glamour.

— J'ai bien failli ne pas vous reconnaître, sans un donut au chocolat dans la bouche, ajouta-t-il, la voix empreinte de sarcasme.

— On a perdu le sponsor. Je maigris à vue d'œil.

— Vous avez de la marge, dit-il.

— C'est gentil de vouloir me remonter le moral. Qu'est-ce que ça sent mauvais !

Elle sortit un Kleenex de son sac et l'appliqua sur ses narines. L'été, les cadavres, c'était une véritable infection. La chaleur accélérait le processus de putréfaction et rendait l'odeur insupportable dans les endroits clos.

— Ouvrez la fenêtre.

— Elle était déjà ouverte quand je suis arrivé, dit l'homme sur un ton laissant présager que cette information était plus importante qu'il n'y paraissait.

— Cela doit faire pas mal de temps qu'elle est morte.

— J'imagine que vous allez me sucrer l'affaire, dit l'homme pour entrer dans le vif de la conversation.

Agatha balança le morceau de papier du procureur Wargrave au bout de ses doigts aux ongles vernis.

— Je suis revenu pour lui poser deux-trois questions, ajouta le shérif en signalant le cadavre. Je l'ai trouvée dans cet état, pas le meilleur, vous en conviendrez, pour répondre à deux-trois questions... Et voilà ce que j'ai trouvé.

Il embrassa la scène d'un mouvement circulaire.

— Encore plus de questions sans réponses...

— C'est au contraire très évident, assena Agatha. Elle les a tués tous les deux puis s'est suicidée. Le suicide est une preuve de culpabilité. Affaire classée.

— Quelquefois, j'ai l'impression que vous avez trouvé votre plaque de police dans un paquet de céréales, Crispies...

— Ils donnent des plaques dans les paquets de céréales ? Je n'ai toujours trouvé que des gadgets débiles.

Si elle avait su, elle n'aurait pas passé trois ans de sa vie enfermée dans sa chambre à se coltiner le droit pénal pour les examens. Elle aurait dévalisé le rayon petit déjeuner de son supermarché.

McDonald soupira.

— Ça ressemble à un suicide mais justement, il ne faut pas se laisser au hasard des conclusions précipitées. Il y a quelque chose qui me turlupine dans tout cela, ajouta-t-il en regardant le corps qui se balançait. Je ne sais pas quoi. Mais ça me reviendra. Faites-moi confiance, dit-il d'un ton menaçant. Ça me revient toujours.

Mais Agatha ne l'écoutait déjà plus. Elle s'était approchée de la petite bibliothèque de la Polonaise et feuilletait un livre.

— Ce n'est pas le moment de lire, Crispies.

— Je voulais juste vérifier quelque chose. Je me rappelle avoir dit à la Polonaise que lire Joyce, c'était à vous pousser au suicide. Je regardais si, par hasard, elle ne s'était pas lancée dans le projet fou de commencer *Ulysse*, ce qui expliquerait tout.

N'ayant trouvé, comme elle s'y attendait, aucun marque-page, elle reposa le livre sur l'étagère, entre *Les Préceptes de Jésus-Christ adaptés à la cuisine végétarienne* et *Les Bonnes Soupes du monastère,* d'un certain frère Michel Sidonie.

— À propos, le corps que l'on a retrouvé dans la baignoire est bien celui de Peter Foster, annonça-t-elle en revenant vers le shérif, l'analyse ADN est formelle.

— Dommage, votre théorie de l'échange de corps commençait à me plaire. Digne d'un grand roman policier.

Il laissa flotter ses mots dans l'air vicié du petit appartement. L'odeur de putréfaction les rappela une nouvelle fois à l'ordre.

Au moins, le corps de la Polonaise était en un seul morceau. Agatha en avait vu, des pendus décapités en plein été. Le poids du corps déchirait en général les tissus du cou rendus fragiles par la décomposition avancée. Le corps tombait alors d'un côté comme un sac de pommes de terre pourries, la tête de l'autre, lorsqu'elle ne restait pas accrochée au nœud coulant comme une *piñata* mexicaine.

— Pauvre madame Grrrrww, dit la policière en désignant d'un coup de mouchoir le corps qui pendait dans le vide.

La tête de la Polonaise avait doublé de volume et sa langue tombait sur son menton comme une entrecôte bleue. Une pantoufle avait glissé, révélant un pied gonflé, recouvert d'horribles cors et aux ongles fissurés.

Agatha esquissa une petite grimace de dégoût.

— Au moins, on sait que c'est pas Cendrillon… Si j'avais su, je lui aurais donné l'adresse d'un bon salon de pédicure. Ce que la mort peut être ingrate ! On ne sait jamais quand elle va nous tomber dessus. C'est pour cela que j'essaie d'être superbe à tout moment. Je n'ai pas envie que la mort m'emporte sans prévenir, sans le maillot épilé. Vous imaginez ce que penserait le légiste pendant l'autopsie ?

— Je ne préfère pas, non.

— À propos, où est-il ?

— Le coroner ? Pris ailleurs. Un vieux monsieur écrasé par sa tondeuse à gazon. Il m'a dit de lui envoyer une photo (il sortit un téléphone de la poche de son imperméable). C'est ce que j'ai fait. J'ai reçu un SMS quelques secondes plus tard :

Pas une photo de vous ! Une photo du corps !

— Alors, je lui ai renvoyé une photo. Cette fois-ci de la victime. Et voilà son verdict :

Elle est morte.

— Toujours aussi pertinent, reconnut Agatha.

— Attendez, j'ai reçu ça ensuite :

Sûrement par pendaison.

— Et puis ça :

À en juger par son état, elle est morte depuis plusieurs jours.
Heureux de ne pas avoir l'odeur avec l'image…
Mais je vous laisse en profiter ;-)

— En échange je lui ai demandé une photo du vieux sous la tondeuse à gazon. Vous voulez la voir ?

— Non, merci.

Le shérif rangea son portable et regarda, songeur, le cadavre qui continuait de se balancer au bout de la corde comme le pendule de Foucault au siège des Nations unies de New York.

— En tout cas, vous aviez raison sur une chose.

— Quoi ?

— Elle aurait eu besoin d'une bonne pédicure. En parlant de choses appétissantes, un petit PizzIkea ? C'est samedi soir.

— Cela commence à devenir une habitude, McDo !

— Faudrait pas que ces meurtres le deviennent aussi… Quoique c'est toujours un grand plaisir de vous retrouver…

Et il lui fit un clin d'œil.

Ils écrivaient des romans debout (c'est peut-être un détail pour vous)

La connaissance littéraire d'Agatha était telle qu'elle pouvait identifier n'importe quel roman juste en lisant le nom d'un personnage. Dans le métro de New York, New York, elle se surprenait à chercher du regard, par-dessus l'épaule des autres usagers, le nom des héros et héroïnes qui parsemaient les pages des livres qu'ils lisaient. Il y en avait de très rares, qu'elle n'avait jamais aperçus ou une seule fois dans sa vie, comme Siddhartha (*Siddhartha*, d'Herman Hesse) et Agamemnon (l'*Iliade*, d'Homère), ou de plus communs, sur lesquels on tombait dès qu'on entrait dans une rame : Harry et Hermione (*Harry Potter* 1, 2, 3, 4, 5, 6, 7, 8), Christian et Anastasia (*Cinquante nuances de Grey* 1, 2, 3, 4).

— Vous voulez me tester ?

— Je n'ai pas de livre sur moi.

— Mais vous avez Internet…

L'homme chercha une liste de classiques littéraires sur Google. Agatha avait perdu ce réflexe de consulter Internet à tout moment. À New York, Colorado, pour avoir accès au même savoir, il aurait fallu se promener en permanence avec une encyclopédie de vingt-cinq volumes dans le sac à main. Ce qui laissait peu de place pour le rouge à lèvres et les mouchoirs.

— Anna Karénine ? annonça-t-il. Dans quel roman se trouve-t-elle ?

— *Anna Karénine*, répondit Agatha tout de go.

— Oliver Twist ?

— *Oliver Twist*. Essayez de trouver des livres dont le nom du personnage principal n'en est pas le titre.

— Oh, je me disais aussi…

Il fit défiler le texte avec la pulpe de son index.

— Elizabeth Bennet.

— *Orgueil et préjugés*.

— Robert Jordan.

— *Pour qui sonne le glas*.

— Rosanette.

— *L'Éducation sentimentale*.

— Vous êtes forte, dites donc ! C'est assez impressionnant. Vous ne vous êtes jamais dit que vous étiez peut-être plus douée pour tenir une librairie ou une médiathèque de quartier que le département des affaires criminelles d'un service de police ?

Il retira ses lunettes et en essuya les verres sur sa serviette en papier.

Agatha lui expliqua que c'était son père qui lui avait donné le goût des livres et celui de la police (sans compter celui du chocolat et de ses nombreux dérivés, tel le donut au chocolat). Chaque matin, lorsque les papas de tous les autres enfants de sa classe partaient au bureau, lui allait résoudre de grandes enquêtes, élucider de grands mystères. Elle voulait toujours venir avec lui et s'accrochait au bas de son pantalon.

Le jour de ses dix ans, il lui avait offert un cadeau qui allait changer sa vie. C'était un livre d'Agatha Christie. « Pour que toi aussi tu mènes de grandes enquêtes ! » lui avait-il dit. « Agatha, comme moi ! » s'était écriée la petite fille, excitée, avant que son père ne lui avoue qu'ils l'avaient appelée ainsi en hommage à cette grande écrivaine britannique afin qu'elle connaisse la même destinée (son frère aîné s'appelait Jules Verne Crispies, ce qui ne l'empêchait pas de faire la plonge dans un restaurant mexicain miteux de Harlem…). Le roman s'intitulait *La Mystérieuse Affaire de Styles*. Agatha apprit bien plus tard qu'enfant, la romancière voulait devenir chanteuse lyrique mais avait abandonné ce rêve car monter sur scène la terrorisait et elle avait écrit ce premier livre suite à un pari passé avec sa sœur. Quelquefois les destinées tenaient à peu.

Agatha n'avait pas trouvé le coupable, bien sûr, mais avait été subjuguée par le voyage, les personnages, le meurtre, l'enquête, par la puissance de la lecture, cette capacité de vous évader tout en restant sur le divan, de visiter des pays lointains et exotiques sans jamais être très loin du réfrigérateur ou du radiateur. Son appétit pour la littérature s'était alors étendu à d'autres romans policiers puis à d'autres genres, plus « normaux », sans sang, sans meurtre, sans assassin, les livres de Jorge Luis Borges, de Steinbeck, García Márquez, Zola, Dostoïevski. Et puis Woolf, Beauvoir, à l'adolescence.

— Et vous, Crispies, vous n'avez jamais eu envie d'écrire ? Je veux dire, autre chose que des procès-verbaux de police. N'est-ce pas là le cheminement logique de tous ceux qui aiment lire ?

Agatha sembla hésiter. Cette envie l'avait dévorée, oui, mais elle y avait renoncé après une lettre de refus assassine d'un éditeur un peu trop sincère. Alors elle avait dédié sa vie aux autres, ceux qui avaient réussi. Elle avait tout lu sur eux. Elle connaissait mille anecdotes sur ces hommes et ces femmes qui peuplaient son esprit et à qui elle vouait une admiration sans limites.

— Jamais, mentit-elle.

— Je vous comprends, cela ne doit pas être évident d'écrire. On s'assoit à une table, devant une machine à écrire et puis on attend que ça vienne… Quand moi, je m'assois devant mon ordinateur, je n'ai pas ce problème-là. Les rapports de police sont toujours les mêmes et je n'ai pas besoin de me creuser la cervelle…

— Tous n'écrivaient pas assis, souligna Agatha. Hemingway, par exemple, qui avait été blessé au dos dans un accident d'avion, écrivait ses romans debout. Lewis Caroll, Virginia Woolf et Victor Hugo travaillaient debout eux aussi.

Soudain, le policier se frappa le front du plat de la main.

— Debout, debout… Mais c'est bien sûr, la chaise !

— Quoi, la chaise ?

— Il manque la chaise !

— Où ça ?

— Chez madame Grzegorczyk, pardi ! Si elle s'était pendue elle-même, elle serait montée sur une chaise, aurait passé sa tête dans le nœud puis aurait poussé la chaise du bout du pied, son horrible pied, pour la faire basculer. Or, si je me souviens bien, il n'y avait rien à proximité du corps. Et son fauteuil était bien trop éloigné.

Il prit son téléphone et passa en revue les quelques photos qu'il avait prises de la scène du crime pour le médecin légiste. Puis il lui montra l'écran de son téléphone portable.

— Vous voyez, pas de chaise, pas de tabouret, et le fauteuil est à l'autre bout du salon.

Agatha regarda l'écran du téléphone d'un air distrait.

— Cela signifie qu'on l'a aidée, dit le policier en dodelinant de la tête.

— Et pourquoi l'aurait-on aidée à se suicider ?

— Pour la tuer, nom de Dieu !

Il s'aperçut qu'il avait crié. Les clients du restaurant assis autour d'eux les regardèrent un instant puis retournèrent au montage de leurs pizzas en kit.

— Vous voulez dire qu'on a encore affaire à un meurtre ? demanda Agatha à voix basse.

— J'en ai bien peur, dit McDonald en agitant la tête. Et qu'est-ce qu'on fait maintenant ?

— Je ne sais pas. On commande un dessert ?

Où l'on apprend comment suivre quelqu'un sans qu'il s'en aperçoive (ou presque)

Bien que ce fût dimanche, Agatha s'était levée tôt, comme tous les matins, puis elle s'était douchée et préparée comme pour aller au bureau, mais était sortie de chez elle avec une tout autre idée en tête, suivre le shérif afin de récolter quelques informations sur son suspect idéal numéro un.

Elle roula les deux heures qui la séparaient de Woodville, consulta ses notes, retrouva l'adresse, et se gara au bout de la rue où demeurait le shérif afin de ne pas éveiller les soupçons.

Quelques minutes plus tard, McDonald sortait de l'immeuble, montait dans sa voiture et passait devant elle au volant de sa Buick, sans la voir (elle s'était couchée sur le siège passager, comme dans les films, manœuvre rendue difficile par un certain embonpoint). Elle démarra à son tour et le suivit, se maintenant à distance prudente.

Le Manuel de Techniques Policières Américaines stipulait que, pour une bonne filature en voiture ou à moto, les véhicules devaient passer inaperçus, à savoir qu'ils devaient être de marque, modèle et couleur parmi les plus répandus dans la zone d'opération. Aucun signe particulier ne devait apparaître tant à l'intérieur qu'à l'extérieur des véhicules (antenne, gyrophare, etc.). Si une voiture de police surmontée d'un énorme donut en plastique de deux mètres de diamètre avait peut-être l'avantage de fournir aux effectifs du petit commissariat de New York, Colorado, leur lot quotidien de donuts (enfin, plus maintenant), elle avait en revanche l'inconvénient de ne pas passer inaperçue lors d'une filature, surtout dans une petite ville comme Woodville.

Le shérif, qui semblait pourtant ne s'être rendu compte de rien, s'était arrêté dans un petit bar pour prendre un café puis avait roulé quelques minutes hors de la ville. Il s'était garé dans le parking d'un immense centre commercial qui semblait avoir poussé dans la campagne comme un champignon. Puis il s'était rendu dans le supermarché et avait acheté trois paquets de pain de mie nature, sans croûte, marque blanche au meilleur prix. Il était sorti mais, au lieu d'aller chercher sa Buick dans le parking, il s'était assis sur un petit mur et avait commencé à jeter de minuscules boules de pain de mie sur le sol asphalté. Comme un petit vieux dans un jardin public. Quelques minutes après, il s'était retrouvé entouré d'une dizaine d'oiseaux et d'un écureuil (qui n'avait pas l'air radioactif). Le manège avait duré une bonne demi-heure. Après quoi, il avait refermé l'emballage en plastique et regagné son véhicule.

McDonald roulait maintenant sur la nationale. Au bout de quelques kilomètres en direction de New York, Colorado, il sortit de la route et s'arrêta au

Trou Divin (le bar à filles, pas la fabrique de donuts) où Agatha ne jugea pas nécessaire de le suivre.

Au bout d'un quart d'heure, l'homme regagna le parking, satisfait de lui et le front luisant de sueur. Il boutonna son imperméable (l'avait-il même quitté ?) et revint à Woodville, dans le bar où il avait bu le café le matin même. Il commanda une bière en regardant la retransmission d'un match de football puis rentra chez lui.

Assise dans sa Ford garée à quelques mètres de là, Agatha referma le Moleskine en cuir rouge sur lequel elle avait consciencieusement noté l'emploi du temps dominical du policier. Elle le considéra un instant, dubitative, puis le referma et le fourra dans son sac à main.

McDonald avait vraiment une vie de merde.

Dans lequel on apprend pour qui sonne le glas

Lundi matin, le roi, la reine et le p'tit prince, pardon, lundi matin, Agatha fut accueillie par l'ensemble des membres de sa classe de littérature qui avaient déjà pris place sur les chaises de son bureau. Ils étaient tous là, même Tom et Roselyne, de l'atelier de sudoku qui, contaminés par l'enthousiasme de leurs collègues, avaient troqué leurs grilles de numéros contre des livres pleins de lettres.

Il régnait dans le commissariat une ambiance festive. Goodwin était parti pêcher. Et quand le chat n'est pas là, c'est bien connu, les souris dansent. Surtout celles de Seth auxquelles il venait d'inoculer le virus de la rage. Au fil des meurtres, le club avait pris de l'ampleur. Agatha se demandait s'il était moral de s'en réjouir. Ce dont elle se réjouissait, en revanche, c'était que les deux nouveaux membres, les administratifs, étaient venus de leur propre chef et non parce que leur club s'était vu affecté par le vol de leur matériel, comme les autres.

— Pour aujourd'hui, vous aviez à lire, enfin, à feuilleter, *Pour qui sonne le glas* d'Ernest Hemingway, annonça Agatha en posant son sac sur sa table. Qui l'a lu ?

Silence.

— Ou l'a feuilleté ?

— Je suis pas allé plus loin que le titre, dit Franck. J'ai rien compris.

— C'est vrai, ça, c'est quoi le glas ? demanda Allen. C'est une espèce de téléphone ?

— De téléphone ?

— Oui, *Pour qui sonne le téléphone* ?

— Alors pourquoi ça ne s'appelle pas *Pour qui sonne le téléphone* ?

— Parce que ça n'intéresserait personne ! s'exclama Franck.

— Parcé qué c'est oune écrivain, et les écrivains né dissent pas les choses como les autres, dit Rosita en soulignant ses paroles de coups de balayette.

— Du calme tout le monde ! hurla Agatha. Tu as raison, Rosita, les écrivains ont une sensibilité spéciale. Un peu comme les femmes de ménage, ajouta-t-elle en faisant signe à la Mexicaine de ranger son sceptre à poils humides. C'est ce que le lecteur recherche dans un roman, une forme de beauté que l'on ne trouve pas dans les mots quotidiens, une espèce de poésie. Mais attention, le glas n'est pas un téléphone, il s'agit du tintement de cloche avec lequel on annonce l'agonie d'un fidèle, sa mort puis ses funérailles. Pour qui sonne le glas, c'est un peu « Celui qui va bientôt mourir ».

— Alors pourquoi ne pas intituler le roman *Celui qui va bientôt mourir* ? Tout le monde comprendrait.

— Mais les romanciers ne cherchent pas forcément à être compris. Regardez James Joyce !

— C'était pas un cow-boy, ça ? demanda Allen.

— Non, le cow-boy c'était Jesse James, corrigea Betty.

— Ah oui.

— Revenons à notre glas, proposa Agatha. Personne ne l'a lu, alors ? Même pas commencé ?

Et une lueur de déception vint balayer son visage aussi rapidement que l'aurait fait la balayette de Rosita.

— Au début, les romans ne sont que des titres pour nous, comme les inconnus ne sont que des noms, commença la policière, exaltée. On vous dit *Pour qui sonne le glas*. On vous dit que cela parle de la guerre civile espagnole. Un titre ambigu, un sujet qui ne vous intéresse pas *a priori* et voilà le livre jugé à jamais. Un peu comme une personne dont vous n'auriez jamais entendu parler et dont on glisserait un nom, une profession dans une conversation. Emily Walker, caissière chez Walmart, par exemple. Bon, vous vous dites Emily Walker, caissière, ai-je vraiment envie de connaître sa vie ? Et vous la jugez en quelques secondes sans appel. Et puis un jour, vous rencontrez Emily Walker. Elle est belle. Premier bon point. Vous lui parlez, elle a l'air intéressante. Elle s'intéresse à vous aussi, elle vous apprend des choses, il y a du feeling, vous passez un excellent moment avec elle. Vous vous revoyez, les choses prennent un nouvel aspect, une nouvelle profondeur. Vous dînez dans un joli restaurant italien, romantique. Vous vous embrassez. Emily Walker vous plaît. Jusqu'à ce qu'au fil des rencontres, vous tombiez fou amoureux d'Emily Walker. Emily Walker, la seule mention de ce nom ne revêt plus les sentiments détachés que vous aviez la première fois que vous en avez entendu parler. La caissière de Walmart n'existe plus. Le son des mots n'est plus le même, il devient une douce mélodie, autre que celle du bip de la caisse enregistreuse. Vous savez maintenant qui est cette Emily Walker et vous l'aimez. Eh bien, il en est de même pour les livres. On vous dit *Pour qui sonne le glas* et vous ne comprenez pas trop le titre, vous abandonnez l'idée de le lire lorsque vous apprenez que cela traite de la guerre civile espagnole. Et puis un jour, dans la salle d'attente d'un dentiste, vous apercevez des livres sur une étagère. Vous vous levez pour les feuilleter. Vous tombez sur le roman d'Ernest Hemingway et vous en lisez la première ligne, puis la deuxième, vous en lisez la première page, puis le premier chapitre avant que n'arrive votre tour. La vision que vous aviez du roman vient de changer. Vous voulez connaître la suite, exactement comme vous vouliez revoir Emily Walker. Vous repartez avec l'exemplaire du dentiste ou l'achetez dans la première librairie que vous croisez en sortant, vous le dévorez. On tombe amoureux des livres comme on tombe amoureux des personnes. *Pour qui sonne le glas* devient alors l'un de vos romans préférés et vous vous dites qu'il aurait été dommage que vous passiez à côté juste pour une erreur de jugement, pour un titre. Alors, la prochaine fois que l'on voudra vous présenter Emily Walker ou *Pour qui sonne le glas* donnez-leur une chance. Ils pourraient changer votre vie. Vous pourriez tomber amoureux.

Elle faillit leur parler de *Mr Mercedes*, le roman de Stephen King, dont elle avait longtemps pensé qu'il s'agissait de l'histoire d'un transsexuel alors qu'il s'agissait en réalité d'un assassin qui avait un beau matin écrasé avec sa Mercedes toute une foule de chômeurs qui attendaient l'ouverture d'un bureau d'embauche. Elle se ravisa. Elle ne souhaitait pas exciter Kevin outre mesure avec de fausses illusions. Autre exemple, avant de le lire elle avait toujours pensé que *La Chute de la maison Usher* de Poe se référait à la chute d'un empire familial, en l'occurrence celui des Usher, alors qu'en réalité, c'était leur maison qui, littéralement, durant une nuit d'orage, chutait, s'enfonçait puis disparaissait dévorée par l'étang sur lequel elle était bâtie. Qui l'aurait cru ? Souvent, les titres vous trompaient. Comme les personnes. Que celui qui n'a jamais pensé aux casinos à la première allusion au *Rouge et le Noir* de Stendhal jette la première bille. Qui pourrait imaginer que derrière ces couleurs se cachent le noir de la soutane et le rouge des lèvres féminines, l'éternel dilemme de Julien Sorel entre le clergé et sa passion pour les femmes ?

— Y'ai lou cinq pages et démie, avoua la Mexicaine.

— Un jour, il faudra passer le cap des cinq pages et demie, Rosita. Si tu avais continué, tu serais tombée sur une belle histoire d'amour au milieu d'une guerre. Hemingway connaissait bien ce sujet. C'était un grand voyageur. Il changeait de résidence chaque fois qu'il commençait l'écriture d'un nouveau manuscrit. Il a vécu à Paris, a été chauffeur d'ambulance en

Italie, correspondant de guerre en Espagne, a vécu à Cuba, pour se suicider dans l'Idaho.

— Un peu comme Stefan Zweig, releva Kevin.

— C'est vrai, reconnut Agatha, fière de son élève. Mais tous les écrivains ne se suicident pas. Heureusement. D'autres ont connu une mort plus… fantaisiste. Molière, par exemple, est mort après la quatrième représentation de son *Malade imaginaire*. Il jouait le rôle d'un hypocondriaque !

Toute l'assistance éclata de rire. On se retourna vers Kevin, qui l'était un peu. Hypocondriaque.

Qu'est-ce que cela fait du bien de pouvoir parler de littérature, de lire, de s'émerveiller, d'être les uns avec les autres et de passer de si beaux moments, pensa Agatha. Et elle parcourut d'un regard maternel son assistance composée d'hommes et de femmes qui, s'ils n'étaient pas parfaits, la rendaient aujourd'hui la plus heureuse du monde. Partager son amour pour les livres, voilà quelque chose qui l'avait toujours animée, et aujourd'hui elle réalisait ce rêve.

— Mais revenons à Hemingway, continua-t-elle, emplie d'une énergie nouvelle. Son roman le plus connu est *Le Vieil Homme et la Mer*. C'est le récit de la pêche d'un gigantesque espadon par un vieil homme, Santiago, durant trois jours.

— Passionnant, ironisa Franck.

Puis il se rappela le laïus que venait de faire Agatha sur les jugements hâtifs. Il pensa à cette Emily Walker qu'il ne connaissait pas, qui n'existait pas mais dont il pourrait tomber amoureux. Donner une chance aux gens, aux livres. Ils pourraient changer notre vie.

— En tout cas, ça plairait au patron, dit Betty.

— Dans le livre qui nous intéresse, *Pour qui sonne le glas*, reprit Agatha, l'écrivain s'est inspiré de son expérience pendant la guerre civile espagnole. Robert Jordan, le héros, débarque dans la montagne, de l'autre côté des lignes fascistes, pour y faire sauter un pont. Il tombe amoureux d'une jeune fille, Maria, apprend à aimer ces guérilleros républicains, il raconte un peu sa vie, sa passion pour l'Espagne et les corridas (là, c'est Hemingway qui laisse parler son cœur), on en oublie presque qu'il est venu là pour un pont. Et quand le moment arrive de le faire exploser, tu te demandes bien à quoi tous ces morts ont servi. L'Espagne est toujours une monarchie.

— On devrait faire sauter quelques ponts dans la région, proposa Franck. Ça nous occuperait.

— Comme dans *Le Pont de la rivière Kwaï*, dit Allen.

— Puisque vous en parlez, c'est un très beau roman de Pierre Boulle ! s'exclama Agatha. Avant d'être écrivain, il fut lui aussi envoyé en Indochine faire sauter des ponts. Mais vous le connaissez pour un tout autre genre. C'est lui qui a écrit la célèbre *Planète des singes*. J'aime quand un livre en appelle un autre, puis un autre, puis un autre. La littérature est une grande constellation dont les étoiles se renvoient les unes vers les autres.

Elle s'approcha du tableau, prit un feutre et écrivit quelques mots :

Zweig… Hemingway… Boulle

À ce moment-là, la porte du bureau s'ouvrit et l'énorme silhouette du superintendant Goodwin apparut. Il portait sur la tête son éternel bob décoré d'hameçons et tenait à la main une petite glacière qui laissait augurer qu'il n'était pas rentré bredouille. Il lança un regard vide vers l'assistance avant de chanceler. Il se rattrapa au cadre de la porte pour ne pas tomber.

— Foutus ronds-points ! Qu'est-ce que vous avez écrit au tableau ?

— Zweig, Hemingway et Boulle, monsieur.

— J'aime quand tout le commissariat se mobilise pour une affaire. Ce sont les suspects pour vos trois affaires, Crispies ?

Agatha regarda à son tour le tableau, incrédule. Se pouvait-il que Zweig, Hemingway et Boulle aient fait le coup ?

McDonald
~~*Frzdziwska « Wendy » Grzegorczyk*~~
~~*Betty Stansford*~~
Mieczyslaw Grzegorczyk
~~*(Peter Foster ?)*~~
~~*Le Shakespeare du pressing*~~
~~*Écureuil radioactif*~~
Old Joe
Stefan Zweig???
Ernest Hemingway???
Pierre Boulle???

Où Agatha retourne à la scierie et accepte une affaire

Après le repas de midi, Agatha trouva une note sur son bureau. Jacob Delafon avait laissé un message à la réceptionniste du commissariat dans lequel il demandait à la policière de venir à la scierie. Il m'a rappelée pour me revoir, pensa-t-elle en remontant dans sa voiture. Le coup du déhanchement à la Rihanna, la dernière fois qu'elle l'avait quitté, avait produit son petit effet. Elle s'observa un instant dans le rétroviseur, se repassa du rouge à lèvres et démarra. Pour Scarlett O'Hara, une jolie robe et un teint frais étaient les meilleures armes pour forcer le destin et rendre Ashley amoureux. Pour Agatha, le teint frais suffirait.

— Le cinquième bûcheron a disparu ce matin, dit l'entrepreneur en enlevant sa casquette et en essuyant son cou luisant avec.

— C'est pour cela que vous m'avez fait venir ! s'exclama Agatha, à la fois surprise et déçue.

— Ben oui, répondit l'homme, étonné, vous m'aviez demandé de vous aviser à la cinquième disparition.

— Je pensais que vous vouliez me revoir, coupa Agatha avec une franchise qui la surprit elle-même.

Et en même temps qu'elle rougissait, ses lèvres se tordirent en une moue de petite fille boudeuse qui parut décontenancer l'homme.

— Oui, je voulais vous revoir aussi, avoua-t-il avant d'esquisser un sourire sponsorisé par le dentiste local.

Le beau bûcheron n'avait pas changé de chemise depuis la dernière fois. Il avait toujours la même barbe de trois jours, alors que trois étaient passés entre leur rencontre et aujourd'hui (il aurait donc dû porter, en toute logique, une barbe de six jours).

— J'osais espérer que vous vous chargeriez de cette affaire… personnellement.

Il prit un air suppliant, ce qui fit fondre le cœur d'Agatha.

— De toute façon, mes enquêtes piétinent, avoua-t-elle, résignée.

— C'est un oui ?

La policière acquiesça de la tête.

— Merci ! Merci de tout cœur ! Je peux vous inviter à dîner ce soir ? Pour vous remercier…

Ah, enfin une parole sensée, pensa-t-elle.

— Vous me draguez ? demanda Agatha alors à brûle-pourpoint pour ne plus avoir de doutes sur ses intentions.

Elle n'avait plus l'âge de jouer les timides.

— Non, je…

— Ah, non ? s'exclama-t-elle, outrée. Je ne suis pas assez bien pour vous ?

— Si, enfin… oui, je crois bien que je vous drague, reconnut-il.

— Dans ce cas, j'accepte le repas.

— Je me change et on y va ! lança-t-il aussi enthousiaste qu'un bûcheron devant une étendue de pins sylvestres.

Et il partit d'un pas aérien vers la cabane.

Dans lequel Agatha et Coby dînent ensemble, parlent de littérature et d'autres choses

Voilà cinq bonnes minutes qu'Agatha avait le regard perdu sur la chemise à carreaux rouges et blancs de Jacob. Ne lui avait-il pas dit qu'il allait se changer ?

L'homme était plongé dans un monologue sans doute passionnant mais elle ne l'écoutait pas.

— Vous ne m'aviez pas dit que vous alliez vous changer ? coupa-t-elle soudain.

— Je me suis changé, répondit-il, décontenancé. Je n'ai que des chemises de bûcheron, si c'est ce que vous voulez dire. Je ne suis pas très porté sur les fringues.

— Ce n'est pas grave, Jacob.

— Tout le monde m'appelle Coby dans le coin.

— OK, Coby.

Il y a quelques jours, elle avait dîné avec un shérif et voilà qu'elle sortait aujourd'hui avec un beau bûcheron. Son métier, c'était mieux qu'un abonnement à eDarling. En plus, là, on ne mentait pas. Sur un site de rencontres sur Internet, elle aurait vite douté du profil de Jacob Delafon. Elle imaginait déjà la description. Grand, musclé, blond aux yeux bleus, barbe de six jours, bûcheron. Combien de chauves libidineux s'étaient-ils dissimulés derrière pareille description sur les sites de charme ?

Bûcheron. Le mot tourna dans son esprit quelques secondes. Ce serait un suspect idéal. Sur sa liste, il ne restait que McDonald, Old Joe et le vendeur de voitures (elle avait écarté les trois écrivains et la Polonaise, qui était passée de suspecte à victime). Jacob était donc le quatrième suspect. Oui, il aurait été capable de commettre un tel massacre, mais elle ne l'imaginait pas le commettre avec des aiguilles à tricoter. Peut-être était-il trop jeune pour savoir tricoter. Peut-être aussi parce qu'elle ne pouvait, et ne voulait, l'imaginer avec un truc aussi ringard dans les mains. Elle était moderne, un peu féministe aussi. Elle aimait les hommes qui faisaient le ménage, qui cuisinaient, qui lavaient la vaisselle. Mais un bûcheron qui tricotait, au secours !

— Ce qui arrive à ma scierie, c'est un peu comme ce roman, dit l'homme, *Dix Petits… Afro-Américains*.

Il se tut, gêné.

— *Dix Petits Nègres*, rectifia Agatha. Un des livres qui m'a appris à aimer la lecture. Vous savez que, juste après sa sortie au Royaume-Uni, la maison d'édition d'Agatha Christie a changé le titre de *Dix Petits Nègres*, jugé trop injurieux ? Là-bas, le livre s'appelle *Dix Petits Indiens*. Un jour, les Indiens se plaindront et ils devront changer de titre à nouveau.

— Je pensais que les policiers ne lisaient pas.

— Et moi je pensais que les bûcherons ne savaient pas tricoter.

— Comment ?

— Rien, rien.

— En tout cas, vous avez l'air calée.

— Je tiens un extraordinaire, merveilleux et indispensable club de lecture au commissariat, annonça Agatha avec fierté. Le plus grand de tout New York, Colorado.

— Incroyable ! s'exclama l'homme avec enthousiasme. J'aime la littérature. J'aime à croire que les arbres que je coupe servent à faire du papier qui un jour seront les pages d'un livre. Je crois en ce type de réincarnation.

Une serveuse mâchant un chewing-gum de manière vulgaire s'approcha d'eux pour prendre la commande, un calepin en main.

— Je me ferais bien un petit blanc, dit Agatha. Oups pardon, je voulais dire un petit verre de vin blanc.

— J'avais compris, murmura Coby en rougissant. Vous n'êtes pas cannibale.

— Ça dépend, dit la policière, adoptant un air coquin.

C'était elle qui rougissait à présent.

— Je prendrai une brune, dit le bûcheron à la serveuse en lançant un clin d'œil à son invitée. Je veux dire, une bière brune.

La fille fit éclater une bulle de son chewing-gum puis elle s'éloigna en claquant ses talons sur les dalles blanches et noires du restaurant.

— J'écris, dit Coby en caressant la table de la pulpe de son index à la recherche d'une anfractuosité.

— Vous écrivez ?

— Oui.

— Quel style ?

— C'est du développement personnel-western.

— Pardon ?

— Des livres de développement personnel qui se passent au temps des cow-boys. Un mélange de Paulo Coelho et *Brokeback Mountain*. Mes origines texanes, je suppose…

— Dit comme ça, je n'arrive pas trop à visualiser.

— Ça tombe bien, j'ai un manuscrit sur moi.

L'homme déboutonna sa chemise et en sortit un paquet de feuilles.

— Vous me le rendrez quand vous l'aurez lu. C'est mon dernier. J'ai écrit l'histoire du grand aventurier Remington Brown, vous savez, celui qui a fondé le beau village de New York, Colorado, le jour où il a trouvé sa balle de golf dans la gueule du crocodile ?

— Vous vous baladez toujours avec des manuscrits sous votre chemise de bûcheron ? s'exclama Agatha, sidérée.

— On ne sait jamais. Au cas où je rencontrerais un éditeur.

— En pleine forêt ?

— Ou dans un restaurant comme celui-ci.

— Je ne suis pas éditrice. Lecteur et éditeur sont des choses bien différentes. Tous les éditeurs sont lecteurs, mais tous les lecteurs ne sont pas éditeurs…

— Mais votre avis m'importe.

Agatha prit cela pour un compliment. Elle saisit le manuscrit que l'homme lui tendait, en se forçant à ne pas en humer le parfum (autant d'heures passées sous sa chemise, au contact de sa poitrine poilue en sueur…) et le posa à côté d'elle. Elle le lirait en rentrant, dans un bon bain chaud, enivrée du viril arôme de chacune des pages. Oh, et puis non… pourquoi ne pas…

— Vous serez sincère, hein ?

— Je suis toujours sincère, Coby. La preuve, je voulais le lire ce soir en rentrant, dans un bon bain chaud… et je viens de décider que je ne le ferai pas.

— Ah bon ? s'exclama l'homme, déçu.

— Oui, parce que j'aurai quelque chose de mieux à faire… On y va ?

— On ne nous a même pas servi les boissons !

— S'il faut que je vous menotte, ce ne sera pas un problème. Bien au contraire…

Devant l'air déterminé de l'officier de police, le beau bûcheron se leva. Il n'avait jamais désobéi à un agent de la loi, même si les menottes le tentaient bien.

La véritable histoire de Remington Brown ou la fondation de New York, Colorado

Voilà deux jours que Remington Brown marchait sous un soleil de plomb dans l'immense désert.

« Maudite balle ! » pestait-il dans sa barbe de deux jours. Ce n'était plus une simple histoire de balle, il en avait d'autres, mais c'était devenu une affaire personnelle. Elle ne pouvait pas être allée bien loin. Il la retrouverait, dût-il perdre autre chose, la vie par exemple. À cette époque, d'ailleurs, il n'était pas rare de mourir d'une balle. Mais plus communément de revolver…

Il n'avait croisé personne, juste des squelettes d'animaux et un serpent à sonnette qui lui avait fichu une trouille bleue lorsqu'il l'avait trouvé dans sa botte au réveil, mais il savait reconnaître un être humain quand il en voyait un, fût-il une simple silhouette noire découpée sur le sable chaud, et ce qu'il voyait au loin en était un.

Il arriva bientôt au niveau de l'homme qui était occupé à planter des drapeaux rouges selon une logique que lui seul semblait connaître. Il n'y avait ni cheval ni chariot à ses côtés.

— Pourquoi vous plantez des drapeaux dans le désert ?

L'homme se retourna et lui sourit.

— Pour repousser les lions. Le rouge attire les taureaux et repousse les lions. Vous ne saviez pas ?

— Mais, il n'y a pas de lions dans le Colorado ! s'exclama le cow-boy.

— Eh bien vous voyez ! Ça marche !

Disant cela, il se remit au travail.

Remington trouva que l'explication de l'inconnu manquait un peu de logique mais, après tout, la raison de sa présence à lui en ces mêmes lieux n'était-elle pas plus farfelue encore ?

— Dites donc, mon vieux, je cherche ma balle de golf, vous ne l'auriez pas vue passer, par hasard ?

— Par hasard, par hasard, mais qu'est-ce que le hasard ?

Clef du Dr Jacob Delafon

Le hasard est une circonstance de caractère imprévu ou imprévisible dont les effets peuvent être favorables ou défavorables pour une personne. À ce titre, certains confondent le hasard et le destin. N'attendez pas que les choses tombent toutes cuites dans votre assiette, prenez le taureau par les cornes et battez-vous ! Les signes, le destin, je laisse cela aux paresseux, à ceux qui se laissent porter par les remous des vagues, ceux qui cherchent une excuse lorsque les choses se passent mal, ceux qui se disent : « Ce n'est pas de ma faute, c'est le destin, c'était écrit ! » À quoi cela sert-il de se battre si tout est déjà écrit d'avance et que rien ni personne ne pourra jamais le changer ? Autant rester assis sur une chaise toute sa vie et attendre que les choses se passent ! Quand on croit en la rigueur et au travail, on ne croit pas aux signes. Je préfère penser que nous prenons à chaque seconde des chemins et des décisions qui font que notre vie devient ce qu'elle est. Oui, j'aime croire que notre existence est ce que nous en faisons. Et que nous sommes des êtres libres.

— Enfin, je ne voulais pas un cours de philosophie. Je disais « par hasard », parce que c'est une expression.

— Oui, mais nous sommes dans un livre de développement personnel-western. Tout est prétexte à secouer un peu le lecteur pour qu'il apprenne à prendre sa vie en main et qu'il arrête de se plaindre. Pour qu'il positive !

— C'est vrai, reconnut Remington. Et pour ma balle ? Vous positivez ?

— Désolé. On ne voit pas passer grand-chose par ici…

Le cow-boy lui demanda un peu d'eau. L'homme lui offrit sa gourde. Puis il le remercia et reprit sa route.

Après le manque d'eau, vint le trop-plein d'eau : la North River qui, comme son nom l'indiquait, s'écoulait vers le nord du Colorado. Et il rêva d'être Moïse pour écarter le cours d'eau d'un seul geste du bras, d'une simple pensée.

Quand on veut, on peut ! Il suffit de s'armer de volonté et de croire en votre objectif pour qu'il se réalise. S'il ne se réalise pas, peut-être avez-vous été trop ambitieux. Donnez-vous un autre objectif un peu plus facile à atteindre, armez-vous de volonté et croyez en vos capacités. Si celui-ci ne se réalise pas non plus, revoyez vos ambitions à la baisse. Vous pensiez peut-être pouvoir écarter les eaux d'un simple lever de bras, ou être fait pour être un grand dirigeant d'entreprise alors que vous serez beaucoup plus heureux en obtenant un poste de serveur exploité chez McDonald's. Pensez-y !

Remington Brown étant plus du style Noé que Moïse, il se construisit une pirogue avec les troncs d'arbres qu'il trouva aux abords de la rivière et s'élança sur les eaux sauvages. Il les remonta pendant trois jours, ne se nourrissant que des quelques poissons qu'il pêchait avec une branche, un lacet de chaussure et un clou tordu. Au bout de trois jours, il aperçut la terre. Sa diète alimentaire passa du cutbow, un poisson tacheté comme un léopard, à l'écureuil. Et c'est alors qu'il chassait un de ces petits rongeurs inoffensifs (à l'époque ils n'étaient pas encore radioactifs) qu'il tomba face au plus meurtrier des animaux. Un crocodile. Il aurait sans doute tourné les talons et cherché son repas dans des environs moins hostiles s'il n'avait pas repéré, dans la grande gueule menaçante du reptile, une minuscule boule blanche ressemblant comme deux gouttes d'eau à cette maudite balle qu'il cherchait depuis cinq jours.

— Je t'ai enfin trouvée, ma cocotte… Donne la ba-balle !

Le crocodile ne broncha pas.

Alors Remington, qui avait déjà perdu assez de temps comme ça, porta sa main droite à son revolver, dégaina et vida son barillet sur l'animal. Lorsque la fumée se dissipa, il remarqua que le reptile n'avait aucune plaie. Pas la moindre tache rouge. Il savait que la peau du crocodile était épaisse, un vrai blindage, mais pas à ce point-là. Et puis, il était excellent tireur, il ne pouvait avoir manqué sa cible à trois mètres de distance. Indemne, le prédateur aux yeux jaunes continuait d'approcher vers son agresseur en faisant claquer ses meurtrières mâchoires aux dents acérées entre lesquelles on pouvait voir l'inaccessible balle de golf. Il le dévisageait de son regard mort et à la fois défiant, comme assailli d'une sacrée envie d'en découdre, comme lui disant « Tu la veux la ba-balle ? Alors, viens la chercher ! »

*

Quelques mois auparavant, à Blue Springs, Kansas, et alors que les coups de canon de la guerre de Sécession résonnaient un peu partout dans ces États-Unis pas encore très unis, un homme nommé Trevor Liberty passait ses journées à confectionner des munitions. Saboter serait un plus juste mot pour l'activité à laquelle s'adonnait cet humaniste de vingt-quatre ans qui faisait partie des deux cents femmes réquisitionnées par la cartoucherie de l'Union de Blue Springs. Il n'était pas une femme, bien entendu, mais une blessure de cheval au genou l'avait empêché de suivre les hommes au front.

Cette guerre n'était pas la sienne. Sous le prétexte de l'abolition de l'esclavage, c'était celle, plus politique, d'Abraham Lincoln et de Jefferson Davis. On se déchirait peut-être entre Nord et Sud, entre abolitionnistes et esclavagistes, mais ce n'était pas son affaire. Lui aimait tout le monde, les Blancs et les Noirs, les esclaves, les confédérés, les unionistes. Il aimait les gens. Il était au Kansas, voilà tout, et à cette époque-là, cet État luttait dans le camp des forces de l'Union contre la Confédération. Malgré cela, une bonne partie de sa population était en faveur de l'usage des esclaves, ce qui causait de grands conflits entre les milices du Missouri et l'Union du Kansas, et un sacré bordel dans l'esprit des gens qui ne comprenaient plus rien, ni ne savaient dans quel camp ils se trouvaient.

Pour Trevor Liberty, tous n'étaient que des Américains qui tuaient d'autres Américains, et cela, il ne pouvait le tolérer. Voilà pourquoi il s'était jeté de son cheval en pleine course et s'était brisé le genou, afin de servir plus facilement la cause en arrière du front, dans la manufacture de cartouches de Blue Springs avec un petit plan qu'il avait élaboré. La vie de centaines d'hommes valait bien un genou. Il en était convaincu.

Fort de ses convictions, il ne versait donc pas assez de poudre dans les douilles des munitions qu'il confectionnait, juste la dose nécessaire pour faire exploser la charge mais pas assez pour projeter la balle hors du canon et blesser ou tuer celui qui se trouvait en face.

Tout en menant sa secrète et glorieuse entreprise, Trevor se demandait si un autre homme ou une autre femme, dans l'autre camp, inspiré par les mêmes valeurs, agissait de même.

Il ne le sut jamais mais, en face, il y eut bien quelqu'un d'autre, dans la manufacture de Monroe, Louisiane, une autre femme, Nataly Marlon.

Un jour, deux hommes sur le front, un unioniste et un confédéré se firent face, arme au poing, et tirèrent. Lorsque la fumée se dissipa, ils se tenaient debout, indemnes. Heureux d'être encore vivants, et y voyant là un signe du destin (*cf.* ci-avant, la *clef du Dr Jacob Delafon* sur le hasard), ils se prirent dans les bras l'un de l'autre et devinrent les meilleurs amis du monde.

*

C'était un beau message de paix, oui, mais Trevor Liberty et Nataly Marlon avaient-ils un jour pensé à cet aventurier qui aurait à user leurs munitions factices face à un crocodile ? Certainement pas.

Remington Brown jeta son revolver inutile et retroussa ses manches. La suite, tout le monde la connaît, elle est inscrite au musée d'histoire de New York, Colorado, sur une petite plaque vissée au piédestal où repose une paire de bottes en peau de crocodile luisantes.

Clef du Dr Jacob Delafon

Saviez-vous que le crocodile est un des animaux (avec le cafard) capables de survivre à une attaque nucléaire ? Au cas où il en surviendrait une, réfugiez-vous dans votre sac à main en croco ou celui de votre femme (de l'intérêt de toujours acheter des authentiques et pas des imitations…) et attendez que ça se passe. Tout en positivant, bien sûr…

Dans lequel notre brillante enquêtrice couche avec un suspect pour la ~~première~~ quarante-septième fois de sa vie

— Ah oui, effectivement, dit Agatha lorsque Coby acheva de lire son manuscrit à voix haute, c'est du développement personnel avec des cow-boys…

Elle était blottie contre le corps chaud et poilu du bûcheron. Le regard de l'homme s'attarda sur la peau d'ébène luisante et les formes de sa partenaire. Deux balles de Pilates en guise de fesses, deux ballons de basket-ball pour poitrine, cette fille était un club de sport à elle toute seule.

— Tu aimes mes fesses ?

— Oui.

— Tu aimes les grosses fesses ?

— Oui.

— Tu sais quoi ? J'ai les fesses encore plus grosses que ce que tu vois.

Elle se leva et se tint droite, nue, devant lui, posant comme un mannequin de Weight Watchers devant les caméras.

— Le noir, ça amincit ! dit-elle, fière d'elle en passant sa main sur ses courbes.

— C'est vrai, et c'est élégant, surenchérit-il, les yeux pleins d'étoiles.

La policière revint prendre place contre lui et l'homme posa à nouveau ses doigts contre l'une de ses fesses comme un basketteur prend un ballon en main.

— Je pensais qu'il n'y avait que des racistes dans la région.

— Nous ne le sommes pas tous, mon petit brownie au chocolat…

— La fin n'est pas un peu bâclée ? demanda-t-elle.

— La fin de tes fesses ?

— Non, de ton histoire.

— Oh, j'en avais marre.

— Je comprends. Enfin, je veux dire que je comprends que tu en aies eu marre à un moment donné, d'écrire, pas que tu en aies eu marre de cette merveilleuse histoire. Quelle imagination !

Elle ne savait plus trop quoi dire ou penser sur ce qu'elle venait d'entendre. L'histoire de cow-boys était intéressante, mais ces digressions philosophiques étaient-elles nécessaires ? Elle lui avait promis d'être sincère mais, pour une fois, elle n'y arrivait pas.

— Tu vas bien ? On dirait que tu es absente.

— Tu as déjà pensé à le faire publier ? Tu pourrais l'envoyer à un éditeur.

— Ça n'existe pas.

— Quoi ? Les éditeurs ? À NewYork, Colorado, peut-être pas, mais dans le reste des États-Unis, je peux t'assurer qu'il y en a !

— Non, je voulais dire, ce style, le développement personnel-western. Ça n'existe pas. Alors ça ne peut intéresser personne. Ni les éditeurs ni les lecteurs.

— Et pourquoi tu ne garderais pas l'histoire, qui est super, et tu enlèverais tous ces trucs sur le destin ? On a l'impression que tout est prétexte à mettre de la psychologie bon marché, tempéra-t-elle. Comme dans les films de Van Damme, où tout justifie une scène de bagarre.

— J'ai voulu mettre un peu de développement personnel parce que c'est ce qui marche maintenant. Ça s'appelle les *feel-good books* et ça se vend comme des petits pancakes.

— Et c'est pour cela que tu te fais passer pour un docteur ? Les clefs du Dr Delafon. Qu'est-ce que c'est que ces histoires ? Tu n'es pas psychologue, tu coupes des arbres !

— Oui, mais ça fait plus sérieux.

— Mais c'est un mensonge ! s'offusqua la policière.

— Tout de suite les grands mots. C'est du marketing, Agatha, du marketing.

— Mon mec que je prends en flagrant délit de sauter ma meilleure copine, dans notre lit, et qui me dit que c'est pas ce que je crois, c'est du marketing peut-être ? hurla-t-elle.

Un triste épisode de sa vie amoureuse. Salaud de Dan. Jamais plus elle ne croirait en la fidélité d'un toxicomane.

— Non, ça, c'est un menteur.

— Eh bien, je ne vois pas trop la différence, dit-elle en reprenant une voix plus douce. Tu sais, l'amour de soi et des autres, c'est le seul développement personnel qui existe. S'aimer comme on est, se contenter de ce que l'on a, et aimer ses amis et sa famille. Le reste est superflu.

— C'est super, ça ! s'exclama l'homme, enthousiaste. Je peux te le piquer ?

Et sans attendre, il prit un crayon sur sa table de nuit et gribouilla quelques mots sur la couverture blanche du manuscrit.

— Euh… oui. Tu ne vas pas enlever les digressions alors ?

— C'est ça qui fait l'essence du bouquin. Tout le monde se fout de Remington qui cherche sa balle de golf.

— Au contraire, c'est intrigant. On ne sait pas s'il va la retrouver.

— Tout le monde le sait puisque NewYork, Colorado, existe ! assena le bûcheron.

— Coby, personne ne connaît New York, Colorado !

Elle s'aperçut qu'elle avait crié et reprit d'une voix plus suave :

— À propos, j'aime beaucoup la petite histoire sur la manufacture de cartouches.

— Ça, c'est mon petit côté *peace and love*. Non, ces petites digressions, comme tu dis si bien, c'est tout ce qui fait la différence.

— Remarque, tu as inventé un style, dit-elle en entortillant son index autour des poils de son torse. Je suis sûre que ça pourrait marcher. Tu auras un succès monstre, tu gagneras beaucoup d'argent et tu n'auras plus à découper des arbres. Et après, il y aura plein d'écrivains qui exploiteront le filon et feront du développement personnel-western. On créera un rayon spécial pour ce nouveau genre dans les librairies.

Enthousiasmé, l'homme regarda le plafond et esquissa un grand sourire qui lui fendit la barbe en deux comme un coup de hache.

— Tu m'aimes ?

Quoi ? Au secours ! pensa Agatha et toutes ses alarmes se mirent à sonner en même temps dans sa tête.

Elle se leva d'un bond et alla chercher ses menottes dans sa veste puis elle attacha l'homme aux barreaux du lit. C'était la première fois qu'elle menottait quelqu'un en cinq ans.

— Ce soir, tu es à moi, rien qu'à moi, dit-elle, puis elle bascula sur le bûcheron pour remettre cela avant qu'il n'ouvre à nouveau la bouche pour poser des questions qui fâchent.

Dans lequel Agatha reçoit une étrange demande d'ami sur Facebook

Le lendemain, lorsqu'elle revint de déjeuner, Agatha trouva un Post-it sur son bureau. Elle attendit que son tournis, provoqué par les cinquante ronds-points qu'il fallait passer pour arriver jusque-là, s'estompe pour pouvoir le lire.

J'ai des informations à propos des trois meurtres.
Je vous attendrai ce soir à 11:00 p.m. à Tortilla's Point, devant l'ancienne laverie.
Ne prévenez pas la police.

Un nouvel ami.

Elle regarda autour d'elle. Betty était plongée dans une grande conversation, sans doute avec une amie. Kevin se limait les ongles à côté d'elle. Assise dans la petite salle d'attente des victimes et plaignants, une vieille femme au regard triste se désaltérait à la fontaine à eau. La policière reconnut madame Jennings.

Elle devait encore avoir perdu Jean-Paul II. Que lui rendrait-on cette fois-ci à la place de son chat persan ? Un furet ? Une marmotte ?

Agatha se leva et se rendit à la réception.

— Qui a apporté ça ? demanda-t-elle en agitant le petit rectangle de papier jaune.

— Un homme, dit Betty en déposant le combiné contre son cou. Il a laissé une demande d'ami sur ton mur Facebook.

Pendant une seconde, Agatha fut tentée de regarder son portable, mais elle se rappela qu'il se trouvait sous ses petites culottes en dentelle dans le tiroir de sa commode. Elle regarda en direction du tableau de liège accroché au mur derrière la réception. Dans sa case se trouvait le contour découpé au carton d'une personne avec un carré rouge sur la tête où l'on pouvait lire un 1, le symbole de demande d'ami sur sa liste d'amis Facebook.

— Comment était-il ? demanda Agatha en reposant ses yeux sur la belle Betty.

— Un mec, répondit-elle en haussant les épaules, au risque de faire tomber le téléphone. Normal.

— Normal ? C'est quoi un mec normal ? Un mec comme Kevin ?

L'intéressé arrêta de se limer les ongles et attendit sa réponse.

— Kevin, c'est pas un mec ! Kevin, c'est une copine !

Satisfait, le réceptionniste reprit son activité.

— C'était un mec normal. Monsieur-tout-le-monde, quoi, précisa Betty.

Betty n'était pas policière et cela se voyait. Elle n'était pas physionomiste pour deux shillings.

Cela rappela à Agatha une conversation qu'elle avait eue avec la victime d'une agression dans le métro de l'autre New York, lorsqu'elle travaillait encore en patrouille de rue.

— Pourriez-vous me décrire votre voleur ?

— Il était normal.

— C'est quoi « normal » ?

— Un physique passe-partout. Ni trop grand ni trop petit, ni trop brun ni trop blond. Pas trop jeune. Mais pas trop vieux non plus. Un visage banal.

— Vous pourriez être plus précise ?

— Oui, il avait des yeux, un nez au milieu de la figure et, oh, une bouche juste en dessous ! Oui, cela pourrait vous aider, tiens. Il avait une bouche juste en dessous du nez !

— Et des oreilles aussi ? avait demandé la policière pour plaisanter.

— Oui, deux, avait répondu très sérieusement la victime. Vous le connaissez donc !

— Pourriez-vous le reconnaître si on vous le présentait au milieu de cinq autres personnes ?

— Je pourrais autant faire la différence entre lui et un autre qu'entre deux magasins Zara.

— Au moins, vous êtes sincère. En somme, on sait juste que c'est un homme, quoi.

— Eh bien, maintenant que vous en parlez, je n'en suis pas si sûre…

— Oh, il avait un chapeau, ajouta Betty, arrachant la policière à ses pensées.

Le métro de New York reprit aussitôt les formes du petit commissariat du fin fond de l'Amérique. Et la femme d'il y avait quinze ans se transforma en belle réceptionniste.

— On progresse, ironisa Agatha, quel genre de chapeau ?

— De cow-boy, je crois.

— De cow-boy ?

— Non, du style anglais.

— Un melon ?

— Non merci. Je viens de manger.

— Non, un chapeau melon !

— Oh, oui, c'est ça, un chapeau melon… À moins que ce ne soient les grands, là, tu sais… comme ceux des magiciens.

— Haut-de-forme ?

— C'est ça, haut-de-forme.

— Tu te fous de moi, Betty ? Tu ne sais pas si c'était un chapeau de cow-boy, melon ou haut de forme ?

— C'était un chapeau, Agatha ! s'exclama la réceptionniste, irritée par sa propre incompétence. Un chapeau, c'est tout. Excuse-moi maintenant, j'ai du travail.

Elle remit le combiné contre son oreille et reprit sa conversation à propos d'un nouveau modèle de sac à main que venait de sortir Dolce & Gabbana.

On ne pouvait jamais faire confiance aux témoins, Agatha en avait fait l'expérience tout au long de sa carrière. Et plus le temps passait entre l'événement et l'audition, et moins le témoignage était fiable.

Interroger le témoin d'un meurtre ou d'un enlèvement dix ans après l'événement relevait de la science-fiction. Si un accident venait d'avoir lieu devant dix personnes, et que l'un des deux véhicules avait fui, vous pouviez être sûr que chacune des personnes présentes avait vu une voiture de marque, modèle et couleur différents. La plupart des gens ne faisaient aucune différence entre une voiture et une autre voiture. Vous vous retrouviez à rechercher une Ford bleue, une Ferrari jaune, une Nissan grise, une Cooper verte, une Buick rouge. Les policiers méritaient vraiment une médaille s'ils arrivaient à retrouver le chauffard. Le plus agaçant était l'adjectif « normal » que la plupart des gens avaient l'habitude d'accoler au substantif principal. « Comment était la voiture ? Normale. Vous pouvez me décrire le voleur ? Un homme. Normal. » C'est fou le nombre de violeurs, criminels, voleurs normaux dans cette société… Pourtant, quand Agatha arrivait à mettre la main sur ces délinquants, ce n'étaient que des zombies, des toxicomanes, des loques humaines. Pas très normaux donc, quand même plus que ceux que l'on trouvait dans les séries. On était loin des trafiquants de drogue en costume blanc de *Miami Vice*, des bombes sexuelles assassines à gros seins et corps de rêve des *Experts : Miami*, des meurtriers surdoués de *Columbo*. Et les perquisitions dans des demeures à cinq millions de dollars, Agatha n'en avait jamais connu. Les criminels vivaient dans des trous infects à 150 dollars le loyer, dans les quartiers les plus pourris de New York, où il valait mieux être à jour de vos vaccins de la fièvre jaune et du typhus. Du Dickens, quoi.

En revenant à son bureau, Agatha croisa Franck qui traînait un ours brun au bout d'une chaîne.

— Cette fois-ci, je pense que madame Jennings va se rendre compte que l'on se paye sa tête.

— Tu crois ?

De retour à sa table, la policière relut la note. Une fois, deux fois, plusieurs fois de suite. Qui avait bien pu écrire cela ? Qui était cet étrange homme au chapeau qui souhaitait entrer dans la liste exclusive de ses amis ? Si seulement Betty avait pu la renseigner davantage, elle aurait su à quel genre d'homme elle avait affaire. Était-ce un cow-boy ? Un dandy anglais ? Un Péruvien ? Un aristocrate du XIXe siècle ? Un magicien ? Dans le coin, un chapeau de cow-boy était quand même plus probable qu'un chapeau péruvien. Durant quelques secondes elle pensa même au vendeur de voitures polonais. Il l'observait pour savoir si elle se rapprochait de lui ou pas. Mais non, ce n'est pas possible, tu as des hallucinations, ma pauvre vieille, ça y est, tu dérailles, se dit-elle.

Des cris dans la rue attirèrent son attention. Elle se leva et alla à la fenêtre. Madame Jennings, qui ne s'était pas rendu compte de la substitution, tirait, heureuse et souriante, l'ours brun au bout de sa chaîne en répétant : « La police a retrouvé mon Jean-Paul II ! » Autour d'elle, les quelques passants qu'elle croisait prenaient leurs jambes à leur cou, affolés.

— Vous y allez un peu fort avec elle, lâcha le superintendant en passant sa tête par la porte du bureau.

Agatha se retourna.

— Adressez-vous à Franck, moi, je ne lui ai toujours rendu que des chats.

Goodwin sourit.

— Décrispez-vous, Crispies ! lui lança-t-il comme à chaque fois.

Cependant, il dut percevoir quelque chose de différent ou d'étrange en elle car son sourire éclatant disparut aussitôt de son gros visage noir et il demanda :

— Tout va bien ?

Agatha hésita un instant. Elle n'aimait pas reconnaître qu'elle avait besoin d'aide mais, après tout, il pouvait s'agir d'un traquenard. Elle lui tendit le Post-it.

— Je vous accompagne, dit-il en fronçant les sourcils après avoir lu le message avec la plus grande concentration.

— Ils disent de ne pas prévenir la police.

— Crispies, vous êtes de la police !

— C'est vrai, reconnut-elle en dodelinant de la tête.

Il lui expliqua alors qu'il était bien trop dangereux qu'elle se rende seule au rendez-vous et qu'il ne voulait pas risquer la vie de l'un de ses hommes, enfin, de l'une de ses femmes, enfin, d'un de ses effectifs. Et puis, cela lui ferait un peu d'action. Pour une fois qu'il pourrait pêcher un gros poisson, au sens métaphorique du terme.

En passant devant la réception, Agatha punaisa sur le tableau en liège un gros pouce sur la demande d'ami de l'inconnu au chapeau, signe qu'elle l'acceptait, sans savoir qu'elle venait de laisser entrer le loup dans la bergerie.

Dans lequel Agatha et le superintendant Goodwin se rendent à un bien étrange rendez-vous

Voilà comment, quelques heures plus tard, Agatha et Goodwin, binôme improbable, se retrouvaient dans la petite Ford au donut sur le toit, traversant les paysages montagneux du fin fond du Colorado.

Le patron avait troqué sa panoplie de pêcheur contre sa tenue de camouflage, il avait mis une heure à la repérer dans l'armoire, preuve qu'elle fonctionnait encore. Il n'avait pas pu remonter la fermeture Éclair à cause de son ventre et avait opté pour une ceinture afin qu'elle ne tombe pas sur ses chevilles. Il avait changé sa canne à pêche pour un pistolet semi-automatique qu'il avait accroché à ladite ceinture. Il ne s'était pas peinturluré le visage de cirage car Agatha l'en avait dissuadé, arguant, avec raison, qu'il était déjà noir, et qu'à moins qu'il ne se l'applique sur les dents, cela ne servirait à rien. « C'est bien la première fois que je regrette de ne pas être blanc, avait-il avoué. Juste pour me passer du cirage sur la figure. J'ai vu ça dans tous les films… » Pour lui, un vrai commando se recouvrait le visage de crème noire.

Durant le trajet, Goodwin demanda de nouveau à Agatha si elle avait enfin un nom à lui donner pour les trois meurtres. Il semblait très intéressé par le sujet. Cette insistance intrigua la policière mais, après tout, il était bien normal qu'il s'intéresse à son enquête. Il était son supérieur. En outre, il était dans son intérêt qu'elle réussisse. New York les attendait.

— Un suspect, non, mais cent cinquante, oui, avança-t-elle.

— Cent cinquante ? Que voulez-vous dire ?

— Vous n'avez pas lu *Le Crime de l'Orient-Express* ?

— Quand j'étais enfant. Mais je ne me rappelle plus de rien. Si ce n'est qu'il s'agissait d'un crime dans un Orient-Express.

— Eh bien, j'ai une hypothèse, ajouta Agatha sans quitter la route des yeux. Étant donné l'état dans lequel on a retrouvé les deux premiers corps, je me suis dit que… peut-être… les cent cinquante habitants de New York, Colorado, avaient donné chacun son petit coup d'aiguille à tricoter ou de fléchette aux pauvres victimes. Le légiste a parlé de cent cinquante plaies dans les deux cas, ça ne s'invente pas ! Pour la voisine, je ne sais pas. Je pense toujours qu'elle s'est suicidée.

Durant quelques secondes, l'homme imagina les cent cinquante villageois alignés en une interminable file d'attente qui s'étalerait depuis l'entrée de Woodville jusqu'à la salle de bains de Peter Foster pour donner chacun son petit coup d'aiguille. Il revint à la réalité avant de s'imaginer la même scène autour du lac. Cette fois-ci avec des fléchettes.

— Excusez-moi, lieutenant, mais je n'ai jamais entendu quelque chose d'aussi absurde.

— Pourtant, chef, Agatha Christie a fait un tabac avec cette idée. Le roman occupe la quarante et unième place au classement des cent meilleurs livres policiers de tous les temps.

— Mais ce n'est qu'un livre, comme vous dites.

— On peut élucider de grands crimes grâce à la littérature. Car la littérature…

— … c'est la vie, compléta l'homme en soupirant, et les meurtres font partie de la vie, je sais, je sais…

À un kilomètre de la laverie, ils éteignirent les phares et avancèrent en silence. Ils se garèrent à quelques mètres de la bâtisse en pierre dans laquelle, il y avait encore quelques années, les femmes venaient frapper leur linge contre la pierre en se racontant les potins du village. Le Facebook de l'époque.

— Une chance que je sois venu vous voir dans votre bureau tout à l'heure, dit Goodwin, sinon, vous seriez venue toute seule.

Il sourit. Ses dents blanches se détachèrent un instant des ténèbres qui venaient de les envelopper.

C'est vrai, quelle coïncidence, pensa-t-elle. Quelquefois le hasard faisait bien les choses. La présence de son supérieur la réconfortait.

— Ne souriez pas, patron, on va se faire remarquer.

Les deux policiers sortirent de leur véhicule, se changeant aussitôt en deux énormes masses noires dans le paysage sombre. Les oiseaux avaient cessé de chanter, les grillons et les grenouilles avaient pris le relais. Au milieu d'eux, Agatha et Goodwin marchaient en s'efforçant de faire le moins de bruit possible mais le cœur de la policière frappait fort dans son énorme poitrine.

— Quelle heure est-il ?

— 22 heures 50, murmura-t-elle.

— Pardon ?

— 10:50 p.m.

— Bien, postons-nous derrière ces deux arbres.

Agatha avança, son patron lui emboîtant le pas.

Et c'est à ce moment-là qu'elle reçut un violent coup sur la nuque et s'effondra dans l'herbe fraîche.

QUATRIÈME PARTIE

LES HOMMES
QUI N'AIMAIENT PAS LE NOIR

Dans lequel Agatha et le superintendant Goodwin rencontrent des gens qui n'aiment pas tout le monde

Lorsqu'elle reprit connaissance, Agatha était assise dans l'herbe, on l'avait attachée avec ses menottes, mains dans le dos, et on l'avait désarmée. Et cela ne ressemblait à aucun jeu sexuel auquel elle avait l'habitude de jouer.

Elle leva les yeux et vit les jambes de deux chevaux qui se tenaient devant elle. Sur les chevaux, deux hommes, un grand et un petit, les toisaient à travers les trous grossièrement découpés de leur cagoule au bout pointu, comme s'ils s'étaient renversé un gigantesque cornet de frites sur la tête. La pointe de leur étrange coiffe semblait une cime de sapin de plus. Ils portaient une toge blanche avec une croix blanche sur un cercle rouge brodée sur la poitrine et tenaient une torche enflammée dans la main droite. Ils éclatèrent de rire lorsqu'ils la virent reprendre ses esprits. Leurs chevaux s'ébrouèrent de concert, semblant rire eux aussi.

Agatha tourna la tête. À sa droite, le superintendant Goodwin était à genoux, menotté comme elle, les mains dans le dos. Ou ceux-ci ne regardaient pas de séries télé policières, ou ils s'y connaissaient. Pour le plus grand malheur des deux détectives.

— Vous êtes du Ku Klux Klan ? demanda le chef de la police locale.

— Dis donc, tu es un Négro intelligent, toi !

— Vous savez, vous pouvez nous appeler « Négros » tant que vous voulez, se défendit Agatha, cela ne nous blesse pas ! J'ai grandi à Harlem. Là-bas, tout le monde s'appelle « Négro » entre frères. Pas vrai, Négro ? demanda-t-elle à son supérieur.

— Euh, oui je suppose, répondit quelque peu décontenancé le superintendant Goodwin qui, lui, avait été élevé dans les beaux quartiers de New York.

— Vous savez au moins ce que veut dire Ku Klux Klan ? demanda la policière.

Les deux hommes se regardèrent, interrogatifs. À vrai dire, ils ne s'étaient jamais posé la question. Depuis quand fallait-il connaître la signification d'une organisation pour y adhérer ?

— Ça veut dire quelque chose ? demanda le petit.

— C'est un mouvement qui a été créé par des vétérans confédérés à la fin de la guerre de Sécession dans un petit village du Tennessee. Le nom vient de « kyklos » en grec, qui signifie « cercle », celui que vous avez sur la poitrine, auquel ils ajoutèrent « klan » en honneur à leur origine écossaise. « Kyklos Klan », le clan du rond, quoi. Le clan des donuts !

Ils éclatèrent de rire.

— Des Négros cultivés et drôles, dit le plus grand. Ça nous changera pour une fois…

— Le monde a toujours été mal à l'aise avec nous, il n'a jamais su comment nous appeler. Nègres, Négros, puis Noirs, Blacks, personnes de couleur, minorité. Mais nous, on est toujours les mêmes. On n'a pas changé. Ce ne sont que des étiquettes que vous nous collez, de génération en génération. Nous ne sommes rien de plus que des hommes et des femmes. Comme vous.

— Vous savez pourquoi y a pas de Négros dans le coin ? demanda l'homme sur un ton menaçant. Parce qu'on s'arrange toujours pour qu'ils ne s'éternisent pas… On se préserve.

— Faudra pas vous plaindre si votre équipe de basket locale est minable ! s'exclama Agatha.

Le grand voulut cracher par terre mais son cheval s'étant cabré, il manqua le trou découpé autour de sa bouche et cracha dans sa cagoule. Il pesta et se mit à frotter le tissu de sa main libre gantée.

— N'ayons pas peur des mots, vous n'êtes qu'un petit groupe de racistes frustrés.

Le superintendant soupira, voyant d'un coup toutes leurs chances de survie partir en fumée.

— Tu as une vision limitée du KKK. Nous ne sommes pas que racistes. Nous sommes aussi homophobes, antisémites et anticommunistes.

— Et xénophobes.

— C'est quoi un xénophobe ? Quelqu'un qui a peur des xylophones ?

— Quelqu'un qui a peur des étrangers.

— Je n'ai pas peur des étrangers, se défendit le grand.

— Tous les Américains ont peur des étrangers, continua la policière, il n'y a qu'à voir le formulaire qu'on leur fait remplir dans les avions avant qu'ils ne débarquent dans notre beau pays. *Êtes-vous un terroriste ? Êtes-vous un ancien nazi ? Transportez-vous du jambon ou du fromage dans vos valises ?*

— On a juste peur du chorizo, du fromage français et des terroristes.

— Et les nazis, il y en a déjà assez dans le pays pour, en plus, en importer ! releva Agatha avec sarcasme.

— S'il te plaît, pas toi. Tu m'avais l'air un peu plus intelligente que les autres. Le KKK n'a rien à voir avec les nazis. Nous n'avons jamais gazé des juifs, nous.

— C'est vrai, vous pendez les Noirs…

Un silence à couper au couteau s'installa entre les quatre. Agatha sentit qu'elle marquait des points. S'ils avaient été sur un plateau de télé, elle aurait eu l'avantage. Mais dans une forêt en pleine nuit, sans témoins, menottée et livrée en pâture à ces prédateurs, c'était une tout autre affaire.

— Nous sommes aussi américains que vous et cette terre nous appartient autant qu'à vous, continua Agatha. Je suis noire et alors ? Moi aussi j'ai eu la varicelle quand j'étais petite, comme vous, moi aussi je fais pipi, caca, comme vous, je saigne si je me coupe, je pleure quand je suis triste, je souris quand je suis heureuse, comme vous, moi aussi je tombe amoureuse, je vieillis, je tremble, je respire, je meurs… clama-t-elle, paraphrasant la célèbre et belle tirade de Shylock sur les juifs dans *Le Marchand de Venise*.

Le grand voulut cracher à nouveau mais il se retint. Au lieu de cela, il manifesta son dédain en éclatant d'un rire gras.

— C'est exactement ça, tu meurs… ajouta-t-il sur un ton qui fit frémir la policière. Tu l'as dit…

— Les vrais Américains sont blancs, expliqua le petit. La suprématie de la race blanche, ça vous dit quelque chose ?

— Une étude récente a démontré que l'homme blanc n'existe que depuis 8 000 ans ! s'exclama Agatha. Ce qui signifie que nos ancêtres *Homo sapiens* arrivés en Europe il y a environ 40 000 ans avaient la peau noire.

Le plus petit allait se gratter la tête, perplexe, mais réalisa au dernier moment qu'il tenait une torche enflammée dans la main.

— Et puis, qu'est-ce qu'un Blanc ? reprit-elle. Même Johnny Depp a du sang cherokee dans les veines ! Et qu'est-ce qu'un Noir ? Il y a des noirs-noirs, des noirs-clairs, noir-chocolat au lait, il y a cinquante nuances de noir. Cela fait un peu cliché l'histoire du Blanc qui est supérieur au Noir, vous ne trouvez pas ? Il n'y a que deux différences biologiques entre eux. La résistance de la peau au soleil et… selon mon expérience personnelle, établie sur un échantillon d'une quarantaine de spécimens des deux couleurs, la taille du sexe…

Goodwin dissimula un sourire.

— Vous pourriez au moins faire preuve de compassion. Atticus Finch disait *Je ne comprendrai jamais comment des gens sensés peuvent devenir complètement fous dès qu'un Noir est impliqué dans une affaire* et il avait raison.

— Qui est ce Finch ?

— Un homme bon, un grand avocat, le père de Jem et Scout.

— Ils sont du coin ? demanda le grand. Connais pas.

— Ils sont d'un village qui ressemble à celui-ci, peuplé de gens qui ressemblent à ceux d'ici, expliqua Agatha. Vous lisez ?

— Bien sûr, s'empressa de répondre le petit pour ne pas paraître ignorant.

— Tout sauf des romans noirs, précisa l'autre.

— Si vous aviez lu *Ne tirez pas sur l'oiseau moqueur*, vous sauriez qui est Atticus Finch et vous ne l'auriez jamais oublié.

Les deux hommes se regardèrent, déconcertés, au travers des trous découpés dans leur cagoule.

La policière raconta alors que, durant la période de la Grande Dépression américaine, une espèce de crise économique semblable à celle que les Européens vivaient maintenant, Atticus Finch, honnête avocat d'Alabama, avait été commis d'office pour défendre un Noir accusé d'avoir battu et violé une Blanche, cas perdu d'avance dans une Amérique sudiste corrompue de préjugés xénophobes. Malgré les preuves évidentes de son innocence et la très mauvaise réputation de la famille de la victime (tout le monde savait que c'était son ordure de père qui avait fait le coup), Tom Robinson avait été condamné à la prison puis abattu de dix-sept balles au cours d'une tentative d'évasion durant une promenade à la ferme-prison dans laquelle il était retenu. En définitive, pour la simple raison qu'il était noir.

— Vous n'êtes pas obligés de faire comme les autres, dit Agatha. Vous pouvez être différents. Vous pouvez être Atticus Finch.

— C'est quoi le rapport avec l'oiseau ? demanda le petit en se grattant la pointe de la cagoule.

— Atticus a offert une carabine à ses deux enfants pour Noël, Jem et Scout, la petite fille qui est la narratrice de l'histoire. Il a cette phrase merveilleuse : *Tirez sur tous les geais bleus que vous voudrez, si vous arrivez à les toucher, mais souvenez-vous que c'est un péché de tuer un oiseau moqueur.*

— Pourquoi c'est un péché ?

— *Parce que les moqueurs ne font rien d'autre que de la musique pour notre plaisir*, répondit Agatha en citant Miss Maudie. Ce serait comme tuer un être innocent et inoffensif.

— Ou deux gros policiers noirs, par exemple, dit le superintendant.

— C'est exactement cela dont il est question dans ce roman. On s'en fout, des passereaux, c'est juste une métaphore pour dire que c'est mal de tuer ce pauvre Tom Robinson, que c'est mal de tuer des innocents.

— Où as-tu vu des innocents ? demanda le grand. Tu parles de toi ?

Agatha baissa la tête. Non, elle n'était pas si innocente que cela, mais fût-elle un monstre, n'aurait-elle pas le droit de vivre elle aussi ?

— Vous devriez lire ce beau roman, reprit-elle en relevant les yeux vers lui, cela vous ferait voir les choses autrement. Voilà ce que je voulais dire. Les libraires anglais l'ont classé avant la Bible dans les livres que tout adulte devrait avoir lus avant de mourir. Je suis la fondatrice et présidente du plus grand club de lecture de New York, Colorado, ajouta-t-elle pour montrer qu'ils pouvaient avoir toute confiance en elle. Je vous fais même une carte de membre permanent gratuite. On accepte tout le monde, même les racistes.

Elle croisa les doigts dans ses menottes. S'ils acceptaient, cela signifiait qu'ils ne la tueraient pas. Le petit semblait hésiter. Elle en avait au moins un dans la poche. Ne restait plus que celui qui paraissait le chef.

— Il y a même des donuts au chocolat, ajouta-t-elle pour le convaincre, omettant de dire que Trou Divin leur avait coupé les vivres.

— Tu disais que tout adulte devrait avoir lu ce foutu bouquin avant de mourir… Dans ce cas, je suis heureux que tu l'aies lu, ajouta le grand, sur un ton qui ne laissait présager rien de bon pour la suite des événements.

— Ça veut dire non pour la carte de membre permanent gratuite, je suppose. Et vous ? demanda-t-elle au petit. Vous m'avez l'air plus intelligent.

Son ami lui lança un regard noir à travers sa cagoule et le petit agita la tête en signe de refus, résigné et déçu.

— Tu ne te tairas donc jamais, Négresse ?

Agatha voulait montrer qu'elle était forte, ne pas perdre la face, mais quoi qu'elle en dise, chaque « Négresse » était comme un coup de fouet sur son dos. Même si elle avait dit *vous pouvez nous appeler « Négros » tant que vous voulez, cela ne nous blesse pas ! J'ai grandi à Harlem. Là-bas, tout le monde s'appelle « Négro » entre frères.* C'était faux, cela la blessait qu'un Blanc l'appelle ainsi, lui crache cela au visage, sur ce ton dédaigneux, avec cette haine dans le regard. C'était bien différent quand c'était un Noir qui le disait.

Alors elle se tut. Lui revint en mémoire la réponse de Jules Verne à un journaliste à propos de l'absence flagrante de personnages principaux féminins dans toute son œuvre. *Les femmes n'interviennent jamais dans mes romans, avait répondu l'écrivain, tout simplement parce qu'elles parleraient tout le temps et que les autres n'auraient plus rien à dire.* Peut-être Agatha parlait-elle trop, du moins plus que d'habitude, parce qu'elle avait peur, parce qu'elle savait que tout était fini, parce qu'elle voulait remplir de mots ce silence meurtrier.

— Pour tous tes péchés, Agatha Crispies, reprit le grand d'un ton sentencieux, notre tribunal t'a condamnée à mort.

À ces mots, un souffle glacial passa sur les visages.

— Le péché. Oscar Wilde disait qu'il est la seule note de couleur vive qui subsiste dans le monde moderne. J'avoue, j'ai péché, ajouta-t-elle comme acceptant son sort, mais je ne trouve pas juste que mon collègue paye aussi.

— Tu n'as à t'en prendre qu'à toi-même. Je t'avais écrit de venir seule. Tu l'as entraîné avec toi. Et puis, de toute manière, un Nègre de plus ou de moins…

Le seul problème est que je ne l'avais pas prévu. Je n'ai qu'une corde. Il vous faudra partager.

Disant cela, il descendit de sa monture et disparut dans la vieille laverie en ruine. Lorsqu'il revint, il tenait une grosse corde en filasse avec un nœud coulant à son extrémité. Il s'approcha d'un arbre et lança le nœud haut dans le ciel. La corde retomba sur lui. Dans d'autres circonstances, la scène eût été comique.

— Tiens-moi ça, dit-il au petit qui demeurait sur son cheval.

Et il lui donna sa torche.

Ainsi libéré, il lança à nouveau la corde qui s'accrocha à une branche haute et tira dessus jusqu'à ce que le nœud se lève du sol herbeux.

— Vous allez vraiment nous tuer parce qu'on est noirs ? insista Agatha. Vous êtes sérieux ?

Le courage, disait aussi Atticus Finch, c'est de savoir que tu pars battu, mais d'agir quand même sans t'arrêter. C'était ce qu'il avait fait en défendant envers et contre tout ce pauvre Noir accusé de viol. Agatha, elle aussi, partait perdante, mais elle ne s'arrêterait pas. Tant qu'elle aurait encore un peu de vie dans les veines du moins.

— Vous dites que les Noirs sont inférieurs, mais soyez sincères, quel est le meilleur trompettiste de toute l'histoire ?

— Louis Armstrong, répondit le premier raciste.

— Noir ! s'exclama Agatha. Et le roi de la Pop ?

— Michael Jackson ?

— Noir ! assena-t-elle.

— Blanc ! s'écria le grand.

— Gris ! trancha le petit.

— Ça dépend de l'année. Enfin, vous avez raison, ce n'est peut-être pas le plus noir de tous… Et le meilleur joueur de basket du monde ?

Il lui fallait gagner du temps, déstabiliser l'adversaire.

— Michael Jordan, répondit l'un.

— Ah, non, Magic Johnson ! surenchérit l'autre.

— Noir et noir ! trancha Agatha. Le meilleur joueur de golf ?

— Tiger Woods ?

— Noir ! Le meilleur boxeur de tous les temps ?

— Mohamed Ali, dit l'un.

— Mike Tyson, dit l'autre.

— Noirs tous les deux ! Le champion d'échecs de tous les temps.

— Kasparov, dit l'un.

— Et celui-ci vous n'allez pas nous dire qu'il est noir, dit l'autre sur un ton victorieux.

— Non, mais il ne gagnait qu'avec les noirs ! Et citez-moi un livre que vous lisiez quand vous étiez enfant ?

— *Les Trois Mousquetaires*, répondit le plus petit, le plus cultivé des deux, sûr de son coup. Et ils n'étaient pas noirs, eux !

Agatha acquiesça de la tête.

— En effet, Athos, Portos et Aramis n'étaient pas noirs, et d'Artagnan encore moins, mais celui qui a écrit ce roman, en revanche, l'était. Oui, Alexandre Dumas était noir. Il était le petit-fils d'une esclave. Son père, connu comme le comte Noir, était un mulâtre d'Haïti. Un quart de sang noir fait de vous un Noir, ajouta-t-elle. Sinon demandez aux Français qui, à l'époque, le considéraient comme un Nègre, indépendamment du fait qu'il en utilisait pour écrire ses livres…

— Qu'il utilisait quoi ?

— Eh bien, des nègres, des personnes qui écrivent les livres pour vous. Vous suivez un peu ? De plus, il a été prouvé qu'un roi Mage sur trois est noir !

— Mon Dieu, mais alors, ils sont tous noirs ! s'exclama le petit.

— Même votre cheval est noir ! assena le superintendant.

Et ce fut là le coup de grâce. L'homme regarda entre ses jambes, comme s'il n'avait jamais fait attention à ce détail.

— Alors, elle est où votre suprématie blanche là-dedans ? demanda Goodwin. Faudrait peut-être vous réveiller !

Les deux hommes se regardèrent un instant, comme en proie à un grand doute. Ils avaient raison. Tous les plus grands hommes qui avaient marqué l'histoire de la musique, du sport, de la littérature étaient noirs. Se pouvait-il qu'ils aient choisi le mauvais camp ? Que se passerait-il si un jour les Noirs se mettaient eux aussi à allumer des torches et à se balader à cheval, en toge, pour pendre les Blancs un par un, comme dans un remake moyenâgeux de Spike Lee ?

— Ils essaient de t'embrouiller, dit le grand au petit. Les Nègres ont le diable en eux. C'est une ruse du démon.

— Moi si j'étais vous, dit le superintendant Goodwin, je changerais de camp tant qu'il en est encore temps.

Les paroles du chef de la police eurent leur effet sur le plus petit des deux car celui-ci donna un violent coup de talon à son cheval, fit demi-tour et s'enfuit dans la forêt au galop sans demander son reste. Dans sa précipitation, il avait laissé tomber les deux torches qui embrasèrent aussitôt l'herbe qui se trouvait autour d'eux. Le cheval de celui qui était resté se cabra et assena un coup de sabot dans la tête du chef d'Agatha qui s'écroula, assommé, au milieu des flammes.

Le mouvement provoqua un souffle qui leva un instant la toge du xénophobe qui était resté, révélant le bout d'un imperméable.

— McDo ? demanda la policière, incrédule. C'est vous ?

— McDONALD ! corrigea l'homme, excédé. Oups…

Dans lequel Agatha Crispies sauve la vie d'un homme, et pas n'importe lequel

— Pourquoi gardez-vous cet accoutrement ridicule, McDo puisque je sais que c'est vous !

Son cheval ayant fui pendant l'incident, c'est seul et à pied que l'homme avait dû maîtriser le feu à l'aide des quelques seaux qu'il avait trouvés dans la laverie. À côté d'eux gisait le corps inerte du chef de la police de New York, Colorado. Ils étaient retombés dans l'obscurité et si quelqu'un était passé par là à cet instant, il aurait pu penser, en voyant la silhouette de ces deux personnages, être témoin de la conversation entre un sapin et un arbre taillé en boule.

— Je suis plus à l'aise. Être à visage couvert me permet de dire des choses que je n'oserais jamais te dire autrement. Regarde.

Il remonta sa cagoule sur son front, révélant son visage à la seule lumière de la lune. Il en profita pour ôter ses lunettes et les frotter contre sa toge, avec une nervosité évidente due au manque.

— Je ne suis pas raciste, j'ai moi-même des amis noirs, dit-il.

Il baissa à nouveau la cagoule, sur ses lunettes.

— Sale Négresse, je te hais, et tu vas payer pour tout !

Il la releva à nouveau.

— Vous êtes noire mais je vous aime.

Il baissa la cagoule.

— Je te hais, Négresse !!!

Puis il se tint immobile, attendant une réaction de son interlocutrice qui ne tarda pas à venir.

— Ah oui, c'est assez surprenant ce passage du vouvoiement au tutoiement… Un peu flippant quand même votre truc. *Dr Jekyll et Mr Hyde*. Vous avez lu ?

— Ta gueule !

Mais elle ne put s'empêcher de penser à Robert Louis Stevenson, cet écrivain qui après avoir écrit *L'Île au trésor* avait fini comme son héros sur une petite île du Pacifique Sud avec sa femme et ses enfants. Les aborigènes l'appelaient Tusitala, « celui qui raconte des histoires ». Il disait avoir écrit *L'Étrange cas de Dr Jekyll et de Mr Hyde* en trois jours, à la suite d'un cauchemar. Ce roman, qui explorait la part de bon et de mauvais qu'il y avait dans chaque personne, mettait en scène Jekyll, un scientifique qui avait élaboré une potion possédant le pouvoir de séparer chez une personne sa part la plus humaine de sa part la plus maléfique. Lorsqu'il buvait cette mixture, Jekyll se transformait en Edward Hyde, un dangereux criminel capable des choses les plus horribles.

— C'est comme vous, conclut-elle, derrière Hyde se cache un homme bon, McDonald, j'en suis persuadée.

Il y eut un silence.

— Tu sais, y a pas que pour les Noirs que c'est dur, avoua McDonald d'une voix fébrile, ça l'est aussi pour les racistes. C'est peut-être pire. Vous, il y a plus de gens qui vous aiment. C'est politiquement correct de vous aimer. Mais nous, c'est mal vu. On nous traite de nazis à longueur de journée. On est obligés de se cacher sous des cagoules pour dire ce que l'on pense. On n'a pas d'amis. C'est dur d'être raciste aujourd'hui.

— Vous n'avez pas tort, reconnut Agatha sur un ton compatissant. Il y a eu un temps où l'on ne se posait pas de questions sur les esclaves. C'était normal. Jamais personne n'aurait pu imaginer qu'il puisse y avoir une âme dans un corps si noir. Mais aujourd'hui, le monde et la pensée ont évolué.

— Tellement que l'on a fait une boucle dans l'autre sens. C'est maintenant les Blancs qui sont en minorité et souffrent du racisme notoire des Noirs ! s'exclama l'homme. Avec la foutue *affirmative action*, on offre même des funérailles au Capitole à des gens insignifiants. Regarde cette Noire que l'on a traitée comme une héroïne parce qu'elle refusait de céder sa place dans l'autobus !

— Rosa Parks ?

— Rosa Parks, c'est ça, moi, je ne cède jamais ma place, et surtout pas aux vieux, et on ne m'a jamais décoré pour autant. Si j'avais été noir, je suis sûr que l'on m'aurait promu ministre !

— Rosa Parks est ce petit bout de femme qui, en refusant de céder sa place à un Blanc, a allumé la mèche d'un mouvement qui viendrait à bout de cette

Amérique ségrégative, ce n'est pas juste une histoire de siège et d'autobus. Vous, quand vous ne vous levez pas pour qu'une personne moins vigoureuse puisse s'asseoir, vous n'amorcez rien, McDonald.

Furieux, l'homme s'approcha de la corde qui se balançait. Il colla son visage contre le nœud coulant pour le voir de plus près à travers les trous découpés dans sa cagoule, le manipula du bout de ses doigts tremblants avec une grande maladresse et pesta. Il émanait de son corps une grande nervosité.

— Trop compliqués ces nœuds. C'est la première fois que je fais ça. Tu sais quoi, je ne vais pas vous pendre, je vais vous noyer, lança-t-il au bout de quelques secondes sur un air agacé, comme ça, ça réglera le problème de la corde qui manque. Tu sais nager, toi ?

— Non, avoua Agatha.

— Et lui ?

— Je ne sais pas. Je pense. Tout le monde sait nager, non ?

— Tu viens de me dire que tu ne savais pas nager.

— Moi, non. Mais les autres…

— On va tout de suite voir ça.

Le shérif prit le gros policier par les aisselles et le traîna sur la berge de la rivière.

— Ne faites pas cela, McDonald ! supplia-t-elle mais le courant avait aussitôt emporté le corps, qui devint une grosse masse sombre dans la nuit, prisonnière des broussailles qui poussaient sur l'autre rive.

McDonald s'approcha ensuite d'Agatha, qui demeurait assise dans l'herbe, lui glissa les bras sous les aisselles et la tira à reculons, dans l'eau. Elle se bougea dans tous les sens pour le déstabiliser. Il trébucha et la laissa tomber en arrière, la tête dans le lit de la rivière. La profondeur n'était que d'une vingtaine de centimètres, mais comme elle était couchée, l'eau lui entrait dans les yeux, le nez et la bouche. Elle ne put s'empêcher de penser aux vers de Gavroche, le petit Parisien des *Misérables* de Victor Hugo : *Je suis tombé par terre, c'est la faute à Voltaire, le nez dans le ruisseau, c'est la faute à Rousseau.* Sauf que là, c'était la faute à McDo.

— Adieu, Crispies, murmura l'homme en se baissant pour la regarder une dernière fois. Si tu n'étais jamais venue foutre la zizanie dans notre tranquille région, tout cela ne serait jamais arrivé.

Il posa sa grosse chaussure dégueulasse sur sa poitrine, s'essuya sur elle comme l'on s'essuie sur un paillasson, puis, assuré qu'elle ne pourrait pas se relever, il sourit et s'éloigna.

Durant quelques minutes, Agatha resta immobile, le visage balayé par le courant de la rivière. Orientée vers le ciel, elle voyait la lune argentée et la cime des arbres. Au-dessus d'elle se balançait le gros nœud coulant au bout duquel elle aurait dû finir. Voilà sur quelle image ses yeux allaient se refermer à tout jamais. Une potence.

Ce n'était pas une guillotine, mais les derniers mots de *L'Étranger* de Camus lui revinrent à l'esprit. *Pour que je me sente moins seul, il me restait à souhaiter qu'il y ait beaucoup de spectateurs le jour de mon exécution et qu'ils m'accueillent avec des cris de haine.*

Mais il n'y avait personne.

Elle n'aurait pas la chance de Meursault.

Et pas même un cri de haine ne l'accompagnerait.

Au lieu de cela, elle crut entendre la montagne pleurer autour d'elle, à moins que ce ne fût le clapotis de l'eau qui la submergeait lentement. Elle entendit les coups de canon résonner à ses oreilles. Elle était devenue le prince André de *Guerre et Paix*, grièvement blessé, gisant sur les hauteurs de Pratzen en pleine bataille, s'extasiant de la beauté du ciel. *Quel calme, quelle paix ! ce n'était pas ainsi quand je courais, quand nous courions en criant ; ce n'était pas ainsi que les nuages flottaient dans ce ciel sans fin ! Comment ne l'avais-je pas remarquée plus tôt, cette profondeur sans limites ? Comme je suis heureux de l'avoir enfin aperçue !... Oui ! tout est vide, tout est déception, excepté cela ! Et Dieu soit loué pour ce repos, pour ce calme !...*

Puis *Ce n'est pas juste !* se dit-elle, car soudain elle était devenue Jem, hurlant dans le tribunal de Maycomb, les poings serrés sur la barre, cet enfant se révoltant contre l'injustice des adultes, l'injustice des Blancs, pleurant une mort pour rien. Non, ce n'était pas juste qu'elle meure ici. Comme cela. Pour cela. Des larmes vinrent aux yeux d'Agatha, se mêlant à l'eau noire de la rivière qui la recouvrait déjà presque entièrement. Elle payait la cruauté des hommes, voilà tout. Encore aujourd'hui, on pouvait mourir à cause d'une couleur. Une rage sourde et contenue l'envahit. Et elle serra, elle aussi, ses doigts meurtris, écrasés dans son dos, comme Jem, le fils d'Atticus Finch, l'homme juste.

Elle était Robert Jordan de *Pour qui sonne le glas* qui, blessé, attend la mort adossé à un arbre après avoir dit adieu à ses amis et à la femme qu'il aime. Elle était Chloé de *L'Écume des jours*, allongée sur son lit de noces, entourée de fleurs, une grosse orchidée blanche à la main, asphyxiée par le nénuphar qui avait tout cassé dans sa poitrine.

Elle était devenue tous ces gens. Ils n'existaient pas, ils n'avaient jamais existé, ce n'étaient que des personnages de livres, des hommes et des femmes de papier, sortis de la brillante imagination d'hommes et de femmes qui avaient bien vécu, eux, mais Dieu, ce qu'elle les aimait ! Jamais elle ne les avait autant aimés que maintenant, jamais ils n'avaient autant existé que maintenant. Jamais ils n'avaient été aussi grands. Tous ces personnages de papier et d'encre qui l'avaient un jour fait vibrer, qui l'avaient accompagnée durant toute sa vie et l'accompagnaient encore maintenant qu'elle partait. Qu'elle se sentait partir.

Elle allait donc mourir. Même si elle n'était pas aussi innocente que Tom Robinson ou le grand Noir de *La Ligne verte*. Comment s'appelait-il déjà ? Caffey, oui John Caffey. *Comme le café*, disait-il, *mais ça s'écrit pas pareil*. Non, elle n'était pas aussi innocente que tous ces bons Noirs un peu stupides, ces bons Négros un peu niais que la littérature avait enfantés.

Agatha se dit qu'elle ne voulait pas être la bonne Négresse un peu niaise qui paye pour des ordures. Non, elle ne mourrait pas, elle ne leur donnerait pas ce plaisir.

Et elle fut tellement persuadée que ses muscles, endormis d'avoir été menottés aussi longtemps, frissonnèrent. Elle sentit ses cheveux crépus lécher son front comme si Rosita était en train de lui passer une serpillière trempée sur la tête. Elle se souvint alors qu'elle avait les clefs des menottes dans la boîte à gants. Usant de toute sa volonté, elle se redressa. Elle se retrouva bientôt assise dans l'eau fraîche de la rivière, transie, les muscles de ses cuisses engourdis. Elle essaya d'agiter un peu son corps pour le réchauffer et se donner de la force. Les nuits d'été dans cette partie du Colorado étaient froides à cause des montagnes qui s'élevaient non loin de là. Ses efforts furent récompensés et, quelques minutes après, elle se traînait vers la voiture.

Malgré ses mains attachées dans le dos, elle réussit à ouvrir la portière passager et se laissa tomber sur le siège. L'habitacle s'alluma. Elle reprit sa respiration avant de donner un violent coup de genou dans la boîte à gants. Les pommes pourries et le livre de Churchill tombèrent. Son tiroir de la bonne conscience, comme elle disait, allait cette fois-ci lui sauver la vie. Elle aperçut la petite clef en métal de ses menottes, sortit du véhicule et s'inclina en avant pour l'attraper avec sa bouche. Elle la déposa sur le siège, se retourna et la saisit avec sa main droite.

Une fois libre, elle croqua dans la pomme la moins abîmée du lot pour se redonner des forces, la recracha aussi sec (comment pouvait-on dire que les fruits étaient bons pour la santé ?) et revint vers la laverie. Elle enleva son jean mouillé et le déposa sur l'ancien racloir en pierre.

En petite culotte, elle s'approcha des sapins où elle aurait dû être pendue et souffla, soulagée d'avoir échappé à cela. La corde s'était entortillée dans le sapin comme une guirlande funeste. Elle tira dessus. Celle-ci vint aussitôt.

Dans un même mouvement, Agatha s'approcha de la rive et lança la corde le plus loin possible, mais elle se rendit compte qu'elle était trop courte.

C'est alors qu'une violente quinte de toux retentit.

— Patron ! Vous allez bien ?

— Ça va, mais le branchage ne va pas résister longtemps.

— Cela me prendrait trop de temps de contourner la rivière pour venir vous chercher de l'autre côté. Laissez-vous porter par le courant. Je prends la voiture et je vous récupère.

— Je me serai noyé avant.

— Vous ne savez pas nager ? s'exclama Agatha, surprise.

— Non ! Et encore moins avec les mains dans le dos ! Venez me chercher !

— Mais je ne sais pas nager moi non plus !

— Non ? s'exclama-t-il à son tour, surpris.

À ce moment-là, les broussailles craquèrent et le corps de Goodwin fut emporté à quelques mètres de là.

— Je suis née à Harlem, monsieur, pas à Miami !

La tête de l'homme disparut sous l'eau. Elle réapparut quelques secondes plus tard.

— Je suis née à Harlem, monsieur, pas à Miami ! répéta-t-elle au cas où il ne l'aurait pas entendue.

Mais l'homme n'était plus en condition d'écouter quoi que ce soit. Plus il se débattait et plus il se sentait aspiré vers le fond de la rivière. Dans quelques instants, il serait mort de fatigue ou noyé.

Agatha regarda dans toutes les directions, affolée, à la recherche d'une grande branche qu'elle pourrait lui tendre en guise de perche. Elle se précipita sur un sapin et tira de toutes ses forces, mais le sapin a la caractéristique d'avoir des branches… élastiques et pourvues d'aiguilles.

— Foutu sapin ! hurla-t-elle en suçant son pouce dans lequel une aiguille s'était introduite.

Une phrase tirée des premières pages de l'*Ulysse* de Joyce lui revint en mémoire. *Tu as sauvé des hommes de la noyade*. Et cela lui redonna confiance. Si elle avait imaginé qu'un jour Joyce lui servirait à quelque chose !

Ses yeux tombèrent alors sur sa voiture et le gros donut érigé sur le toit. Ni une ni deux, elle se lança vers la Ford et arracha l'accessoire publicitaire en plastique, qui se détacha en un craquement sourd, symbolisant la fin du partenariat avec Trou Divin.

Elle rejoignit le bord de la rivière mais elle était encore trop loin. Elle ne pourrait jamais atteindre Goodwin.

— Et merde ! jura-t-elle en entrant dans l'eau jusqu'aux cuisses.

Même en août, la température demeurait fraîche pour un petit bain improvisé. C'était une eau de source qui descendait directement des glaciers et, avec le courant, n'avait jamais le temps de se réchauffer au soleil.

La dernière chose que vit le superintendant Goodwin avant de s'évanouir fut Pamela Anderson courir vers lui avec un énorme donut rouge en guise de flotteur. Il ne l'avait jamais remarqué auparavant, mais

Pamela Anderson avait une couche impressionnante de cellulite sur les cuisses qui se balançait comme un flan à chacune de ses foulées. Et elle était noire. Mon Dieu, je divague, pensa-t-il. Il réussit à se faufiler dans la bouée improvisée et put s'évanouir en toute tranquillité.

Où l'on parle une toute dernière fois de racistes, car en parler plus, ce serait leur donner de l'importance

Deux jours avaient passé depuis les événements à la laverie.

Agatha n'avait pas eu de nouvelles de McDonald et avait préféré passer sous silence qu'elle connaissait l'identité de l'homme qui avait attenté à la vie de son patron. La vengeance est un plat qui se mange froid, disait le comte de Monte-Cristo. Avec du ketchup et des frites, avait pour habitude d'ajouter Agatha Crispies.

Cela faisait partie de son plan.

Du plan qu'elle avait élaboré et était sur le point de finaliser. Elle sentait que cette histoire était proche de son dénouement. Elle sentait l'odeur des hot dogs graisseux de New York, New York, se rapprocher et assaillir ses narines. Le bruit des Klaxon, du son de ses notifications de SMS, de Facebook, d'Instagram, de Twitter qui éclateraient dans sa poche comme du pop-corn dans un micro-ondes. Pop, pop, pop, pop. Vous avez quarante-six millions de messages ! Le retour à la vie, une deuxième naissance.

Elle ouvrit la fenêtre de son bureau et respira le bon air. Le soleil illuminait les sapins, les montagnes et la plaine. Au loin, la surface d'un lac brillait comme un diamant.

McDonald…

S'il y avait une race de gens qu'elle détestait, c'étaient bien les racistes, oui, elle était raciste des racistes. Dans sa liste des gens qu'elle détestait, elle les mettait en deuxième position, juste après l'inventeur du trou dans le donut.

Agatha ne supportait pas ceux qui pensaient que les hommes étaient différents juste parce que certains étaient blancs, noirs, marron ou jaunes, alors que c'était une histoire de pigmentation de la peau. Dans certaines tribus africaines, on tuait encore les albinos parce que l'on pensait qu'ils étaient des démons. Le racisme, était-ce cela ? Une peur, un réflexe archaïque face à tout ce qui était étranger ? Un peu partout, l'homme tuait ce qui était différent de lui, parce qu'il avait peur. McDonald était donc un de ces hommes qui avaient peur. Mais pourquoi donc ? Que craignait-il donc ?

Lui revinrent à l'esprit les premières paroles du superintendant lorsqu'il avait repris connaissance, sur la berge de la rivière, saucissonné dans le gigantesque donut en plastique. « Retrouvez-moi ce mec, Crispies, et mettez-le hors d'état de nuire. Par tous les moyens… » *By all means necessary*, comme l'avait clamé Malcolm X avant lui. Et Jean-Paul Sartre avant celui-ci, dans *Les Mains sales. Tous les moyens sont bons quand ils sont efficaces…*

Il me couvrira, pensa-t-elle.

Rassurée, se sentant protégée par Goodwin, Malcolm X et Sartre, elle referma la fenêtre et sortit de son bureau.

Tous les moyens sont bons quand ils sont efficaces…

Où l'on découvre, par accident, la solution au mystère des bûcherons disparus

Vers 11:00 a.m., alors qu'Agatha se rendait au Trou Divin manger un petit donut au chocolat en guise d'apéritif, et qu'elle attendait que le seul feu tricolore de New York, Colorado, passe au vert, un homme traversa devant elle. Il attira tout particulièrement son attention parce qu'il était vêtu d'une chemise à carreaux rouges et blancs, d'un jean qui moulait son joli derrière et d'une casquette. Si ce n'avait été sa taille, elle aurait juré qu'il s'agissait de Coby. L'homme déambulait d'un pas nonchalant, sans aucune hâte, les mains dans les poches. Il ne traversait pas un passage clouté, il se promenait sur un passage clouté. Nuance.

Il était 11:00 a.m., comme nous l'avons déjà dit, et à cette heure-ci, ce bûcheron aurait dû se trouver à la scierie McEnroe, la seule à une centaine de kilomètres à la ronde, à scier des troncs d'arbre sous les ordres de Coby.

Intriguée, Agatha gara son véhicule en double file, descendit et courut derrière lui. Elle le fila sur quelques mètres. Lorsque celui-ci s'assit à la terrasse d'un café, elle le rejoignit et se posta devant lui.

— Police, dit-elle en sortant son portefeuille de son sac à main et en l'ouvrant devant le nez de l'inconnu.

La plaque dorée brilla un instant au soleil, avant de replonger dans les ténèbres du sac.

— Qu'est-ce que j'ai fait ?

— Justement, vous ne faites rien, et c'est bien ce qui me préoccupe.

L'homme la regarda, ahuri.

— Vous êtes bûcheron, non ?

— Comment vous savez ?

— Un pressentiment, répondit-elle en indiquant sa chemise à carreaux. Comment se fait-il que vous ne soyez pas en train de travailler à la scierie ?

— La Syrie ?

— La scierie McEnroe.

À l'évocation du nom, l'homme bondit sur sa chaise.

— C'est eux que vous devriez arrêter ! Ce Jacob Delafon est un voleur de première ! Et je suis pas près d'y remettre les pieds, croyez-moi.

Il expliqua alors la situation à la policière qui comprit vite de quoi il retournait. Quelques minutes plus tard, elle s'excusait, prenait congé de l'homme et remontait dans sa voiture, roulait les quelques mètres qui la séparaient de Trou Divin, et commandait un *morning donut*. En attendant qu'on la serve, elle sortit et entra dans la cabine de téléphone à pièces située sur le trottoir. Elle n'en avait plus vu depuis Superman. Question philosophique, nota-t-elle mentalement, depuis que les cabines n'existent plus, où se change Clark Kent ? Dans les cafés Internet peuplés de Pakistanais ?

Elle glissa une pièce d'un demi-dollar dans la fente et composa le numéro. Un bruit de tuyauterie résonna dans l'écouteur, puis une sonnerie lointaine. Bientôt, l'homme décrocha d'une voix guillerette.

— Coby Delafon, bûcheron-écrivain, j'écoute !

— Écrivain ?

— Agatha ? C'est toi ? Je suis content de t'entendre. Tu avais raison, j'ai envoyé mon manuscrit comme tu me l'avais conseillé et j'ai trouvé un éditeur !

— Heureuse pour toi.

— Il a adoré, mais pas l'ambiance western. Il veut que je le réécrive à une autre époque et que je remplace les cow-boys par des Péruviens. Si possible dans l'espace.

— C'est une excellente chose, Coby, je suis fière de toi. Vraiment. Ça sortira quand ?

— Le temps que je réunisse les dix mille dollars qu'il me demande pour le publier.

— Dix mille dollars ? Tu dois payer pour qu'on te publie ?

— Ça marche comme ça maintenant. Ça se voit que tu ne connais rien à ce milieu.

— Non, enfin, cela me paraît… étonnant. Bon, Coby, ce n'est pas pour parler édition que je t'ai appelé. J'ai du nouveau pour ton affaire, tes disparitions.

— Je t'écoute ! s'exclama le bûcheron, enthousiaste.

— L'enquête la plus courte de l'histoire. Tu sais, moi aussi, pour trois malheureux dollars à la journée à couper des arbres huit heures de suite, risquer une main, une jambe, j'aurais disparu depuis belle lurette, assena-t-elle d'un air sérieux qui déstabilisa l'homme.

— Je ne comprends pas.

— Coby, tes mecs, ils ne disparaissent pas, ils se barrent !

S'il y avait une race qu'Agatha ne supportait pas après les racistes, c'étaient bien les radins. Ça commençait par la même syllabe, d'ailleurs. Elle ne pouvait pas voir en peinture les charmeurs qui sortent leur calculatrice à la fin d'un repas romantique et divisent l'addition par deux. Non merci, elle avait déjà donné. Et, même si Coby était un bel homme et un dieu au lit, elle se jura de ne plus jamais le revoir.

Et elle tint bon.

Durant trois jours.

CINQUIÈME PARTIE

VOUS AVEZ UNE DEMANDE DE CONVERSATION

Le meurtrier dans la cabane

Les jours suivants, l'homme au chapeau, qui surveillait les allées et venues de la policière, fut le témoin d'un drôle de manège. Chaque soir, en rentrant du bureau, Agatha se garait devant chez elle et parcourait la centaine de mètres qui la séparait de la forêt sur laquelle donnait sa petite maison. Elle disparaissait pour ressurgir d'entre les arbres quelques minutes plus tard. Ensuite, elle s'enfermait chez elle et n'en ressortait plus avant le lendemain matin.

Intrigué, l'homme au chapeau emboîta donc ce soir-là le pas à la policière. Il attendit qu'elle disparaisse entre les arbres et le feuillage et s'immisça à son tour dans la forêt avec mille précautions. Il surprit Agatha sortant du sentier et entrant dans une cabane en rondins.

En essayant de ne pas faire craquer de branches, il s'approcha le plus rapidement possible de la minuscule demeure. Qu'est-ce que cela pouvait bien être ? Un atelier d'outils ? Une chambre d'amis ? Un bureau ?

Il entendit du bruit à l'intérieur et colla son oreille contre la cloison de bois.

— Tu me fourres dans l'embarras, disait Agatha. Vraiment. Dois-je te rappeler que je suis policière ?

La personne avec qui elle parlait ne répondit pas.

— Tu me mets dans l'embarras, reprit-elle au bout de quelques secondes de silence, mais en même temps, ai-je le choix ? Je ne peux pas te dénoncer, et tu le sais. Si cela venait à se savoir, ce serait la fin assurée de ma carrière, de ma vie. C'est toi qui as assassiné ces gens, et c'est moi qui me retrouve dans le pétrin. Ce que la vie peut être injuste…

Il y eut des bruits de pas puis la porte s'ouvrit. Le cœur battant, l'homme au chapeau s'adossa à l'appentis et attendit. Les pas s'éloignèrent et il reprit son souffle. La solution à tous ces mystères se trouvait là, à quelques centimètres de lui, derrière cette porte.

Où l'on découvre les joies de la fête locale annuelle : la chasse aux écureuils radioactifs

Pour des raisons de sécurité évidentes (aux États-Unis, elles l'étaient toutes), la chasse aux écureuils radioactifs n'était autorisée que le 29 août.

La date, qui ne tombait pas forcément (vous comprendrez vite pourquoi) un 29 août, avait été arrêtée par les autorités locales à partir de celle du terrible événement qui avait secoué la région le 29 août 1996. Ce matin-là, un écureuil avait rongé un câble du réacteur numéro 4 de la centrale nucléaire de Tchernobowl, située à quelques kilomètres des montagnes Left et Right, provoquant une fuite de produits toxiques de grande importance. L'animal était mort quelques semaines plus tard des suites de sa contamination, non sans avoir engendré auparavant toute une ribambelle de petits écureuils radioactifs.

Agatha aimait à penser que si la fuite en question, au lieu de se produire dans le réacteur d'une centrale nucléaire, était arrivée au four numéro 4 de l'usine de donuts Trou Divin, toute l'histoire eût été différente.

On trouverait maintenant dans les bois, et en toutes saisons, des écureuils en chocolat…

De par sa dangerosité, la chasse aux écureuils radioactifs était un événement très encadré. Il valait mieux ne pas plaisanter avec la radioactivité. Personne ne voulait enfanter un petit garçon à trois bras, ou une petite fille sans doigts de pied (même si un orteil ne servait pas à grand-chose). On redoutait Darwin, dans le coin, et on souhaitait que les changements génétiques s'opèrent sur des milliers d'années, comme cela avait toujours été le cas sur Terre.

Le matin, très tôt, on remettait donc à chaque habitant voulant se livrer aux festivités une combinaison hermétique jaune, des bottes et des gants de même couleur ainsi qu'une carabine de foire prêtée par le cirque local qui sponsorisait l'opération. C'était le seul jour de l'année où les policiers étaient armés et se sentaient donc un peu plus policiers.

Le village revêtait ses habits de lumière. On accrochait des drapeaux aux balcons et aux fenêtres sur lesquels était dessiné un écureuil aux yeux rouges dans la lunette de mire d'un fusil. On cuisinait de bons gâteaux en forme d'écureuil, on dressait de gigantesques statues en bois à l'effigie du rongeur, que l'on brûlerait ensuite.

Bien entendu, depuis la première chasse, les écureuils s'étaient donné le mot de génération en génération et, chaque 29 août, partaient se cacher un peu plus haut dans les montagnes pour la journée. Les chasseurs, qui étaient revenus bredouilles les premières années, ne s'étaient pas démoralisés et avaient dû s'adapter à la situation. Pour tromper l'animal, on commença alors à déplacer la date de la chasse. Le 29 août pouvait dorénavant tomber un 12 décembre comme un 30 mars, ce qui déroutait les animaux, tout comme les villageois. Les écureuils tombaient alors dans le panneau et c'était un vrai carnage.

Cette année-là, le 29 août tomba donc un 28 août. Les animaux ne s'étaient pas encore préparés à l'attaque et n'étaient pas encore partis dans la montagne. Agatha en dégomma quatre, Betty un, le chef Goodwin en pêcha six (certains écureuils radioactifs naissaient dotés de branchies) et on se prit en photo avec les trophées avant que ceux-ci ne soient détruits dans une entreprise de recyclage à quelques kilomètres de New York, Colorado, qui convertissait les féroces rongeurs en piles d'uranium. Après tout, il était logique qu'une pile soit radioactive, pas un écureuil. Juste retour des choses. La nature reprenait ses droits. Dieu était content. Darwin était content. Les villageois aussi.

Une visite inattendue très attendue

Ce dimanche matin, quelques minutes après que Coby avait remis des vêtements sur ce corps d'athlète et avait quitté la maison d'Agatha (s'il payait mal ses employés, il n'était pas avare, en revanche, dans ses ébats sexuels), on frappa à la porte.

La policière, qui se demandait si elle allait se faire couler un bain ou lire en terrasse, car à cette heure matinale, le soleil brillait déjà, pensa que son bûcheron d'amant avait oublié quelque chose et alla ouvrir, le peignoir entrouvert et la pose suggestive.

— Oh, shérif McDo ! s'exclama Agatha, gênée en réajustant le pan de son déshabillé. Quelle surprise, ajouta-t-elle avant de voir le pistolet pointé sur elle.

— McDonald, je m'appelle MCDONALD ! hurla l'homme, les yeux injectés de sang.

Le shérif, couvert d'un chapeau et le corps éternellement emballé dans son imperméable, tenait dans sa main tremblante un pistolet qu'il serrait tellement que ses veines bleuâtres semblaient sur le point d'exploser. De son autre main, il massait sa tempe gauche. Des perles de sueur s'échappaient de son chapeau et gouttaient sur son front. Il avait l'air d'être en proie à la plus affreuse des migraines.

— Qu'est-ce qu'il y a comme ronds-points dans ce foutu patelin !

Voyant que sa faiblesse passagère ne servirait pas son propos, bien au contraire, il se ressaisit et pointa la jeune femme de plus belle.

— C'est une manie chez vous de vouloir me tuer, dit celle-ci sans paraître plus affectée que cela. Allez, rangez ça. Vous allez appuyer sur la détente sans faire gaffe. Et notez bien que j'ai dit « détente » et non « gâchette » comme on peut l'entendre dans toutes les séries policières. La gâchette est une pièce interne au mécanisme d'une arme à feu, c'est elle qui relie la détente, sur laquelle on appuie, au marteau qui, comme son nom l'indique, vient percuter la cartouche. Notez que j'ai dit « cartouche » et pas « balle », comme on peut l'entendre dans toutes les séries policières.

— Je sais tout cela, Crispies, je suis policier. Mais votre intention est louable. Ce sera dur d'effacer soixante ans de séries policières truffées d'erreurs. Où en étions-nous ?

— Vous étiez en train de me braquer avec votre arme. Allez-vous encore me dire des choses désagréables, comme la dernière fois, lorsque vous portiez votre cagoule ?

— Non, car je ne la porte pas aujourd'hui. Mais je porte ce chapeau.

— C'était donc vous, l'homme au chapeau de Betty !

L'homme esquissa un petit sourire qui ressemblait à une grimace.

— C'était bien un chapeau de cow-boy. Enfin, McDrive, plus sérieusement, j'attendais ce moment depuis longtemps.

— Depuis quand savez-vous ?

— Entrez donc, nous serons plus à l'aise pour discuter. Un thé ? Un verre d'eau ? Un Aspégic ?

Elle recula et le laissa entrer dans son salon. Il continuait de pointer son pistolet sur elle.

— De l'eau ? Non merci. Jamais pendant le service.

Dans lequel on apprend enfin qui est le meurtrier

— Cette histoire de porte verrouillée de l'intérieur me turlupinait, dit Agatha en remuant avec une grande délicatesse sa cuillère dans sa tasse de thé rouge. Je pensais trouver la solution dans *Le Mystère de la chambre jaune*, mais mes souvenirs m'avaient trahie et à la relecture du roman, je dus accepter l'idée que le livre ne me serait d'aucune aide cette fois-ci. Peter Foster n'avait pas pu se blesser, se tuer par accident. On ne se plante pas cent cinquante fois une aiguille à tricoter dans le corps. Pas plus qu'une fois cent cinquante aiguilles. Il n'avait pas pu se tuer, que ce soit par inadvertance ou volontairement. Et puis, je me suis souvenue de quelques détails de la scène du crime. Je ne prends peut-être pas de photo, comme vous, mais je note tout, vous vous rappelez ? Mon esprit enregistre les conversations comme un vrai Dictaphone. Les lentilles, McDo. Foster mangeait des lentilles le soir où on l'a transformé en steak haché. Il ne les avait même pas terminées d'ailleurs, c'est ce qu'a dit le légiste. La table était encore mise, et pourtant, on a retrouvé ce type dans sa baignoire.

Qui fait chauffer des lentilles sur le gaz alors qu'il est en train de prendre un bain ? On aurait trouvé la perle rare ? Le mec capable de faire deux choses à la fois ? J'y ai cru, deux secondes, et puis non.

Elle claqua des doigts.

— Je vais vous dire ce qui s'est passé. Foster mangeait tranquillement ses lentilles en boîte quand on a sonné à la porte. Il s'est levé et est allé ouvrir, persuadé qu'il s'agissait de sa gentille voisine, madame Machinowsky. Je ne pense pas qu'elle ait été sa maîtresse, plutôt une gentille voisine qui repasse les chemises de son gentil voisin parce que c'est un bon à rien qui claque tout son argent au casino et bouffe ensuite des lentilles en boîte. S'ils avaient eu une liaison, il y aurait eu deux assiettes, ils auraient dîné ensemble. Souvenez-vous que son mari a disparu l'année dernière. Si elle avait bien été la maîtresse de Foster du vivant de son mari, elle était enfin libre de l'aimer maintenant qu'il était parti. Foster et elle pouvaient couler des jours heureux dans leur immeuble déprimant. Et pourquoi pas casser le plafond et faire communiquer les deux appartements avec un escalier ? Un duplex comme nid d'amour, merveilleux, non ? Je m'emballe. S'ils avaient été ensemble, c'est elle qui aurait préparé quelque chose de plus appétissant qu'une boîte de conserve. Non, Foster vivait comme un pauvre célibataire, un pauvre étudiant, un pauvre misérable, et il est mort comme tel. Madame Machinowsky se couche tôt. Elle ne serait jamais allée voir son voisin à 11:00 p.m., heure supposée du crime. Et puis, elle n'aurait jamais tué son voisin. On ne tue pas son voisin. Et j'en sais quelque chose. J'ai eu le pire spécimen au-dessus de chez moi, à New York, New York, la musique jusqu'à deux heures du matin toutes les nuits, les enfants qui courent tout le week-end sur le parquet. J'avais l'impression de vivre à Haïti, entre tremblements de terre et ouragans. J'ai eu bien envie de tuer mon voisin, oui, mais je ne l'ai jamais fait, et pourtant, j'ai une arme à disposition.

Elle détourna son regard des tasses en porcelaine et le posa sur le sucrier. Elle versa une bonne dizaine de cuillères à café de sucre en poudre puis se remit à touiller le liquide ambré. McDonald, assis dans le fauteuil en face d'elle, la regardait faire sans rien dire, son pistolet toujours pointé sur elle.

— J'ai décidé de faire un petit régime, annonça-t-elle. D'habitude, j'en mets vingt.

Elle porta la tasse à ses lèvres et souffla.

— L'autre piste était la mafia. Vous m'avez dit, durant notre soirée « romantique » au PizzIkea, que Foster devait de grandes sommes d'argent à des créanciers peu scrupuleux. S'il s'était agi d'un homme de main de Spaghettoni, il y a fort à parier qu'il n'aurait pas ouvert. On aurait trouvé des traces d'effraction ou de bagarre. Or ce n'était pas le cas. On ne lui connaissait pas d'amis, selon le témoignage de la voisine. Quel est donc le mystère de cette visite à 11:00 p.m. ? Je pense que c'est à un inconnu que Foster a ouvert (nos mères nous ont pourtant assez seriné ça : ne jamais ouvrir aux inconnus !) mais un étranger qui inspirait confiance… Le genre de personne qui peut sonner chez vous à n'importe quelle heure du jour ou de la nuit et à qui vous ouvrez sans vous méfier. Parce qu'il représente la loi. Un policier, par exemple…

Elle but une gorgée de son thé.

— Vous êtes sûr que vous n'en voulez pas ? Il est très bon.

L'homme secoua la tête de droite à gauche pour seule réponse.

— Foster délaisse donc ses lentilles et va ouvrir la porte à ce policier, sans savoir qu'il fait entrer son assassin. Il reçoit un coup d'aiguille à tricoter, puis deux, puis trois, puis cent cinquante. On le traîne jusqu'à la baignoire, on ouvre les robinets et on le laisse tremper là. Arrive enfin cette histoire de porte fermée de l'intérieur. J'ai beaucoup réfléchi mais je suis revenue à mon idée de départ. Et la seule solution plausible, c'est que l'assassin se trouvait encore dans la salle de bains quand la police est arrivée. Le problème, c'est qu'il n'y avait aucune cachette, aucun recoin où se dissimuler. Quand je suis arrivée, il n'y avait personne. À moins que le meurtrier se soit maintenu sous l'eau, en apnée, sous le cadavre tout le temps de notre petite discussion et soit sorti avant que le légiste ne lève le corps, ce qui est improbable, voire impossible. Non, non, c'était beaucoup plus simple. Comme je viens de vous dire, quand je suis arrivée sur les lieux, il n'y avait personne. À part vous… Cette manie que vous avez de toujours vous trouver en premier sur les lieux du crime… Et ce, trois fois de suite.

— Vous habitez à deux heures de Woodville ! C'est normal que j'arrive en premier !

— Ce n'est pas une raison. La Polonaise, ce n'était pas prévu. Vous l'avez tuée parce qu'elle vous a vu ou vous soupçonnait.

L'homme sourit et dodelina de la tête. De sa main libre, il retira ses lunettes, les essuya sur son imperméable puis les reposa sur son nez.

— À propos, si l'assassin transformait ses victimes en véritables steaks hachés, à coups d'aiguilles à tricoter ou de fléchettes, s'il en faisait de la charpie, ce n'est pas parce qu'il ne savait pas viser, mais parce qu'il ne voyait rien. Nous avions affaire à un assassin bigleux. Comme vous…

— Moi ? Mais j'y vois très bien ! se défendit McDonald. Avec mes lunettes bien sûr.

— Vous ne vous en êtes sans doute pas encore rendu compte, mais vous avez la cataracte.

— Qu'est-ce que vous racontez ?

— Les personnes souffrant de cataracte passent leur temps à nettoyer leurs lunettes parce qu'elles sont persuadées que le petit voile blanc qui les empêche de bien voir n'est qu'une trace de graisse ou une saleté sur leurs verres alors que le voile blanc est dans leur œil.

L'homme fronça les sourcils. Il retira ses lunettes et regarda devant lui, affolé. Il dut se rendre compte que la tache persistait car son visage se contorsionna en une épouvantable grimace.

— McDo, c'est vous qui avez tué Peter Foster, John Doe et la voisine au nom à coucher dehors… Et aujourd'hui vous venez me tuer, moi. Parce que vous savez que je sais.

Elle finit sa tasse de thé avec une tranquillité non simulée.

— Vous venez terminer le travail de l'autre nuit. À la laverie, vous ne vouliez pas m'éliminer pour ma couleur de peau, c'était un prétexte, vous n'avez même pas les « intestins » pour être un gros raciste du Ku Klux Klan, McDo. Vous vouliez juste que l'on croie à un meurtre xénophobe. C'était bien pensé. Mais pas assez pour moi…

Le policier, qui s'exerçait à lire les titres sur la tranche des livres rangés sur les étagères en fermant un œil puis l'autre, oublia un instant ses problèmes de vue et se tourna vers elle, un sourire aux lèvres.

Dans lequel l'histoire rebondit plus qu'une balle de ping-pong

L'homme applaudit d'une main, sans lâcher son arme, ce qui n'est pas évident.

— Bravo, Crispies. Vraiment, bravo. Et merci pour m'avoir diagnostiqué la cataracte, vous venez de me faire économiser une visite chez mon ophtalmo.

Il se leva et se dirigea vers l'un des quatre murs recouverts de livres multicolores.

— C'est très impressionnant la collection que vous avez là.

— J'en ai quelques-uns au commissariat aussi.

— Je sais, je sais. Figurez-vous que je me suis trouvé un observatoire de choix dans les sapins, en face de votre bureau. J'ai pu suivre tous vos faits et gestes, chaque jour. Grâce à ce chapeau, je suis devenu invisible.

Il retira son chapeau de sa main libre et en observa chaque couture comme un client qui s'apprête à l'acheter. Puis il le remit sur son crâne.

— Une manière comme une autre de changer de physionomie. Vous connaissez le Manuel de Techniques Policières Américaines. Je m'en veux encore d'être parti du lac trop tôt. Ce soir-là, j'ai manqué de peu vous voir tuer ce pauvre homme à coups de fléchettes… Mais je m'ennuyais de vous voir lire et bronzer. Si vous aviez été Halle Berry, je dis pas, mais là….

Il fit semblant de jeter un œil aux tranches des livres qu'il avait devant lui, pendant que son autre œil ne lâchait pas Agatha dans un joli strabisme divergent qui n'était pas sans rappeler celui de Sartre.

— Je comprends maintenant d'où vient toute cette imagination, Crispies. Tous ces livres… Vous êtes comme don Quichotte qui, obsédé par les livres de chevalerie qu'il collectionne dans sa bibliothèque, s'invente un nouveau monde. Vous êtes la rêveuse qui se bat contre des moulins à vent, qui prend ses hallucinations pour la réalité, vous vous autoproclamez, tout comme lui, justicière. Mais les romans, ce n'est pas la réalité. Ce sont des histoires. Des histoires inventées. Comme celle que vous venez de me raconter.

Et Agatha ne put s'empêcher de penser à l'une des premières phrases de *Du côté de chez Swann* : *Il me semblait que j'étais moi-même ce dont parlait l'ouvrage.*

— Ah, les fameux moulins à vent… Ils ne couvrent qu'une page et demie de toute l'œuvre de Cervantès. Vous vous rendez compte ? Universellement reconnu pour une seule page et demie, quelle gloire !

— Dites-moi, Crispies, vous arrivez vraiment à vous persuader de tout ce que vous inventez ? Je n'aurais jamais pensé cela, jusqu'à ce que j'entre dans la cabane en bois derrière votre jardin, dans la forêt…

L'assassin dans la cabane en bois

— C'est toi qui as assassiné ces gens, dit Agatha, et c'est moi qui me retrouve dans le pétrin, ce que la vie peut être injuste…

Il y eut des bruits de pas puis la porte s'ouvrit. Le cœur battant, l'homme au chapeau s'adossa à l'appentis et attendit. Les pas feutrés s'éloignèrent et il reprit son souffle.

Lorsqu'il eut retrouvé son calme, il fit le tour de la cabane et se posta devant la porte. Il jeta un dernier regard derrière lui pour s'assurer qu'Agatha était bien partie, puis il posa sa main sur la poignée en bois.

Étonnamment, la porte n'était pas fermée à clef. Quel genre de prisonnier y gardait-on ?

Il dégaina son pistolet, le pointa devant lui, poussa la porte et entra.

L'obscurité soudaine l'aveugla. Il mit quelques secondes pour s'habituer aux ténèbres tout en priant pour que le prisonnier, quel qu'il soit, ne lui porte pas un méchant coup.

Mais il n'y avait personne. Impossible de se cacher dans cette unique pièce de deux mètres carrés sans meubles.

Seul un miroir était accroché au mur, reflétant son visage ahuri.

Alors il comprit avec qui Agatha avait parlé tout ce temps-là.

Où l'on raconte une intéressante histoire

Le shérif tenait fermement son pistolet, bien décidé à faire sauter la cervelle d'Agatha si elle tentait le moindre geste. D'ailleurs, il n'attendait que cela. Il l'avait déjà laissée pour morte dans la rivière. Il n'aurait pas de mal à tenter sa chance une nouvelle fois pour l'envoyer en Enfer. Il invoquerait la légitime défense contre une dangereuse meurtrière.

— Vous pouvez ranger votre arme, dit la policière. Vous êtes ridicule.

— *On peut obtenir plus de choses avec un mot gentil et un pistolet qu'avec juste un mot gentil*..., c'est Al Capone qui disait cela. Vous voyez, moi aussi, je peux citer les grands classiques.

— Et que désirez-vous obtenir avec votre mot gentil et votre pistolet ?

— Que vous arrêtiez de jouer avec moi et que vous me disiez la vérité. Vous arrivez vraiment à vous persuader de tout ce que vous inventez, lieutenant Crispies ? Laissez-moi vous raconter une autre histoire. Une histoire dans laquelle une jeune policière travaillant dans le prestigieux service d'homicides de la plus grande ville des États-Unis se retrouve un jour mutée dans le trou du cul du monde, dans un commissariat de troisième catégorie, affectée aux disparitions de chats, au non-respect *du* feu tricolore de la ville. Une jeune femme affectée à un commissariat dans lequel on s'ennuie tellement que les effectifs lisent, jouent aux fléchettes, au sudoku ou encore tricotent. C'est pathétique, Crispies. Et cette jeune policière le sait. Elle sait que c'est une looser. Qu'elle a été mutée ici par mesure disciplinaire, qu'elle n'a jamais résolu un seul crime de sa carrière et qu'elle n'en résoudra plus jamais, car là où elle se trouve désormais, elle ne verra plus jamais l'extrémité du petit orteil d'un seul cadavre si ce n'est celui d'un lapin écrasé sur le bord de la route (mais les lapins ont-ils seulement des orteils ?). C'est dur à accepter. Alors elle va s'inventer elle-même cette grande affaire qui fera d'elle la meilleure des détectives. Un crime à la Agatha Christie, mais avec autant de sang que dans un Stephen King. C'est son amour pour la littérature. Elle sait, de plus, que la résolution de ce meurtre pourra la réhabiliter, lui donner une nouvelle réputation, plus en accord avec celle de son père, ce brillant capitaine dont tout le monde se souvient. C'est dur de vivre dans l'ombre de quelqu'un. Elle aussi pourra devenir capitaine, comme lui. Elle pourra retourner à New York, le vrai, le seul, l'unique. Celui de Liza Minnelli et de Frank Sinatra, pas ce trou à rats. Vous êtes une looser sur toute la ligne, même votre club de littérature est un échec. Alors vous vous servez du matériel de vos collègues. Les aiguilles à tricoter, les fléchettes. En même temps que vous fabriquez des fausses pistes, vous empêchez ces policiers de s'adonner à leur activité préférée et vous espérez qu'ils viennent à vos classes de littérature. C'est ce qui s'appelle faire d'une pierre deux coups. Trois même, car vous visez le grade de capitaine. Et ça fonctionne. Dès le premier meurtre, vous gagnez de nouveaux membres. Votre club revit. Les réceptionnistes viennent à vos cours. Vous récidivez alors avec les fléchettes. Votre club devient un succès. Je suis sûr que si je fouille votre maison, je trouverai des aiguilles à tricoter amochées et couvertes de sang séché mais aussi des fléchettes. À moins que vous ne vous en soyez débarrassée. Oui, vous êtes bien le genre à ne pas vous encombrer.

Il regarda autour de lui.

— Vous avez commis les meurtres à Woodville pour détourner l'attention de New York, Colorado. Pour que tout se déroule comme prévu, vous deviez être chargée de l'affaire. Mais Woodville ne se trouvant pas dans votre juridiction, vous vous êtes inventé un juge, et une autorisation de saisine. Vous avez fait un faux et me l'avez brandi sous le nez à chaque meurtre pour me dessaisir de l'enquête. J'ai vérifié, il n'y a pas de procureur Lawrence Wargrave, ni dans le Colorado, ni dans aucun autre État d'ailleurs. Et pour cause, le seul que j'aie trouvé, c'est dans *Dix Petits*…

Il se tut, embarrassé.

— Nègres ? l'aida-t-elle.

— C'est ça, *Dix Petits Noirs*.

— Nègres ! s'exclama Agatha. Vous n'étiez pas si gêné que ça l'autre soir !

— Ne montez pas sur vos grands chevaux, Crispies. L'important, c'est que Wargrave n'existe pas.

Il n'existe que dans un bouquin et dans votre esprit malade. Vous aurez du mal à l'admettre, car vous vivez dans votre monde, mais c'est vous qui avez assassiné Peter Foster, John Doe et Frzdziwska Grzegorczyk.

Agatha le regarda en souriant.

— Il n'y a pas à dire, vous avez un don pour les noms, McDrive…

Dans lequel on apprend,
sans encore se faire à l'idée,
que le meurtrier est en réalité une meurtrière

L'heure du repas étant arrivée, Agatha, par éducation, avait invité McDonald à l'accompagner. Il lui restait quelques ailes de poulet à la sauce mexicaine, qu'elle mit dans le micro-ondes sous le regard noir du policier et la menace de son pistolet. Puis ils revinrent au salon avec un plateau télé et s'installèrent sur la table basse. S'il n'y avait pas eu ce pistolet entre eux, on aurait pu penser qu'ils étaient un couple sur le point de passer un bon dimanche à la maison. Un couple un peu bizarre malgré tout, car elle portait un peignoir sexy et lui un imperméable. Un couple pas vraiment sur la même longueur d'onde.

— En réalité, je savais tout depuis le début, dit l'homme en trempant un morceau de poulet dans la sauce rouge avec sa main libre, le jour même où nous nous sommes rencontrés sur les lieux du crime. Avant que vous n'arriviez sur la scène du premier meurtre, j'avais déjà interrogé la voisine, qui m'avait donné une description de la personne qu'elle avait croisée dans les escaliers un peu plus tôt ce soir-là.

Alors qu'elle était au lit, mais n'arrivait pas à dormir, car souffrant d'insomnies, elle avait entendu du bruit dans le couloir. En bonne commère qu'elle était, elle avait regardé par le judas puis avait passé la tête dehors, en toute discrétion. Il n'y avait jamais personne dans les couloirs à cette heure-ci. Elle a pensé que c'était Foster qui rentrait bien tard. Alors qu'elle s'apprêtait à l'interpeller pour lui rendre son linge repassé, elle a vu une immense ombre arriver sur le palier de l'étage supérieur. C'était, je cite : « Une grosse femme noire avec d'énormes fesses. »

— Elle a dit ça ?

— Oui, je suis désolé.

La garce ! Finalement, la Polonaise aux pieds déformés n'avait eu que ce qu'elle méritait.

— Grosse, grosse… Tout cela est une question de force d'attraction. Je pèse peut-être quatre-vingt-neuf kilos sur Terre, précisa Agatha, mais sur Mars, j'en pèserais seulement trente-trois ! C'est juste que je ne suis pas sur la bonne planète, voilà ! Tout est relatif.

— Vos complexes de bonne femme ne m'intéressent pas, assena l'homme en trempant la pointe de son pistolet dans la sauce mexicaine.

Il s'aperçut de son erreur lorsqu'il sentit sur le bout de la langue le goût amer de l'acier de son canon. Il braqua aussitôt la policière et se resservit une aile de poulet avec sa main libre.

— La communauté noire n'étant pas très représentée à Woodville, c'est le moins que l'on puisse dire, j'ai immédiatement eu un petit doute quand je vous ai vue. Et puis tout s'est mis en place comme les pièces d'un puzzle. Votre manie de vouloir faire passer les meurtres pour des suicides. Cette manie de nier l'évidence, quitte à passer pour une débile. Mais vous êtes bien moins débile que ce que vous voulez bien laisser croire.

— Merci.

— Et puis votre manie de toujours polluer les scènes de crime avec vos postillons de donuts au chocolat.

— Non, ça, ça n'a rien à voir. Je mange vraiment comme une cochonne. Et pourquoi ne m'avez-vous pas arrêtée dès le début ? Oh, suis-je bête, parce que je suis noire et que vous me réserviez un bien meilleur sort. Si j'avais été blanche, je serais déjà derrière les barreaux.

— Il y a de cela, mais je voulais aussi voir comment vous vous dépêtreriez de toute cette histoire. Et plus vous essayiez de vous en sortir, plus vous vous enfonciez, comme dans les sables mouvants. Or, dans les sables mouvants, la seule manière de survivre, c'est de demeurer immobile, de se mettre en position horizontale et d'attendre que ça se passe.

Il laissa s'installer un silence entre eux.

— À propos, comment étiez-vous au courant des meurtres ? demanda-t-il quelques secondes après. Je ne vous appelais pas et c'était hors de votre juridiction. Vous m'avez reproché vous-même d'être toujours le premier sur les lieux, mais vous étiez la deuxième. Étrange, non ? Don de voyance ? Ou sentiez-vous le sang, comme les charognards, les vautours ? Non, c'est parce que vous étiez l'assassin, tout simplement. On dit que le meurtrier revient toujours sur les lieux du crime… Quand vous m'avez raconté votre affaire du tueur au stylo Bic, j'ai su que vous étiez prête à tout pour prendre du grade. À propos, c'est vous qui avez tué le jogger aussi ?

— Non, c'était vraiment un accident.

— Je me disais aussi, juste un trou, ça ne vous ressemble pas. Bref, il vous fallait un bon gros tueur en série. Et comme la vie ne vous l'a pas apporté, vous l'avez inventé. Mais ces trois meurtres n'avaient aucun lien entre eux. Les tueurs en série suivent un modèle, ont un profil de victimes, procèdent toujours de la même façon, avec une arme qu'ils dominent, ou qui représente quelque chose d'important, de symbolique pour eux.

L'homme s'essuya la main sur une serviette en papier.

— Vous manquez de reconnaissance de la part de vos supérieurs, de la part des autres. C'est évident. Ce qui explique le donut géant sur le toit de votre voiture de police, vos Converse roses et, sauf votre respect, vos grosses fesses. Pas besoin d'être Freud pour voir que vous faites tout pour attirer le regard des autres.

— Vous vous trompez. L'attraction que j'exerce envers la gent masculine est naturelle.

— C'est drôle parce que tout le temps que je vous ai suivie, aucun mec ne s'est retourné sur votre passage.

— Je vous ai suivi aussi, et je peux en dire tout autant.

— Quoi ? Qu'aucun mec ne s'est retourné sur mon passage ?

— Aucun mec, aucune femme, aucun animal. Personne. Vous êtes totalement inexistant, comme ce brave Jean-Baptiste Grenouille qui se fabrique un parfum parce que son absence d'odeur corporelle en fait un être invisible au nez des autres, un paria de la société, un criminel.

— Je savais parfaitement que vous me suiviez. Vous êtes très mauvaise, même pour une simple filature.

Agatha suspendit son aile de poulet entre le plat et sa bouche.

— Vous pensiez que je ne vous verrais pas ? demanda-t-il, surpris.

— Je pensais être discrète.

— Vous peut-être, mais la voiture…

— C'est une voiture banalisée ! s'offusqua Agatha.

— Enfin, banalisée, elle a quand même un donut en plastique de deux mètres de diamètre sur le toit et est noire avec des portières blanches, comme tous les véhicules de police de ce pays ! On la voit depuis San Francisco, votre voiture banalisée. Je suis sûr qu'on la voit même depuis la lune !

— J'ai peut-être un véhicule voyant, mais vous, vous avez une vie de merde !

— Vous pensez réellement que je passe mes dimanches à donner à manger aux pigeons sur le parking d'un supermarché ou à boire des cafés ? Ce que vous pouvez être naïve !

— Et à quoi occupez-vous vos dimanches alors ?

— À arrêter des lieutenants de police pour triple homicide, par exemple. Vos ailes de poulet sont excellentes.

— Merci.

— Au début, j'ai cru que vous me suiviez parce que vous me soupçonniez. On ne peut faire confiance à personne, même pas aux collègues. Et puis, j'ai compris que vous vouliez vous informer sur ma vie privée pour retourner cela contre moi. Connaître mes habitudes, trouver mes défauts, pour me faire inculper. Je me suis rapidement rendu compte que vous ne cherchiez pas un coupable, un criminel, en réalité, mais un suspect idéal, plausible, qui pourrait servir votre petit scénario. Voilà ce que vous disiez toujours « celui-là ou celle-là ferait un suspect idéal ». Vous cherchiez la bonne poire sur qui jeter toutes les charges. Vous cherchiez quelqu'un à qui refourguer le mort, c'est le cas de le dire. Avec Betty, vous avez bien failli y parvenir mais son désir d'entrer dans votre classe de littérature a été plus fort que vous. Votre quête du suspect idéal… D'abord parmi les effectifs de votre commissariat, le club de tricotage, les bourrins du service opérationnel champions de fléchettes. Et de rots. Puis le bûcheron, l'hémophile du pressing avec sa chemise ensanglantée. Et enfin, moi. Ou d'abord moi, devrais-je dire. Car vous m'avez dans le collimateur depuis le début. C'est malin. Vous êtes une maligne. Mais je suis plus malin que vous.

Il avala d'un trait la dernière aile et s'essuya la bouche. Il serra le pistolet un peu plus encore et l'approcha du visage d'Agatha.

Elle le regarda en dodelinant de la tête, admirative avant d'applaudir.

— Bravo. Cette fois-ci, c'est moi qui applaudis, McDo.

— McDonald, corrigea le policier, et c'est la dernière fois que je vous le dis.

Où l'on commence à tout comprendre et l'on découvre (au passage) le cimetière des chaussettes perdues

J'avoue qu'à la fin du brillant exposé de McDonald, je reste quelques secondes sans réagir, immobile, interdite. Comment a-t-il pu découvrir le pot aux roses ? Dit-on pot aux roses ou poteau rose ? Je n'ai jamais su. Alors, comme mon père m'a toujours dit de faire quand on ne sait pas quelque chose, je me lève de mon fauteuil et vais chercher un dictionnaire dans la bibliothèque, derrière moi. Je sens le canon du pistolet du shérif me suivre comme un missile à tête chercheuse.

Là, je feuillette le Collins, sous le regard intrigué de cet homme qui se demande si je suis devenue folle.

Je vous livre ce que j'y trouve à toutes fins utiles.

L'expression date du XIII*e siècle. Le « pot aux roses » désignait au Moyen Âge le coffret dans lequel les jeunes femmes rangeaient leurs parfums, et notamment le rose dont elles se fardaient. Le verbe « découvrir » a, dans cette expression, le sens de « soulever un couvercle », en l'occurrence, celui de ce coffret.*

Je referme l'ouvrage et le remets à sa place sur l'étagère.

C'est une très bonne explication, c'est vrai, mais qui mérite d'être complétée.

Je suis devenue policière pour élucider de grands crimes, comme ceux que résolvait mon père, ou Hercule Poirot. Mais je ne suis pas aussi douée. Je n'ai jamais rien élucidé de toute ma carrière. Si ce n'est peut-être le mystère des chaussettes qui disparaissent dans le lave-linge et encore, je n'étais pas de service ce jour-là… Ma mère s'était toujours posé cette question, et moi après elle : pourquoi manque-t-il toujours une chaussette après avoir fait tourner la machine à laver ?

Eh bien, un jour, j'en ai eu marre de n'avoir que des chaussettes dépareillées dans mon tiroir, alors j'ai mis une machine avec cinq chaussettes et je suis restée devant le tambour tout le temps du lavage, bien décidée à percer ce mystère. Et j'ai découvert la solution. La rotation du tambour fait sauter les chaussettes jusqu'au bord de celui-ci où elles sont littéralement happées. Elles finissent derrière le joint en plastique. Armée d'un tournevis, j'ai pu récupérer toutes les chaussettes que j'avais perdues jusque-là. Je venais de découvrir le cimetière des chaussettes perdues…

Je reconnais qu'il ne me restait donc pas d'autre solution pour obtenir le grade de capitaine que de provoquer la chance moi-même. Inventer une grosse affaire que j'aurais résolue avec brio et qui m'aurait propulsée tout droit vers la côte Est. Je n'avais prévu de tuer personne, bien entendu, mais les choses ne se sont pas tout à fait passées comme elles auraient dû et dès que j'ai mis le doigt dans cet engrenage infernal, tout s'est enchaîné à une vitesse spectaculaire. Oscar Wilde disait : C'est toujours avec les meilleures intentions que l'on produit les pires ouvrages. *C'est un peu ce qui m'est arrivé.*

En faisant quelques recherches dans les fichiers locaux, je suis tombée sur ce Peter Foster, un flambeur notoire de casino qui avait eu quelques démêlés avec la justice pour des histoires d'extorsion et d'arnaques. Une petite frappe qui devait basculer de temps en temps du côté obscur pour pouvoir payer les dettes astronomiques qu'il contractait auprès de « banquiers » (c'est ainsi que l'on nomme dans le milieu criminel ceux qui prêtent de l'argent à d'autres en échange de remboursements avec des intérêts colossaux, des banquiers quoi). C'est à ce moment que j'ai échafaudé mon plan. Un plan pas très compliqué au début, qui s'est révélé un vrai casse-tête par la suite.

Nous parlions des lentilles que mangeait Foster le soir du meurtre. Les fameuses lentilles. Un détail anodin qui avait son importance. Je ne le compris pas ce soir-là mais, le lendemain, quand nous nous retrouvâmes sur la scène du crime. Vous vous souvenez ? La table était encore mise, et le légiste les avait même goûtées. Et pourtant, on avait retrouvé le type dans son bain. Comme s'il s'était téléporté de la table de la cuisine à sa baignoire. En réalité, je vais vous le dire, Foster ne mangeait pas de lentilles quand je suis arrivée ce soir-là. Il prenait son bain. Il est venu m'ouvrir trempé de la tête aux pieds, une serviette enroulée autour de la taille. Je n'ai pas fait attention à ce détail, et lorsque j'ai effacé toutes mes traces, je n'ai pas pensé que quelqu'un avait pu voir toute la scène. Ce n'est que le lendemain que j'ai compris que quelqu'un avait tout vu, que ce quelqu'un était celui ou celle qui réchauffait les lentilles dans la cuisine et qu'il me fallait le retrouver à tout prix avant qu'il n'aille tout raconter à la police. D'où mon acharnement pour retrouver cette femme de Marineland, celle de la photo, aux lunettes de soleil et… à l'affreux petit gilet gris. C'est le hasard qui l'a mise sur mon chemin, durant l'enquête de voisinage.

La Polonaise. Machinowsky était sa maîtresse. Elle n'était pas folle et les chemises qu'elle repassait n'étaient pas celles de son mari disparu un an avant, mais bel et bien celles de Foster. Ils étaient amants. D'ailleurs, elle avait tellement honte qu'elle a inventé tout ce qu'elle a déclaré à McDonald dans son audition. Cette histoire de « Noire aux grosses fesses » dans le couloir alors que cette « Noire aux grosses fesses », elle l'avait vue dans le salon de son amant, derrière la porte de la cuisine entrouverte. McDonald disait qu'il l'avait trouvée en état de choc. Tu m'étonnes ! Elle avait tout vu ! Mais il fallait m'en assurer et, le cas échéant, m'assurer qu'elle ne témoignerait pas contre moi. Loin de moi l'idée de la tuer, non, je voulais juste lui faire peur. C'est avec ce propos que je suis revenue la voir. Là non plus les choses ne se sont pas passées comme prévu. Elle ne fut qu'une victime collatérale, comme on dit. Mais revenons au premier meurtre.

Quand j'ai sonné donc, Peter est sorti de son bain et est venu m'ouvrir, une serviette autour de la taille. Il aurait été plus simple que Machinowsky ouvre mais elle ne voulait certainement pas être aperçue chez son voisin. Qu'aurait-on pensé d'elle ? Même un an après la disparition de son mari, cette Polonaise ne se serait jamais autorisé pareille licence. Elle était de l'ancienne école. Cela se voyait tout de suite. Le tricotage, ses vieux gilets nases. Elle est donc restée cachée dans la cuisine pendant que je m'entretenais avec son fiancé.

C'est vrai qu'à la vue de mon badge par le judas, Foster a ouvert sans faire d'histoires. C'est bien connu, les délinquants n'ont pas peur de la police. Je suis entrée et ai commencé à lui parler de cette affaire de dettes. Je lui ai fait un peu peur en lui disant qu'un indicateur avait surpris Spaghettoni en train de monter le bourrichon à tout le monde en disant que Foster était un mauvais payeur et qu'il prévoyait de le balancer dans la North River avec un bloc de ciment aux pieds. Cela a fonctionné. C'est fou comme les mensonges fonctionnent quand on met en scène la plus grande peur des gens. Foster avait la spaghettoniphobie (et la peur du ciment aussi) et j'aurais pu inventer n'importe quoi. Il a commencé à se sentir mal. J'ai vu la peur dans ses yeux puis la colère. C'était un mec athlétique, fort et impulsif, pas le genre à réfléchir. Le genre de type qui frappe avant de poser des questions. Exactement ce qu'il me fallait. Je l'ai vu remonté à bloc, prêt à aller en découdre avec Spaghettoni et ses hommes, leur apprendre de quel bois il se chauffait.

Mon intention première était de le chauffer et de provoquer un beau clash avec la mafia locale. Avec un peu de chance, on aurait un mort. C'était tout ce qu'il me fallait, un petit homicide. Une crapule de moins dans ce monde et une possibilité pour moi de repartir à NewYork, NewYork. Cela peut paraître amoral, égoïste, j'en suis consciente, on ne devrait jamais espérer la mort d'un homme, mais ce n'était pas n'importe lequel. Ces mecs-là sont des parias de la société, des gens foncièrement mauvais qui ne se réhabiliteront jamais. La mort, pour eux, entraîne le respect, la reconnaissance. Ils n'attendent que ça. La mort les canonise. Mort pour la mafia, ça en jette sur une plaque posée sur une tombe, entre une couronne de fleurs et un plat de spaghettis bolognaise. Bref, je voulais leur rendre service. Je pensais avoir glissé le ver dans la pomme comme on dit, et c'est à ce moment-là que tout a dérapé.

Qui êtes-vous ? m'a-t-il demandé d'un œil soupçonneux. Ses yeux avaient changé de lueur. Qui vous envoie ? Il avait senti qu'il y avait quelque chose qui clochait dans ce que je racontais. Et puis il a commencé à douter que je sois une vraie flic. « Les flics mettent des impers », m'a-t-il dit. Il m'a prise par le poignet et m'a balancée sur le fauteuil en me demandant pour qui je bossais. Il s'est tout à coup mis à imaginer que je travaillais pour Spaghettoni en personne. Qu'il m'avait envoyée pour le menacer. Il a alors voulu lui envoyer un petit message à son tour. Oui, il voulait amocher le messager pour que le chef de la mafia comprenne qu'on ne jouait pas avec lui. J'ai tout de suite regretté d'avoir jeté mon dévolu sur un impulsif, un caractériel, fort et athlétique. Il a commencé à me frapper avec une violence inouïe. Il était sur moi. Un corps de rêve. Sur une note de 1 à 10, je lui aurais mis 18, mais je vous avoue que, sur le moment, la notation n'était pas ma préoccupation principale. Ne pouvant atteindre mon arme de service, j'ai pris la première chose que j'avais sous la main, sur le fauteuil. Les aiguilles à tricoter, sans doute celles de la Polonaise (je n'imagine pas Foster en train de faire du tricot). J'ai commencé à les planter à l'aveugle. Il s'est débattu, sa serviette a glissé. Là, la note a grimpé à 25 sur 10. Rien à envier à ses congénères de couleur, croyez-moi. J'aurais préféré me débattre avec lui dans un lit, mais voilà, l'heure n'était pas aux roucoulades.

Aiguilles à tricoter en main, j'ai frappé, frappé, frappé, pour me défendre. Dans la poitrine, les bras. Et comme il ne tombait toujours pas, dans le visage, les yeux, partout. C'était un vrai colosse. Il m'écrasait de ses cent kilos de muscles. Je n'arrivais plus à respirer. C'était lui ou moi, alors je frappais pour survivre. Mais il ne chutait toujours pas, comme dans ces rêves où l'on se démène contre notre adversaire à coups de poing et qu'il continue debout devant nous, que nos coups ne lui causent aucun effet. J'ai planté l'aiguille partout, le sang giclait sur les coussins, les pelotes de laine, la moquette, les murs, sur moi. Un vrai carnage. Et puis il a fini par s'écrouler. David était venu à bout de Goliath.

Quand je me suis relevée du fauteuil et que j'ai vu ce massacre, j'ai pris peur. La légitime défense serait-elle retenue ? Comment expliquerais-je ma présence chez ce délinquant notoire à cette heure-ci, en dehors de ma juridiction ? J'ai tourné en rond pendant quelques minutes qui m'ont semblé des heures. Oui, j'ai eu peur, je le reconnais. La plus grande peur de ma vie. Et je me suis dit : « Agatha, tu l'as ton crime. » Notre instinct a cette particularité de vouloir nous sauver. Et mon cerveau a commencé tout seul à élaborer un scénario pour me sortir de là. Je me suis rendu compte que je tenais toujours les aiguilles en main. Elles étaient tordues et trempées de sang. Par terre, il ne restait plus de Foster qu'une montagne de steak haché. Avec quelle violence avais-je dû frapper ? Pas mal pour quelqu'un qui n'a jamais tricoté de sa vie, me suis-je félicitée au passage.

J'ai commencé à effacer les traces. J'ai traîné le cadavre, enfin, la montagne de chair, jusqu'à la baignoire et l'ai mis dans l'eau. J'ai essayé de nettoyer le salon mais le sang ne partait pas, alors j'ai changé la disposition des meubles. Le sofa, les fauteuils, la table basse pour recouvrir les parties tachées de la moquette. Vous vous souvenez de la disposition des meubles pas très feng shui ? Puis, j'ai pris les aiguilles et je suis partie. Je les ai jetées dans la première poubelle que j'ai croisée.

Dans la nuit, je me suis rendue au commissariat de New York, Colorado, j'ai pris les aiguilles de l'atelier de tricotage dans le tiroir de Betty puis je suis rentrée chez moi. Un légiste, si compétent fût-il, ne pourrait pas faire la différence entre une aiguille et une autre aiguille. Je haïssais trop la parfaite Betty pour ne pas lui mettre sur le dos un bon gros meurtre comme ça. Le lendemain, dimanche, je suis retournée à Woodville pour les disposer à leur place, dans le panier posé sur la table basse, avec les pelotes de laine. Quand je suis arrivée à l'appartement, McDonald était déjà là. J'ai posé les aiguilles puis suis entrée dans la salle de bains. C'est là que j'ai fait la connaissance du shérif.

Je n'avais pas dans l'idée de dérober le matériel de mes collègues pour qu'ils viennent à ma classe de littérature. Cela a été le petit plus, le bonus.

Ensuite, il y a eu le deuxième meurtre. Celui de la voisine. Oui, celui-ci fut le deuxième et non le troisième. C'est juste que l'on a retrouvé son corps après celui du lac.

Une victime collatérale, comme j'ai dit plus tôt.

Il me fallait empêcher ce témoin gênant de tout révéler à la police. Un simple petit chantage de rien du tout. J'étais persuadée que la Polonaise emporterait ce secret dans la tombe. Je ne pensais pas qu'elle l'emporterait dans la tombe aussi tôt... Ainsi donc, je suis revenue à Woodville, bien décidée à mettre la main sur la femme de la photographie. Je n'étais pas sûre à 100 % que c'était elle qui préparait des lentilles dans la cuisine pendant que son mec prenait un bain, mais je ne pouvais pas non plus écarter cette possibilité. De là ma rencontre avec la Polonaise.

Mon Dieu, si vous saviez ce qu'il m'est arrivé ce jour-là...

Dans lequel rien ne se passe comme prévu (pour le plus grand plaisir du lecteur et la plus grande horreur de notre héroïne)

— Et vous, Wendy, avez-vous des secrets ?

Agatha planta son regard noir dans celui, effrayé, de son interlocutrice.

— Inutile de tourner plus longtemps autour du pot, coupa la femme au gilet gris d'un ton sec et résolu. Si vous êtes revenue, ce n'est ni pour vos chaussures, ni pour me parler de Peter Pan.

— Vous avez raison. Parlons plutôt d'un autre Peter. Peter Foster, par exemple. Parlons de Marineland, de dauphins et de lentilles…

— Faites ce que vous avez à faire et que l'on en finisse une bonne fois pour toutes.

— Vous comprenez que je n'ai pas le choix ? dit Agatha en sortant la corde à sauter qu'elle avait prise au service au cas où l'occasion se présenterait. La corde a cet avantage que c'est une arme propre, pas de sang, et qu'elle peut faire passer un meurtre pour un suicide.

Agatha cherchait à intimider la voisine pour qu'elle ne révèle rien à la police de ce qu'elle avait vu ce soir-là. Le soir où elle était entrée chez Foster et avait été forcée de le tuer en état de légitime défense.

— Vous avez tué l'amour de votre vie, Peter, et prise de remords, vous vous pendez, expliqua Agatha. Le scénario classique.

Tout cela n'était qu'une comédie, bien sûr. Agatha n'avait pas en tête de l'assassiner, juste de lui faire peur, assez pour qu'elle se taise pour toujours. La voisine assista tranquillement à la mise en scène : la policière montant sur une chaise (manquant de casser sous son poids), enroulant la corde autour du lustre, faisant un nœud coulant (après dix-huit tentatives). Docile, la dame, qui ne savait pas qu'il s'agissait là d'un stratagème et pensait que sa dernière heure était venue, se laissa entraîner vers la potence improvisée, monta sur la chaise à son tour et passa son cou dans le nœud.

— À moins que… vous ne gardiez pour vous ce que vous avez vu ce soir-là. Comprenez que j'ai agi en état de légitime défense. Je ne voulais pas tuer votre… amant ?

— Ami.

— Mais il s'est précipité sur moi, m'a rouée de coups. Je n'ai fait que me défendre. C'est un malheureux accident. Vous le savez, vous étiez là, derrière la porte de la cuisine. Vous avez tout vu. J'ai compris grâce aux lentilles…

La dame acquiesçait comme une psychiatre qui dit « je comprends, je comprends » à un fou qui se prend pour un pot de fleurs.

Et c'est alors que tout bascula.

La situation.

Et la chaise.

On venait de frapper à la porte et la Polonaise avait sursauté en donnant un coup dans le dossier de la chaise qui était partie en arrière, la projetant aussi sec dans le vide. Elle commença à se débattre, chercha à desserrer le nœud de ses deux mains sans y parvenir, son poids tirant son corps irrémédiablement vers le bas.

Mon Dieu ! s'exclama Agatha en voyant cela. Ses yeux se remplirent d'horreur. Son premier réflexe fut d'attraper les jambes de la voisine et de les pousser vers le haut afin d'éviter que le nœud ne se serre davantage sur sa gorge. En même temps, elle chercha du pied la chaise tombée au sol et la tira à elle. Combien de temps tiendrait-elle ainsi ? La bougresse devait bien peser dans les soixante kilos.

Derrière la porte, une voix d'homme débitait un flot de paroles dans une langue inconnue.

— Xwzswqyzwsvzswyzvwszwkwk.

— Qu'est-ce que c'est ? demanda Agatha. L'arrivée des extraterrestres ? Rencontre du troisième type ?

— Mieczyslaw ! prononça la Polonaise avec difficulté.

Dans cet enchaînement de consonnes, la policière reconnut le prénom du vendeur de voitures.

— Merde, le revenant !

C'était bien sa veine. Le type avait disparu de la circulation depuis plusieurs mois et voilà qu'il avait la bonne idée de se radiner, tout frais, pimpant et romantique, les jour et heure où Agatha était en train de simuler une pendaison avec sa femme. Qui pour l'instant s'avérait plus réaliste que prévu. Quelquefois, comme disait Hamlet, *le bruit des choses les plus profondément enfoncées sort de terre*, et les vendeurs de voitures disparus réapparaissent.

Agatha ne se rappelait pas avoir vécu un tel stress depuis le jour où elle avait essayé de faire disparaître une crotte récalcitrante dans la cuvette des WC d'un garçon chez qui elle passait la première nuit.

Elle se sentit faiblir. Ses bras fléchissaient.

— Tire-toi, elle ne t'aime plus ! cria Agatha.

— Xwswzwyzwkwzw ? cria l'homme en retour.

Le corps de la Polonaise se balançait, parcouru de spasmes, et elle commença à donner des coups de pied dans tous les sens, signe qu'elle s'asphyxiait et que son instinct de survie avait pris le relais dans une vaine tentative de... survivre. La pantoufle de la voisine vint se loger en plein estomac de la policière qui, déstabilisée, tomba par terre. Celle-ci loua la moquette, qui amortit sa chute. Au-dessus d'elle, la femme râlait comme un zombie tout droit sorti de *Walking Dead*.

Au moment où Agatha se relevait et attrapait la Polonaise par les pieds, l'homme, qui avait dû conserver ses clefs, entrait dans l'appartement. Il vit son épouse pendant au bout d'une corde et une grosse femme noire qui s'acharnait à la tirer vers le bas pour qu'elle meure plus vite. Il s'avança vers elle, une haine teintée de peur dans les yeux. Il leva un doigt accusateur comme Macbeth face à Banco.

— Ce n'est pas ce que vous croyez ! lança Agatha.

Jamais elle n'aurait pensé sortir cette phrase. Elle en avait tant voulu à Dan le jour où elle l'avait trouvé dans son lit avec sa meilleure copine, et qu'il avait prononcé exactement ces mots. Peut-être, finalement, n'était-ce pas ce qu'elle avait toujours cru. Peut-être avait-il eu des relations sexuelles avec sa meilleure copine sur un malentendu.

Ni une ni deux, le Polonais en costume s'était lancé vers Agatha comme un rugbyman sur le joueur qui court avec le ballon. Il l'avait plaquée au sol, s'était assis sur elle et lui tenait les poignets. Par chance, il ne pesait pas lourd. Cinquante kilos à tout casser. Et Agatha put se défaire de son étreinte assez facilement en l'envoyant balader d'un coup de ventre. L'homme tomba un peu plus loin. Ils se regardèrent. Puis regardèrent la femme qui pendait au lustre, maintenant immobile.

— Merde ! s'exclama Agatha.

— Frzdziwska ! s'écria l'homme.

Ils se levèrent et observèrent le corps inerte sans oser le toucher. Puis le Polonais tourna sa tête vers la policière, les yeux emplis de haine.

— Pourquoi fallait-il que vous reveniez juste aujourd'hui ? lui demanda-t-elle.

En quelques phrases dans un anglais plus qu'approximatif, en tout cas moins bon que celui de sa femme, il lui expliqua que lui partir le jour où lui apprendre liaison de Wendy avec voisin, que lui essayer de refaire sa vie avec autre femme, mais lui pas pouvoir oublier Wendy alors lui revenir aujourd'hui.

— Toi tuer l'amour ma vie ! cracha-t-il, les yeux à nouveau gagnés par la rage.

Comment peut-il vendre des bagnoles avec un anglais aussi pourri ? se demanda Agatha, pendant que l'homme serrait les poings, prenait la chaise qui gisait au sol et s'avançait vers elle d'un pas décidé, la brandissant au-dessus de sa tête.

Celle-ci n'eut d'autre choix que de sortir son arme de service et de la pointer sur lui. En cinq ans, elle n'avait jamais eu à la sortir de son étui. Une chance qu'elle l'ait même eue sur elle. Et qu'elle fût chargée. Effrayé, le Polonais s'arrêta, comme un lion docile devant un dompteur, reposa la chaise à sa place, sous la table (un maniaque de l'ordre, nota Agatha) puis recula. Il recula tellement que ses fesses butèrent contre le rebord de la fenêtre et il bascula dans le vide.

La policière se précipita aussitôt vers la fenêtre afin de le rattraper mais il était déjà trop tard. Quelques mètres plus bas, le corps de l'homme, inconscient, gisait sur l'immense toit d'un camping-car. C'est bien sûr ce moment-là que les propriétaires, une blonde exubérante et un joyeux gaillard en short, choisirent pour revenir à leur véhicule après quelques courses au supermarché du coin, monter et démarrer.

Agatha vit, impuissante et horrifiée, le camping-car reculer pour sortir de son emplacement puis s'immiscer dans le trafic. Elle pensa sauter elle aussi sur le toit en aluminium mais se refréna. Elle serait passée à travers. Elle courut vers la porte d'entrée et descendit les escaliers quatre à quatre. Enfin, deux à deux car c'était tout ce que lui permettaient ses enjambées.

Lorsqu'elle arriva dans la rue, elle ne vit plus que l'arrière de l'autocaravane. Sur la plaque, il y avait un B majuscule entouré d'étoiles, dans un cartouche bleu. On n'avait jamais vu pareille immatriculation dans le coin. Des touristes belges. Étaient-ce des amis de John Dicker, l'écrivain de la scierie McEnroe ? Ah, non, John Dicker n'était pas belge, il était français. Il l'avait d'ailleurs répété plusieurs fois.

La policière courut jusqu'à sa voiture, garée non loin de là, et démarra en trombe.

Après quelques minutes à parcourir les rues du quartier, elle tomba sur le camping-car dans l'artère principale. Elle put voir le bras du Polonais qui pendait au bord du toit. Elle se colla au véhicule et ne le lâcha plus.

Ils sortirent de la ville et roulèrent en direction de New York, Colorado, sur la petite route sinueuse bordée de montagnes et de forêts. Deux heures après, le camping-car s'arrêta enfin sur le bord de la route. Les deux Belges descendirent en riant et en se prenant par la taille langoureusement. Ils s'engouffrèrent entre les arbres pour chercher un peu d'intimité. Comment faire descendre le corps ? Était-il toujours vivant ? S'il l'avait été, il y avait fort à parier qu'il serait revenu à lui pendant ces deux heures de voyage improvisé. Agatha eut alors une idée. Elle colla son pare-chocs avant contre la partie arrière du véhicule belge, sortit et monta sur son capot. Elle attrapa le bras qui pendait et le tira à elle. Comme le Polonais était un poids plume, elle n'eut pas trop de mal à le faire basculer. Elle s'écarta tout de même pour éviter de se le recevoir sur la tête. Le corps du Polonais tomba comme prévu sur le donut géant, rebondit, puis roula jusqu'au sol. Elle se pencha sur lui. Il était mort. Agatha n'eut plus qu'à le charger dans le coffre. Elle le fouilla et s'empara de son portefeuille, qu'elle glissa dans la poche de son jean. Désormais, il serait difficilement identifiable. Elle se demanda comment faire disparaître cette tête de Polonais et ce look de vendeur de voitures.

Où l'on apprend comment fermer une porte de l'intérieur depuis l'extérieur (et vice versa)

— Ensuite vient le plus drôle… si je puis dire. J'ai volé les fléchettes de l'atelier d'Allen puis je me suis rendue à la scierie McEnroe pour cette histoire de disparitions de bûcherons. Le Polonais était toujours dans mon coffre mais il m'était complètement sorti de la tête. Jacob Delafon m'a prise en flag en train de manger un donut, il m'a dit que c'était de la cochonnerie. Pour me dédouaner, je lui ai dit qu'il était à mon collègue qui dormait dans le coffre, que l'on alternait. « Je n'y crois pas », m'a-t-il dit, et avant que je réagisse, il l'ouvrait déjà. En voyant le Polonais, il a vraiment pensé que c'était un collègue qui piquait un petit roupillon. C'est drôle, n'est-ce pas ? Je me suis dit que ce qui était arrivé avec l'atelier de tricotage fonctionnerait peut-être à nouveau. Que mes collègues de l'opérationnel viendraient à mon club de lecture s'ils se retrouvaient au chômage technique. D'une pierre deux coups. Et ça n'a pas loupé. Le corps a passé toute la nuit dans mon coffre, ce n'est que le lendemain que je l'ai laissé au lac et lui ai refait le portrait à coups de fléchettes. C'était écœurant mais nécessaire. De toute façon, il n'a pas souffert, il était déjà mort.

Agatha se resservit un thé.

— Vous voyez, nous n'avons pas affaire à des meurtres. Il ne s'agissait que de malheureux accidents. Dont je suis entièrement responsable, c'est vrai, mais des accidents. Shakespeare a tué bien plus de personnes dans sa vie ! Plus de soixante personnages sont morts dans ses tragédies !

— Vous êtes une meurtrière, Crispies. Il n'est pas question de littérature ici.

Le shérif avait dit cela en grinçant des dents.

— Le premier, c'était de la légitime défense.

— Cent cinquante coups d'aiguilles !

— Cela vous semblerait peu si vous aviez eu le corps de Foster sur le vôtre. Et les cent cinquante coups de fléchettes sur le vendeur de voitures, j'avoue que ce n'était pas fait exprès. Je ne suis pas une fétichiste des chiffres. Plutôt des chaussures…

— Vous ne convaincrez personne, Crispies.

— Si, je vous assure que je suis fétichiste des chaussures !

— Je ne parle pas de cela, mais du reste ! De tout le reste. Vous n'êtes qu'une stupide meurtrière et un jury aura vite fait de vous envoyer au trou pour le restant de vos jours.

— Surtout un jury du coin. En toge blanche et en cagoule…

Agatha sut alors que, quoi qu'elle dise, quoi qu'elle fasse, il ne la laisserait jamais tranquille, il la traquerait sans relâche. Que cet homme était un de ces ploucs qui ne comprendraient jamais rien à rien et voulaient juste qu'un Nègre paye. Le Négro niais du film. Il était le dernier rempart avant de pouvoir prétendre aux honneurs d'une enquête rondement menée qui la mènerait à la gloire, ou tout du moins, jusqu'à New York, New York. Elle avait réussi. Il ne pouvait pas tout gâcher au dernier moment. Elle ne le permettrait pas. Elle devait se débarrasser de cet homme qui l'avait laissée pour morte dans le lit d'une rivière à défaut de pouvoir la pendre à la cime d'un sapin. Combien d'autres Noirs avait-il tués ? Voulu tuer ? Menacés ? Si elle ne tuait pas McDonald, il recommencerait tôt ou tard. Avec elle. Avec un autre.

Son instinct de survie réveilla ses muscles et son esprit. C'est lui ou moi, pensa-t-elle, et elle sentit sa main trembler. Mais patience. Le moment va venir. Pas encore. Elle dissimula sa nervosité en tenant fort l'anse de sa tasse. *Par tous les moyens*, avait dit son patron, citant Malcolm X citant Sartre.

— Il y a une chose que je ne vous ai pas encore dite, annonça-t-elle en contenant sa colère et ses intentions.

— Quoi donc ?

— Le mystère de la porte de la salle de bains verrouillée de l'intérieur, répondit-elle en lâchant la tasse de porcelaine.

— C'est vrai, comment avez-vous fait ? Je n'ai toujours pas trouvé d'explication.

— Ça, c'est mon petit côté littéraire.

— Vous butez un mec, vous en faites du steak haché, vous le balancez dans sa baignoire et après vous devenez plus « littéraire » ?

— On ne se refait pas. Il est facile de verrouiller une pièce de l'intérieur. Tout comme il est simple d'ouvrir une porte qui comporte une chaînette de sécurité. Il suffit d'un élastique. Si vous êtes une fille, un chouchou fera l'affaire. Dans *Dix Petits Nègres*, le juge Wargrave utilise une technique similaire. J'ai mis un élastique autour du loquet puis j'ai fermé la porte. Ensuite, il suffit de lâcher l'élastique et il est projeté loin de la porte ou de la scène du crime. Si on le trouve par terre, on ne fera jamais le lien.

McDonald fronça les sourcils. Il se souvenait bien d'avoir trouvé un élastique sur le carrelage de la salle de bains. C'est à ce moment-là qu'était arrivée le lieutenant Crispies, il l'avait rangé dans sa poche et n'y avait pas accordé plus d'importance. Il plongea sa main dans sa poche. Il n'avait pas changé d'imperméable depuis ce jour-là. Il n'en changeait jamais d'ailleurs. Et pour cause, il n'en avait qu'un. Il en sortit le petit bout de caoutchouc anodin.

— Oui, dit Agatha, celui-là même, celui que vous aviez dans les mains, à quatre pattes, quand nous nous sommes connus. Pour détourner votre attention, j'ai postillonné plein de miettes de donut sur vous et cela a fonctionné.

Et alors que l'homme observait ce petit élastique en se disant qu'il avait eu la solution du mystère dans sa poche depuis le début, Agatha fit un pas vers lui sans qu'il s'en aperçoive.

— On voit rarement ce que l'on a sous le nez…

Disant cela, elle envoya valdinguer le pistolet du shérif dans les airs. Et avant qu'il ne puisse réagir, d'un geste qui ne fut que fulgurance, elle dégaina et dans le même temps lui tira une balle en plein cœur.

Malgré ce qu'elle pensait, il devait en avoir un, car il s'effondra sur le sol, la main sur sa poitrine haletante.

Voilà, elle l'avait fait. C'était elle ou lui, et à moins de s'appeler Jésus, chacun accordait en général plus d'importance à sa vie qu'à celle des autres. Elle sentit un immense soulagement. Depuis le soir de la laverie, elle vivait avec le goût amer de la vengeance dans la bouche.

Elle regarda le cadavre à ses pieds sans qu'aucun remords l'assaille puis s'inclina jusqu'à ce qu'elle sente l'odeur fétide qui s'échappait de sa bouche.

— Je sais ce que vous pensez, dit-elle : *Je vais mourir et cette pute va vivre !* C'est drôle parce que c'est exactement ce qu'a dit Flaubert à propos de son Emma Bovary sur son lit de mort…

Sur ces paroles, le shérif ferma ses yeux voilés de cataracte en se demandant qui étaient tous ces gens. Emma Bovary, Flaubert, Agatha Crispies…

Ce qui ressemble à un dernier chapitre et au début d'une nouvelle vie

I shot the sheriff
But I didn't shoot no deputy, oh no ! Oh !
I say : I shot the sheriff,
But I swear it was in self-defense. Oo-oh. Yeah !
Freedom came my way one day
And I started out of town, yeah !

La chanson de Bob Marley résonnait à fort volume dans les écouteurs d'Agatha qui, badigeonnée de crème solaire *Chocolate*, paressait sur sa serviette de plage posée sur le sable chaud de Coney Island, en plein Brooklyn. Dans son monokini blanc, on aurait pu la prendre pour une orque échouée. Afin de prévenir tout risque qu'on la remette à la mer, elle avait planté une petite pancarte à côté d'elle sur laquelle elle avait écrit :

POLICIÈRE HORS SERVICE
NE PAS DÉRANGER
(sauf le vendeur de beignets !)

Lorsque le thermomètre atteignait les 40 °C durant le mois d'août, une brasse dans les eaux fraîches et salées de New York était la plus agréable des choses. Pour ceux qui savaient nager. Pour les autres, le bain de soleil était l'option la plus répandue alentour.

C'était le plus bel anniversaire d'Agatha. La veille, elle avait réintégré son service au département criminel du NYPD, la Metropolitan Police de NewYork, la vraie, la seule, l'unique, avec le grade tant convoité de capitaine. Capitaine Crispies, ça en jetait ! Goodwin n'arriverait que dans un mois. Les hauts responsables avaient des contraintes que les officiers n'avaient pas.

Tout avait fonctionné comme prévu. La légitime défense avait été retenue à l'encontre de la policière, attaquée à son domicile par le meurtrier responsable du triple homicide de Woodville. Le jury avait cru sa version des faits. Goodwin l'avait appuyée lorsqu'il avait appris que McDonald était l'homme qui se cachait sous la cagoule du raciste qui l'avait jeté dans la rivière. Et puis, Agatha lui avait sauvé la vie, et il lui en serait éternellement reconnaissant. En partant, la policière lui avait laissé quelques livres. Une fois à New York, le superintendant devrait abandonner son passe-temps préféré. Désormais, il vivrait la pêche par procuration, au travers des aventures du *Vieil homme et la mer*, de *Moby Dick* ou encore des *Aventures de Tom Sawyer*.

Le reste des ouvrages de sa bibliothèque, elle l'avait légué aux membres de son cher club de lecture (elle n'aurait plus le temps de lire à New York,

New York). Elle avait laissé à Kevin les romans dans lesquels il pourrait pleinement vivre une vie de femme. Il pourrait tour à tour être Anna Karénine, Emma Bovary, Mrs Dalloway, Elizabeth Bennet, Alice au pays des merveilles. Elle avait laissé ses livres d'action pour Allen, Roger et Franck, quelques livres érotiques pour Rosita, qui avait adoré *Le Nom de la rose* dès la première phrase (*Au commencement était le Verbe et le Verbe était auprès de Dieu, et le Verbe était Dieu*) car elle lui rappelait la Bible. Au moins, l'œuvre d'Agatha n'avait pas été vaine. Elle avait laissé derrière elle des livres et des amis. Des amis avec des livres. Et un club de lecture que Betty, la plus assidue de ses membres, arriverait peut-être, entre deux cours de tricotage, à animer.

Malgré tout, Agatha partait heureuse.

Les semaines qui suivirent, la tranquillité était revenue dans les petites bourgades de New York, Colorado, et de Woodville. Agatha avait dit au revoir à ses livres. Elle savait qu'une fois à New York, elle n'initierait plus jamais personne aux grands classiques. Elle n'aurait plus le temps. Dans cette partie des États-Unis, le meurtre était quotidien.

On peut élucider de grands crimes grâce à la littérature. Car la littérature, c'est la vie, et les meurtres font partie de la vie, répétait-elle toujours et elle avait conscience qu'elle avait vécu le meilleur roman policier du monde. Celui de sa vie.

Ce qu'elle regretterait le plus, c'étaient les balades bucoliques dans les forêts des Rocheuses, sa voiture de police avec le donut sur le toit, le lac, les gars de son service.

On commençait toujours à aimer les choses quand on était sur le point de les perdre. Voilà une belle formule que Coby, le docteur Jacob Delafon, aurait pu mettre dans son livre de développement personnel-western. Un jour, verrait-elle un de ses livres dans la vitrine d'une librairie ? Verrait-elle son portrait en quatre mètres sur trois dans le métro, en chemise à carreaux, le menton posé sur son poing fermé, un sourire sur les lèvres ? Aurait-elle un de ses romans dans sa bibliothèque ?

Et puis, il y avait les choses que l'on était heureux de retrouver. Un portable, par exemple. Ou une Nespresso. Un micro-ondes. La vidéo à la demande sur la télévision.

Un téléphone portable…

La première chose qu'elle avait faite en entrant dans son appartement avait été de se précipiter sur son téléphone. Impatiente, elle avait lu ses 3 500 mails, ses deux cent trois SMS et ses cent cinquante-huit commentaires Facebook en une seule soirée.

Ah, Facebook !

En faisant défiler les posts de ses amies, des amis et amies de ses amies, des amis et amies des amis et amies de ses amies, elle s'était demandé comment elle avait pu vivre tout un été sans Facebook. Cinq longs étés sans Facebook. Et elle s'était mise à rédiger un carnet de bord pour partager avec le monde les incroyables choses qu'elle avait vécues à New York, Colorado.

Soudain, une voix s'éleva au-dessus de celle de Bob Marley.

Chichis, chouchous, churros, donuts au chocolaaaaaat !!!

Il n'y avait pas à dire, il y avait plus merveilleux encore que le chant des oiseaux ou des écureuils radioactifs dans la forêt.

Celui du vendeur ambulant de la plage.

Le post que je n'écrirai jamais sur mon mur Facebook

La vie n'est pas ce que l'on a vécu, mais ce dont on se souvient et comment on s'en souvient, *disait Gabriel García Márquez. Vous ai-je menti ? Vous ai-je caché des choses sans m'en rendre compte ? Sans doute. Mais peut-être est-ce ainsi que je me souviens de tout ce qu'il s'est passé. Ne m'en voulez pas trop. Je sais que vous pensez « Si on ne peut plus avoir confiance en la police, alors ! » mais j'avais mes raisons, je vous les ai expliquées. Je ne sais plus dans quel livre Stephen King a écrit :* Quand il s'agit d'inventer des histoires, personne ne le fait avec plus de sérieux qu'un flic. *C'est ce que je me suis appliquée à faire. Souvenez-vous, sans Facebook, ce qui se passe à New York, Colorado, reste à NewYork, Colorado. Si vous m'aimez, gardez ce secret pour vous. Ne révélez la fin de cette histoire à personne car, d'abord, ce serait gâcher le plaisir de la lecture, ensuite, et surtout, parce que l'on m'inculperait pour un triple homicide et je finirais le reste de mes jours en prison.*

Et puis j'ai essayé de vous avertir, rappelez-vous, au début de la deuxième partie.

— L'assassin aux donuts a encore frappé ? s'enquit Agatha en signalant du doigt les miettes qu'elle venait de postillonner sur le cadavre.

— Vous parlez de vous ? demanda McDonald avec une pointe d'ironie dans la voix.

Plus explicite, tu meurs !

Agatha Christie était un maître du genre. Elle savait comment focaliser nos soupçons sur un personnage tout en nous détournant du vrai coupable, celui auquel on s'attendait le moins, celui auquel on aurait donné le bon Dieu sans confession. On dit même qu'elle écrivait son histoire en entier puis, une fois arrivée à la fin, choisissait le suspect le moins probable, pour réécrire le roman en conséquence. Regardez bien, il s'agit toujours du narrateur, d'un policier ou d'un juge, d'un mort même (enfin, quelqu'un s'étant fait passer pour mort), d'une vieille dame, d'un enfant. Si vous ne suspectez pas le meurtrier, vous ne pouvez vous en prendre qu'à vous-même. Ne dites pas que vous n'étiez pas prévenu, ne dites pas qu'Agatha Christie ne vous l'avait pas soufflé…

À ce propos, durant mes longues années de policière, et plus longues de passionnée des livres, j'ai rencontré beaucoup de personnes qui aimaient connaître la fin d'un roman avant de commencer à le lire, pour se rassurer, voir que tout ira bien, que personne ne meurt, ou, si c'est le cas, de déjà préparer son deuil avant même de tomber amoureux des personnages. Cela m'inquiétait. Comment pouvait-on à ce point se gâcher un bon moment de lecture, une belle histoire, en en connaissant déjà la fin ?

Oui, beaucoup de gens aiment lire la dernière page avant la première, aiment savoir qui est l'assassin avant même de se lancer dans la lecture. Qui n'a jamais lu un dernier chapitre d'Agatha Christie dans une librairie avant de l'acheter ? Qui n'a pas regardé et apprécié un épisode de Columbo, *cette série révolutionnaire dans laquelle le spectateur n'a pas à attendre la fin de l'épisode pour connaître le meurtrier ?*

Alors voilà, je vous parle de tout cela car j'aimerais jouer un petit tour à ces lecteurs impatients qui se plongeront dans le dernier chapitre de ce roman avant de le commencer. Et j'aimerais que vous soyez mon complice. Je ne trouve pas juste qu'ils aient la réponse avant vous, qui avez dû lire toutes ces pages avant de connaître l'identité mystérieuse de notre assassin (qui, en définitive, n'en est pas un puisqu'il s'agit d'accidents, vous vous souvenez ?). Rendons à ces curieux la monnaie de leur pièce. Ils veulent le nom d'un criminel ? Donnons-leur-en un. Tiens, par exemple le nom de l'affreux jojo qui me piquait toujours mes chewing-gums dans la cour de récré quand j'étais au collège de Harlem, Tommy Jackson… Non, bien réfléchi, il y a quelqu'un que je déteste plus encore…

Agatha Crispies, capitaine de police
Département criminel
Metropolitan Police de NewYork (enfin !)

Pour ceux qui aiment savoir
qui est l'assassin avant tout le monde

L'assassin est James Joyce.

FIN

Table

DEUXIÈME PARTIE

RÉVÉLATIONS DANS UNE PIZZERIA SUÉDOISE

TROISIÈME PARTIE

CET INCONNU QUI VEUT ÊTRE TON AMI SUR FACEBOOK

QUATRIÈME PARTIE
LES HOMMES QUI N'AIMAIENT PAS LE NOIR

CINQUIÈME PARTIE
VOUS AVEZ UNE DEMANDE DE CONVERSATION

DU MÊME AUTEUR
AUX ÉDITIONS LE DILETTANTE :

Re-vive l'Empereur !, 2015
La petite fille qui avait avalé un nuage grand comme la tour Eiffel, 2015
L'extraordinaire voyage du fakir qui était resté coincé dans une armoire Ikea, 2013

PAPIER À BASE DE FIBRES CERTIFIÉES

Le Livre de Poche s'engage pour l'environnement en réduisant l'empreinte carbone de ses livres. Celle de cet exemplaire est de :
500 g éq. CO_2
Rendez-vous sur www.livredepoche-durable.fr

Composition réalisée par PCA

Achevé d'imprimer en février 2019 en Espagne par Liberdúplex
N° d'impression : 73068
Dépôt légal 1re publication : mars 2019
LIBRAIRIE GÉNÉRALE FRANÇAISE
21, rue du Montparnasse – 75298 Paris Cedex 06

87/1532/3